길 끝에서 돌아보다

제15회 행정고등고시 50주년 기념문집

길 끝에서 돌아보다

1판 1쇄 발행 2024년 6월 11일

지은이 노옥섭 외
발행인 이선우
펴낸곳 도서출판 선우미디어
등록 | 1997. 8. 7 제305-2014-000020
02643 서울시 동대문구 장한로 12길 40, 101동 203호
☎ 2272-3351, 3352 팩스: 2272-5540
sunwoome@daum.net greenessay20@naver.com

값 15,000원

ISBN 978-89-5658-762-2 03810

길 끝에서 돌아보다

제15회 행정고등고시 50주년 기념문집

선우미디어 sunwoomedia

제15회 행정고등고시 동기 명단

(총 47명)

성 명	주 요 경 력
고영헌	전 종로세무서장
권오규	전 부총리 겸 재정경제부 장관
권중현	전 감사원 감사관
김규복	전 생명보험협회장
김동진	전 통영시장
김성일	전 보건복지부 국장
김성진	전 해양수산부 장관
김영룡	전 국방부 차관
김영성	전 일화모직 사장
김용달	전 디지털서울문화예술대학교 총장
김용덕	전 금융감독위원장
김윤광	전 한국기계전자시험연구원장
김의제(故)	전 대전시 정무부시장
김종수	전 동양그룹 사장
김중겸	전 충남지방경찰청장
김진선	전 강원도지사
김태겸	전 강원도 행정부지사, 서초문인협회장
김한진	전 상공부 이사관, 시인
노옥섭	전 감사원 사무총장, 감사위원
노희목(故)	전 산업연구원 연구위원
문형남	전 한국기술교육대학교 총장
박준	전 감사원 사무차장
박길호	전 국세공무원교육원장, 세일회계법인 대표
박용오	전 대전지방국세청장

박정택	전 대전대학교 교수
서동원	전 공정거래위원회 부위원장
손홍	전 정보통신부 국장
손승태	전 감사원 사무차장
안희원	전 공정거래위원회 상임위원
양영화	전 건강보험심사평가원장
유필우	전 국회의원
이군성(故)	전 삼성그룹 감사실장
이선	전 노사정위원회 상임위원
이봉수	전 대학 교수 (재미)
이상열	전 국회의원, 변호사
이석묵	전 건설산업연구원 연구위원
이완구(故)	전 국무총리
임석규	전 공정거래위원회 국장
장세창	전 해외홍보원장
장수만	전 방위사업청장
정규창	전 상공부 국장
채덕석	전 국토교통부 국장
최명규	전 한성대 교수
최영복	전 강남구 부구청장
최영휘	전 신한금융지주 사장
최윤섭	전 경상북도 기획관리실장
황현탁	전 주일한국대사관 홍보공사, 수필가

중앙 공무원 교육원
제6기 선임관리자 과정 수료 기념
1975. 2. 28.

내 一生 祖國과
民族을 爲하여

行政高試 수석합격 金榮龍군

하루 4시간이상 자본일 없는 努力型

[illegible]

[illegible]

行政考試 2차 시험 합격 47명 發表

총무처는 21일 제15회 행정고등고시 제2차시험합격자 47명의 명단을 발표했다.

이번 시험의 최고득점자는 66·2점을 얻은 金榮龍씨(23·全南 和順군 능주면 관영리·高麗大정경학과 4년)이며 최고령자는 33세의 梁永顯씨(서울西大門구 [illegible]동297·成均館大법대졸), 최연소자는 20세의 黃鉉燦군(慶北 安東군 [illegible]) [illegible] 법과 2년)이다.

합격자를 출신교별로 보면 ▲서울대 25명 ▲고려대 5명 ▲연세대 5명 ▲성균관대 4명 ▲한양대 2명 ▲영남대 2명 ▲동국대·명지대 각 1명이며 고졸이 2명이다.

합격자명단은 다음과 같다.

[illegible]

제 12 호

합격증서

본적 慶尚北道

성명 金泰謙

1952년 2월 20일생

위 사람은 공무원 임용시험령에 의하여 시행한 제15회 행정고등고시에 합격하였으므로 이 증서를 수여함

1974년 6월 11일

총무처장

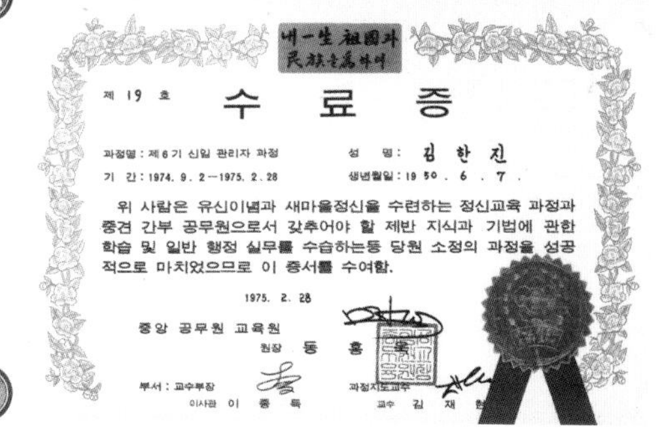

내一生 祖國과 民族을爲하여

제 19 호

수 료 증

과정명 : 제6기 신임 관리자 과정

기 간 : 1974. 9. 2—1975. 2. 28

성 명 : 김 한 진

생년월일 : 19 50 . 6 . 7 .

위 사람은 유신이념과 새마을정신을 수련하는 정신교육 과정과 중견 간부 공무원으로서 갖추어야 할 제반 지식과 기법에 관한 학습 및 일반 행정 실무를 수습하는등 당원 소정의 과정을 성공적으로 마치었으므로 이 증서를 수여함.

1975. 2. 28

중앙 공무원 교육원

원장 동 훈

부서 : 교수부장 이사관 이 종 득

과정지도교수 교수 김 재 현

1974년 가을, 신임관리자과정 대둔산 단체 여행

1974년 가을, 신임관리자과정 대둔산 단체 여행

1974년 가을, 신임관리자과정 충남 지역 탐방

김동진 통영 시장 초청 동기 모임 (2016. 3. 10~11)

동기 송년 모임 (2017. 12. 13)
- 인사동 시가연

시, 수필 낭송 및 색소폰 연주

송년 모임 참석자 색소폰 연주 감상

동기 송년 모임 (2018. 12.17)

- 영화 <국가부도의 날> 감상 후

동기 송년 모임 (2019. 12. 16)

- 우면산 소망탑에서

동기 송년 모임 (2023. 12. 15)

- 국립중앙박물관 관람

발간사

노옥섭

제15회 행정고등고시 동기회 회장

1974년은 우리 인생 행로에서 결정적이고 소중한 해였습니다. 그해 6월에 우리는 국가에서 시행한 제15회 행정고등고시의 최종 합격증서를 받았습니다. 그리고 9월에는 당시 대전에 있었던 중앙공무원교육원에 입교하여 국가공무원으로서 첫 출발을 하였습니다. 교육원 현관 앞 녹지에는 큰 바위에 '내 일생, 조국과 민족을 위하여'라는 글이 새겨져 있어서 공직에 들어서는 새내기들의 각오를 다지게 하던 기억이 선합니다.

우리 동기는 모두 47명이었습니다. 그중에서 4명이 애석하게도 벌써 세상을 떠나 지금은 43명이 남았습니다. 우선 먼저 가신 동기님들을 그리워하며 명복을 빕니다. 남은 43명 중에서도 9명은 비교적 일찍 경제 금융계, 법조계, 학계 등 각 전문분야로 진출하여 각자의 성공적인 자아실현과 함께 국가 사회 발전에 크게 기여했습니다. 결국 34명의 동기가 각 정부기관에서 소임을 마치고 지금은 은퇴자로서 삶을 살아가고 있습니다.

금년 2024년은 우리가 청운의 뜻을 품고 새로운 역정을 시작한 이후로 어언 50주년이 되었습니다. 그간 우리나라는 산업화, 민주화, 정보화 사회로의 전환 등 숨가쁜 압축 성장의 격동기를 거치며 역동적이고 경이적인 발전을 이룩해 왔습니다. 그리고 그 현장에는 언제나 우리가 함께했음을 자긍할 수 있을 것입니다. 이에 국가발전 수행자의 일원으로서, 또는 현장 증인으로서 지나온 50년의 발자취와 소회를 정리하여 기록으로 남기고자 동기님들의 열렬한 뜻을 모았습니다.

우선, 우리의 푸른 젊은 시절에 나라의 일꾼과 국민의 공복으로서 성심을 다했던 보람과 회한의 기억을 서로 모으고 정리하여 '50주년 기념문집'을 발간하게 된 것을 뜻깊게 생각하며 여러분과 함께 축하합니다. 그리고 정성껏 준비하신 옥고를 보내시어 문집 발간에 적극적으로 참여하고 협조해주신 동기님들께 감사합니다.

특히 먼저 가신 동기님 유가족분들의 고귀한 참여의 뜻과 옥고는 문집 발간의 의미를 더욱 빛나게 하였으니 이에 대한 각별한 감사의 말씀을 전합니다. 또한 각종 사진과 문서 등 관련 자료 수집 등 발간업무에 도움과 성원을 해주신 분들께도 감사합니다. 김태겸 편집위원장님을 위시한 편집위원 여러분의 헌신과 수고에도 깊은 감사의 말씀을 드립니다. 이 문집은 여러분들의 열의와 정성의 소산임에 더욱 뜻깊고 정겹습니다.

이 문집에 실린 사연들은 우리들의 소박한 자화상이자 남기고 싶은 진솔한 기록일 수 있습니다. 그러나 단순히 지난날에 대한 감상적인 회고담이나 추억이 서린 기념물 이상의 귀중한 자산이 되기를 바랍니다. 청운이 사윈 뒤 모든 것을 내려놓은 방하(放下) 길에서 흘러간 시간을 반추하며 앞으로의 삶을 위한 예지(叡智)를 체득할 수 있는 자기 성찰의 계기가 될 수 있다면 좋겠습니다. 또한 기념문집 발간을 통하여 우리 정체성에 대한 자기 확신과 함께 동기간의 유대가 더욱 견고해질 수 있기를 바랍니다.

끝으로 우리 동기들과 가족들께서 항상 건승하시고 평안하시어 행복한 삶을 영위하시길 기원합니다. 이 기념문집이 우리 모두에게 소중한 기념품이자 선물이 될 것임을 믿으며, 이를 계기로 우리 동기회가 더욱 단합되고 활성화되기를 바라면서 고은 시인의 짧은 시 '그 꽃'을 인용하며 발간의 말씀을 마칩니다. 감사합니다.

"내려갈 때 보았네, 올라올 때 보지 못한 그 꽃."

책을 펴내면서

김태겸

기념문집 편집위원장

우리 동기들의 모임은 각별하고 끈끈하다. 아마 행정고시 합격자 최초로 6개월간 합숙 훈련을 받은 것에 기인한 것이 아닌가 생각한다. 당시 대전시 괴정동에 갓 지은 중앙공무원교육원에 입교해서 숙식을 함께하며 신임공무원 교육을 받았다.

아침 6시에 기상해서 새마을 노래를 부르며 운동장을 몇 바퀴 돌고 하루를 시작했다. 그 당시 공무원 교육은 군사정권의 영향을 받아 군대 분위기를 물씬 풍겼다. 군대를 다녀온 일부 동기들은 다시 훈련소에 들어온 것 같다는 푸념을 했으나 세월이 흐른 다음 돌이켜 보면 그것이 우리 동기간의 동료애를 깊게 다지는 계기가 되지 않았을까?

교육원 기숙사 생활은 군대 내무반 못지않게 규율이 엄격했다. 방 하나를 대여섯 명 정도 사용한 것으로 기억하는데 소등 시간 이후에 몰래 술 파티를 벌이다가 사감에게 들켜 주말에 외출 정지를 당한 동기도 있었고 창문에 담요를 치고 불빛이 새어 나가지 않게 한 다음 카드 게임을 하다가 감점을 당한 동기도 있었다. 젊은 시절, 동기 간의 살과 살이 맞부딪쳤던 그 현장을 떠올리면 지금도 미소가 끊이지 않는다.

우리 동기들은 각 부처에서 공무원 생활을 하는 중에도 끈끈한 우정을 과시했다. 부처별로 서로 도울 일이 있으면 자기 일같이 앞장서서 뛰었다. 다른 기수에 비해 인원이 적은 편이었으나 그 숫자가 결코 적다고 생각해 본 적은 없었다. 부처별 칸막이가 높아 갈등이 심할 때도 동기들이 나서서 협조 분위기를 만들었다.

지금은 민간 주도 성장의 시기이지만 우리 동기들이 공직에 있을 때는 관 주도 성장의 시기였다. 경제개발 5개년계획, 국토발전계획, 행정정보망 기본계획, IMF 구조조정 등 오늘날 대한민국이 선진국에 진입하기까지 우리 동기들은 밤을 지새우며 땀과 눈물을 국가에 바쳤다. 중앙공무원교육원 운동장에 서 있던 표지석에 새겨진 '내 일생, 조국과 민족을 위하여'라는 글에 비추어 보아도 한 점 부끄럼이 없다고 자부한다.

이제 우리 동기들이 공직에서 은퇴한 지 십여 년의 세월이 흘렀다. 그때는 몰랐으나 지금 와서 알게 된 것이 있다. 공직에 있을 때는 '무엇이 되느냐'가 중요했다. 정권이 바뀔 때마다 어떤 자리로 가게 될 것인가에 매달렸다. 더러는 가슴을 쓸어내렸고 더러는 가슴을 쥐어짤 수밖에 없었다. 이제 와 한 걸음 떨어져 바라보면 진정으로 소중한 것은 '무엇을 했느냐'였다. 관직은 잠시 머물다 가는 환상이요, 물거품인 것을 고희(古稀)가 넘어서야 깨달았다.

처음 동기들의 오찬 모임에서 '50주년 기념문집' 발간 이야기를 꺼냈을 때 참석자 모두 그 가능성을 의심했다. 적어도 과반수가 참여해야 의미 있는 문집이 될 텐데 그것이 과연 이루어질 것인가? 하지만 우리 동기들은 역시 끈끈했다. 그 계획이 카톡 연락망을 통해 공지되자마자 47명 동기 중 25명이 참여 의사를 표명했다. 더욱 의미 있는 일은 작고한 동기 4인 중 2인의 배우자 또는 자녀가 대신 참여하겠다고 연락을 취해온 사실이었다.

편집장으로서 동기들이 보내온 원고를 정리하면서 더욱 놀라운 사실을 발견했다. 지난 50년의 대한민국 역사가 그 원고에 녹아들어 있는 것이었다. 이 기념문집은 단순한 회고조(回顧調) 문집에 머무르지 않는다. 동기들은 공직에서 은퇴한 이후에도 자기 계발을 소홀히 하지 않았다. 후반기 인생을 설계하며 문학, 종교, 역사, 평론 등 각 분야에서 연구를 게을리하지 않았다. 덕분에 어디에 내놓아도 부끄럽지 않을 만한 알찬 문집을 펴낼 수 있게 되었다.

문집 발간에 소중한 원고를 제출해 준 동기 제위에 감사드리며 이 책을 읽는 독자 중 단 한 사람만이라도 젊은 시절 나라를 위하여 최선을 다한 우리 동기들의 족적을 기억하고 감동할 수 있다면 이 문집의 가치는 충분하다고 생각한다.

차례

수필

기행문

역사 인물 탐구

시사 평론

*는 동기 유족의 글입니다.

시

김영룡 김진선

김한진 노옥섭

문형남 안희원

김운향*

길은 길로 연하여

김영룡*

1. 개나리 길

노란 개나리 꽃길 따라
엄마 뒤쫓는 병아리 봄나들이처럼
초교 운동장에 모여드는 코흘리개 아이들
새 선생님, 새 친구 처음 만나는
봄은 처음이라서 설렌다
나의 봄날도 늘 그랬다
숨바꼭질하던 시골집
봄바람에 물결치는 파란 보리밭
뙤약볕 아래 미역 감던 개천
참새떼 쫓던 누런 들판
설음식 냄새 가득한 골목길
낄낄거리며 같이 놀던 개구쟁이 동무들도
기찻길 따라 점점 멀어져만 갔다

* 광주고, 고려대 졸업
재경부 세제실장, 국방부 차관 역임

2. 기찻길

이른 새벽이면 어김없이 오는 기차
산모퉁이를 돌아서 하얀 연기를 날리며
중학교는 도시에 있는 터라
형도 누나도 나도 기차를 탔다
어머니는 이른 새벽마다 불 때 밥하고
책가방 메고 도시락 챙겨 넣고
산허리 돌아오는 기차 놓칠세라
허겁지겁 역으로 뛰어가던 숨찬 길
당신 큰아들 대학,
막둥이 중학까지 15년 이상
부모의 도리라지만 녹록지 않았던 길
7남매는 홀어머니 등골 녹여가며 컸다
농촌보다는 도시를 모든 이 동경했으니
꿈을 키워주던 기찻길
기차는 도시로 더 큰 도시로
우릴 끌고 왔다
말은 제주로 사람은 한양으로

우린 뜻을 세우고 배움을 키워가기 위해
찬 바람 씽씽 불고 인심 각박한 매몰찬 도시로 달려갔다

3. 한양의 길

4·19, 5·16 젊은 피 뿌려 힘들게 치른 광화문 거리
먹고 살고자 몰려드는 인파로 넘친 시장 거리
종로나 명동 신촌 거리는 젊은이 차지요
짐짝처럼 밀어 넣고 노선 따라 사람 뿌리고 씽 떠나는 버스
우린 대학 들어가 미팅도 하고 당구도 치고 어른인 양 담배도 피고
군인들은 정권을 잡은 후
개헌, 유신헌법, 긴급조치, 위수령 이어 하고
그리고 그들만의 의전행사로 치른 체육관 대통령 선거
난, 딱 눈감고 귀 막고 살았다
대학 수업은 개강과 휴강을 반복하니
손때 묻은 책장은 고작 사오십 장
비빌 언덕 없던 시골 촌놈, 목구멍이 포도청 아닌가
제 살길을 스스로 찾아 그저 도서관, 독서실, 사찰로 전전하고
때론 비탈길 문간방, 빗물이 새는 방도 나의 처지엔 감지덕지
소쩍새 울고 천둥 번개 치고 무서리 내린 봄, 여름, 가을 그리고 겨울
조상 음덕에 힘입어 어렵사리 15회 시험 관문을 통과했다
'흔들리지 않고 피는 꽃이 어디 있으랴'

‘바람에 흔들려보지 않은 나뭇가지 어디에 있겠는가’
흔들리면서 곧게 세웠다
그래 우린 만나서 인연의 끈을 시작했다
우리 47인 청운의 꿈을 펼치는 무대에 입장한 것이리라
우리에게 주어진 역할은 바뀌어 갈지언정
그저 한 계단 더 높은 곳으로
그것이 눈앞의 목표였다
어머니 품을 떠나 청운의 꿈 이루려 흔들리면서 달려온 것 아닌가
도시에의 동경, 하나라도 더 많이 채우려는 욕망,
뒤처질까 한 계단 높이 오르려 했던 야심,
되돌아보니 입가에 엷은 웃음이 머문다

4. 공직의 길

중앙행정 부처에서 출발한 인생 여정 2막
장관의 업무 지시는 명쾌했다
"사고는 긍정적으로, 검토는 철저히, 보고는 간략히"
우린 뛰어난 선배 국, 과장 아래서 훈련받고
지금도 들리는 황 소장님의 카랑카랑한 목소리
"명예를 존중하라, 물욕까지 부리면 안 된다,
권력을 가진 자가 물욕에 빠지면 반드시 부패한다"
첫 번째 터닝 포인트, 국비 미국 2년 유학을 다녀온 것
시장경제를 목격하고 체험하는 귀중한 경제교육이었다
두 번째 터닝 포인트, 우연히 찾아온 청와대 파견 근무 명령
또 다른 세상 구경의 시작, 정치와 행정의 만남이었다
그 후 집권당 전문위원, 대통령직 인수위를 거쳤으니
공직의 길은 정말 예측하기 어려웠다
경제 관료가 헬기 타고 육 해 공 부대를 무수히 다닐 줄이야
워싱턴 국립묘지와 한국전 참전용사비 헌화,
맥아더 장군 생가와 펜타곤 방문까지 지금도 생생하다
유엔사 후방 기지 후텐마, 요코스카, 오키나와, 괌 시찰로

미국 군사력을 이해하게 되고 또 하나의 행운은
미국의 국제지정학 전략가 브레진스키 저서
'그랜드 체스보드'라는 고전과의 만남이다
러시아 우크라이나 전쟁, 미국의 중동 정책, 한국전쟁의 비극을
국제 지정학적 관점에서 바라볼 수 있는 눈을 뜨게 한 책
난, 때를 잘 만났을까
경제 법률 서적 설익혀 소년등과로 35여 년 공직생활
난, 정말 행운아
힘든 초년 길을 동행해 준 짝꿍, 고맙다 이젠 말해야지
어느 구름에 비 올지 모르지만 뿌린 대로 거둘
희망의 끈은 놓지 않았다

5. 3막의 길

3막의 시작은 이런저런 세상일로 하드 랜딩이었다
그래도 가 보지 않은 길에 대한 호기심으로 나선
사물놀이, 논어 배우기, 클래식 산책, 풍경과 인물 사진 찍기,
여행 다니기, 아빠 요리 교실, 안나푸르나 트레킹
아직 마음속 품어 있는 산티아고 순례길
강, 산, 호수, 숲길 걷기는 나를 되돌아볼 수 있음에 참 좋다
음악은 위로요 치유다
트로트에 폭 빠져 행복해하는 이들이 한둘인가
2015년 우연한 기회에 배우기 시작한 찬송가 부르기는 큰 즐거움
가사를 수없이 읽어보라
감성으로 깊은 호흡하라 자기 이야기를 하라
'비바람이 칠 때와 물결 높이 일 때에
사랑 많은 우리 주 나를 품어 주소서
풍파 지나가도록 나를 숨겨 주시고
안식 얻는 곳으로 인도하여 주소서'
애창 찬송가 388장
어느 사이 서러움에 가득 찬 내 맘에

괴로움 눈 녹듯이 사라진다
행여 누가 청하면 기꺼이 부르는 조두남 작곡 '그리움'
어머니를 회상하며 피어오르는 그 감성으로
'기약 없이 떠나가신 그대를 그리며'
한 번쯤 불러보시라
가슴 깊은 곳에 오래 자리 잡은 그리움이란 이런 것인가
어머니에 대한 끝없는 그리움은 다시 어린아이같이 됨이다
사람이 돈을 좇는 것 아니다
때가 되면 돈이 사람을 좇아온다
어머니의 말씀은 늘 귀에 쟁쟁하다
어머니 품어 주는 세상 치유요 위로요 평화이다
나의 3막 주제, 마음의 평화
내 맘속에 솟아난 이 평화는 깊이 묻힌 보배로다
내 영혼의 그윽이 깊은 데서(찬송가 412장)
이 글은 자식 손자들이 언젠가 꼭 읽어 줄 것
작은 희망을 갖고 쓰고 있다

6. 낯선 새 길

코로나는 일상을 엄청 바꾸고
앞으로 AI 만들 세상 상상조차 어렵다
그래도 재미있게 그리고 의미 있게 채워야 한다
사는 법이라는 게 간단하대요
'그리운 날은
그림을 그리고
쓸쓸한 날은
음악을 들었다
그리고도 남는 날은
너를 생각해야만 했다'
나태주 시인의 '사는 법'
새해 뭘 할까
연필 초상화 그리기 해 보자
어머니 누나 형 그 동무들
손자들 커가는 모습
남겨줄 선물 별로 없으니 더욱 그렇다
봉평을 사랑하는 회원 초상화까지

77 희수 때까지 열심히 그려봐야지
사람의 길, 두 길을 다 가지 못하는 것을
선택의 기로에서 안타까워하며
누군가를 더 사랑하지 못한다고
누군가를 용서하지 못한다고
모든 욕심을 버리지 못한다고
'내 모습 그대로 최선을 다한 거기까지가
우리의 한계이고 우리의 아름다움입니다'
더글러스 마렉의 '우리의 아름다움' 시 한 구절
세상살이 넘어지고 부딪히고 깨져서 울적할 때
시를 읽으면 큰 위로를 얻고 차분해지는 가슴
허점투성이 분노조절 장애를 가진 존재임을 인정하는 것
이것이 너의 아름다움임을 잊지 말라
따독거리며 새 힘을 불어넣는 시인
3막 기죽지 말고 씩씩하게 살자!

7. 어머니의 길

철없는 아이 대뜸 넌, 아버지 있어서 좋겠다
어머니의 가슴에 피멍 만든 줄 어찌 그때 알았으리
울 엄니 막 시집와서 나주댁, 큰딸 낳고는 영덕이네였다
신랑이 장날이면 고춧가루 사 오고 온갖 살림 다 알아서 챙겼다나
당신, 애 낳고 세끼 때 되면 식구들 밥한 것이 전부였다고
아들 넷, 딸 셋 몽땅 철부지 때 청천벽력 같은 일이 벌어질 줄이야
삼일장 치르고 산에서 돌아오는데
골목길 할머니 혼자 혀를 끌끌 차며
영덕이네 좋은 세상 다 살았네
난, 그때 8개월 된 핏덩어리
섣달 초 엄동설한에 세상에 나왔으니
어미 젖 빨며 버둥대다 누나 등 업혀 잠들고
어머니는 내가 철이 들 때쯤 그 할머니 얘기 들려주셨다
당신도 그땐 무슨 소리인가 했다고
살다가 가장 가슴 아픈 것 새파란 남편과의 사별이요
담으로는 자식 앞세워 보내는 일이라는데
울 어머니 하나도 아닌 두 풍상을 다 겪었으니

하늘이 갈라지고, 땅이 무너지는 일
그래서인지 말수가 적었던 어머니
몸 건강하면 누구에게나 때가 온단다
사람이 돈을 좇는 것 절대 아니다
이것이 전부 다
논두렁 밭고랑 농사로 철부지 7남매 키우는 짐
어머니의 운명이라고 할 수밖에
그리고 남긴 것 딱 3장의 사진뿐
우리 집 당신 큰 손자 돌, 당신 막내아들 대학 졸업,
막 시집와서 당신 남편과 찍은 것
누나, 어머니 일 생기면 S병원 응급실로 모시고 오세요
그날이 어머니를 생전에 마지막으로 뵌 날
그해 서울 눈이 어찌나 많이 왔던지
성남 근교 조그마한 사찰에서 49재
다음 해 노란 개나리 피던 날,
당신의 남편 곁으로 가셨다
7남매 막내 놈이어서 책임감도 없었네
어머니 틀니는커녕 용돈 한번 제대로 드리지 못했던 나
참으로 한심스럽고 부끄럽다

세월이 훌쩍 흘러서야 자식 도리 안들 소용없네
난, 또 한 분의 어머니께나마 바나나, 단팥빵, 두유…
이것저것 대속(代贖)으로 택배한다
어머니 모셨던 누나 생각 난다
아들 다 소용없다 그래 딸이 있어야 해
아들뿐인 난 목메달
마누라 없이 7남매 맡겨졌다면 상상조차 무섭다
모성은 절대적이요, 모든 걸 품는다
천둥이 쳐도 그 자리, 산 무너지고 땅 갈라져도
당신의 육신으로 지켜낸다
강물이 온 세상의 낮고 험한 길 연이어 돌아가며 품듯이
어머니의 길은 강물의 길
내 막내아들인 당신의 손자
그날 밥 한 그릇, 전 한 접시, 과일 하나
향 피우고 사진 앞에서 절 두 번
어머니, 용서하세요
당신 손자 장가들게 해주세요
염치없는 난, 어머니께 청원한다
어머니의 길 큰 누나가 이어가는 걸까

어머니의 모습이 생생하게 살아있다니 경이롭다
여수 요양병원에 있는 팔순의 큰누이
마지막 촛불, 양지의 눈 같은 영혼
주의 은총으로 구원하소서
따스한 봄날 곧 오니 부디 건강하세요

8. 공자(孔子)의 길

난, 3막에 들어서야 논어를 접했다
孔子 曰은 이렇다
15세(志學) 학문에 뜻을 두고
30세(而立) 학문에 기초를 확립하고
40세(不惑) 사리 판단함에 있어 혼란에 빠지지 않고
50세(知天命) 하늘의 뜻을 알고
60세(耳順) 귀로 들으면 그 뜻을 알고
70세(從心) 마음이 하고자 하는 대로 해도 법도에 어긋나지 않았다
이것이 군자의 길, 공자의 길이다
2막 공직의 길에 앞서 배워야 했거늘 난, 선후를 바꾼 셈
늦게나마 논어 몇 줄 그나마 다행
공자 왈, 군자는 도의를 밝히지만(君子喻於義)
소인은 이득만 밝힌다(小人喻於利)
군자는 남들을 사랑하고 사귀되,
함께 어울려 패를 짜는 법이 없다(君子周而不比)
소인은 서로 패를 짜지만 남들을 사귀고
사랑하는 법이 없다(小人比而不周)

군자는 궁핍해도 잘 견딘다(君子固窮)
소인은 궁핍하면 난동을 부린다(小人窮斯濫矣)
修己治人 見利思義 知足不辱
공자의 공직자 기본 도리에 대한 가르침이다
공직자는 자신에 엄격해야 된다
청문회에서 답변이 궁한 이, 공직 자격이 없다는 것 국민은 다 안다
자기 분수를 지키면(知足)
자신이나 나라를 욕되게 하지 않는다(不辱)
정권이 몇 번이나 바뀌었는데도 높은 현직에 이름을 올리는 이,
이것이 존경받는 선비의 바른 길인가
어떻게 하면 백성이 따르겠느냐?
곧은 사람을 등용해서 쓰면 백성이 따르고,
굽은 사람을 골라 곧은 사람 위에 쓰면 백성이 따르겠는가
동서고금에 불변의 진리다
난, '공자가 죽어야 나라가 산다'는 비판적 견해에 동감한다
공자의 가르침은 봉건시대 정치교육 사상이다
한 인간으로서 마땅히 가야 할 길은 따르되
비판적으로 받아들여야 한다
위계질서, 상명하복, 갑을문화의 늪에 빠져서는 안 된다

9. 노자(老子)의 길

상선약수(上善若水)
가장 훌륭한 것은 물처럼 되는 것, 노자의 길이다
물은 만물의 생육을 이롭게 하면서도 다투지 아니한다(水利萬物而不爭)
물은 모두가 싫어하는 낮은 곳에 자신을 둔다(處衆人之所惡)
공자의 길, 세상을 살아가는 인간의 기본 도리
노자의 길, 최상은 무위(無爲)라
하나님이 창조한 세상을 가리킴이 아닐까
하나님이 선한 의(義)로 지으신 세계
그대로 살아가길 염원한 것이리라
숲속이나 험한 산골짝에서 지저귀는 저 새소리들과
고요하게 흐르는 시냇물은 주님의 솜씨 노래하도다
주 하나님 지으신 모든 세계(찬송가 79장)
노자의 도덕경은 읽어도 도무지 이해하기 어렵다
그런데 상선약수를 하나님 지으신 세계에 대입하면 잡힐 듯하다
물은 돌고 돌아 가장 낮은 곳 그러면서 앞을 다투지 않고(流水不爭先)
흙으로 빚어 하나님께서 호흡을 불어넣어 생명을 얻고

다시 흙으로 돌아간다
하나님의 의에 맞게 사는 길 영생의 길이 아닐까
자연의 질서, 우주의 섭리, 하나님의 의, 무위의 세계,
알 듯 모를 듯

10. 나태주의 길

25년간 가장 사랑받은 교보문고 글판
나태주 시인의 「풀꽃」이다

‘자세히 보아야 예쁘다
오래 보아야 사랑스럽다
너도 그렇다’

스물 넉자밖에 되지 않은 시
독자들의 가슴에 들어가 꽃이 되고 샘물이 된 시
나태주 시인은 1945년 충남 서천에서 출생 43년간 교직 생활
73년 첫 시집 『대숲 아래서』 출간 이후 46권의 창작시집,
150여 권의 문학 서적을 출간했다
난, 그의 시 가운데 「풀꽃」, 「사는 법」, 「행복」을 특히 좋아한다

‘저녁 때
돌아갈 집이 있다는 것
힘들 때

마음속으로 생각할 사람이 있다는 것
외로울 때
혼자서 부를 노래 있다는 것'

나태주 시인의 '행복'
인생의 길이란 심오한 철학이나 사상을 배워서 터득하는 게 아니라
세상을 단정하게 고요하게 바라볼 때 저절로 솟아나는 것
나태주 시인의 길에서 비로소 터득하게 되었다
시인은 하나님 다음의 창조자라는
문학평론가의 평은 과장이 결코 아니다

11. 운명의 길

운명의 길이었을까
우리 47인 스스로 선택한 길 따라 묵묵히 온 후
이 문집을 만들게 되었다
사는 동안 가장 어렵다는 것
좋은 습관을 유지하는 것
예수님의 사랑, 부처, 공자, 시인의 가르침
읽고 배울 때 머릿속으로는 안다
학행일치(學行一致)
고등학교의 교훈인데도 꾸준히 실행에 옮기는 것은 잘 안된다
생각을 조심해라 말이 된다
말을 조심해라 행동이 된다
행동을 조심해라 습관이 된다
습관을 조심해라 운명이 된다
생각, 말, 행동 하나하나가 벽돌 하나씩 쌓여가듯 습관이 된다
좋은 습관이 좋은 운명을 만든다
운명이라고 탓한 난, 바보였다
잘못된 습관 때문임을 깨달은 것은

이미 5학년을 훌쩍 넘어선 때
나의 손자 Ryan, Ben ji
좋은 습관을 하나씩 익혀가길
꼭 당부하고 싶다

12. 사랑의 길

강 따라 산 따라 놓여 있는 길
유채꽃 물든 따스한 봄 길
천둥 번개 몰아친 소나기 길
누런 황소 그저 뚜벅뚜벅 걷는 길
코스모스 하늘거리는 가을 길
높은 하늘 저 구름 흘러가는 길
하얀 눈 날리는 겨울 길 단팥죽 데이트 길
우리 47인 중 어느 사이엔가
몇몇은 우리 곁을 떠나 저 하늘에 별이 되었다
자식들, 손자들이 물으면
우리 47인의 문집을 읽어 보라
강 따라 산 따라 걸어 온 길이 잘 쓰여 있다
아름답고 가슴속에 자리했던 솔직한 이야기,
훌훌 털어놓으니 홀가분하다
'예쁘지 않은 것을 예쁘게 보아주는 것이 사랑이다
좋지 않은 것을 좋게 생각해 주는 것이 사랑이다
나중까지 아주 나중까지 그렇게 하는 것이 사랑이다'

나태주의 '사랑에 답함'에서

사랑은 오래 참고
사랑은 온유하며
시기하지 아니하며
사랑은 자랑하지 아니하며
교만하지 아니하며
자기의 유익을 구하지 아니하며

고린도전서 13장 4절에서 사랑의 길을 보여 준다
나중까지 아주 나중까지 오래 참는 것
세상 모든 길이 로마로 통하듯이
공자, 노자, 나태주의 길 모두 예수님의 길로 통한다
나의 살아온 길, 길 위에서 되돌아본 생각, 서투른 글솜씨,
여러분의 사랑으로 안아 주시라

13. 77의 길

4남 3녀 중 막내
지석천 흐르는 조그마한 농촌에서 태어났다
육이오 때 아버지 잃어 조실부모한 시골 소년 집안 형편 빠듯했다
한양 길은 멀고도 먼 나들이, 대학 4년 겨우겨우 이어가는 몸부림
바지는 군복을 까맣게 물들이고 상의는 흰 와이셔츠로 족했다
2차 시험 합격 후 면접 때 처음 입는 양복
넥타이 매주는 하숙집 아주머니 슬며시 웃는다
친구 덕에 만난 평생의 짝꿍
난 막내, 넌 큰딸 그래서 더 좋았나 보다
두 아들을 키우고 나서 남성이 된 아내
내 스스로 선택한 공직의 길이어서 자긍심, 보람도 적지 않았다
짝꿍 응원 덕에 끝까지 완주한 마라톤 같은 길
긍정적 사고, 열정, 꿈, 공직에 있어 큰 힘이 되었고
흔하디흔한 말, 대과 없이 마쳐서 시원섭섭한 길
세월은 유수처럼 흘러 머지않아 77 희수
지는 해를 아쉬워하지 말고 뜨는 해를 아껴 써라
멘토 말씀대로 난, 오늘을 감사하고 있다

난, 손자 둘 있으니 참 행복하다
미국에 있는 두 손자와 가끔 영상 통화한다
실내에서 하키 하고 피아노 치는 동영상
전철 속에서 슬며시 보아도 좋다
평범하게 산다는 것, 세월이 갈수록 쉽지 않음을 절감한다
조실부모, 소년등과, 중년상처, 말년빈곤
우리 삶의 4대 불행을
어느 하나라도 겪지 않는 사람 어디 있겠는가
형제도, 친구도, 친지도 떠나는 사람이 차츰 늘어간다
이런 삶을 어떻게 받아들이는가 우리의 몫이다
사소한 일에 화를 버럭 내는 이것이 내가 지금껏 나이 먹어온 모습
3막의 소원, 한 해 한 해 곱게 편안하게 살자
77 희수 때
가족들 초상화 전시회 열고,
'그리움' '내 고향 남쪽 바다' '그대 있음에'
피아노 반주에 맞추어 노래 부르고,
와인이나 매실주 한잔하는 오붓한 자리 정말 멋질 것 같다
상상은 행복한 자유

14. 문학의 숲길

봉평, 이효석의 「메밀꽃 필 무렵」 무대
'길은 지금 긴 산허리에 걸려 있다
산허리는 온통 메밀밭이어서
피기 시작한 꽃이 소금을 뿌린 듯이
흐뭇한 달빛에 숨이 막힐 지경이다'
이곳이 나의 제2 고향
4월 초쯤부터는 매주 삼사일씩 머무는 곳
제2 영동고속도로 달려 서울에서 2시간 조금 덜 걸려 닿는 곳
주위가 온통 무성히 우거진 숲의 달콤한 공기
머리가 뻥 뚫리는 상쾌함 이곳 최고의 선물
더불어 메밀 막국수, 황태 해장국, 오리구이, 삼겹살 구이,
곰탕, 장칼국수, 중국 요리, 묵사발, 민물매운탕 이루 셀 수가 없네
어디 그뿐이랴
월정사 선재길 걸어 보시라
물소리 솔바람 소리 산새 소리
어디서 이런 호사를 누릴 수가 있을까
두어 시간 걷고 나서 먹는 산채비빔밥

함께 모여 수다 떠는 분위기 짱인 서너 곳 카페
서울에서 지인이라도 오면 이효석 문학의 숲길, 월정사 선재길,
청태산 휴양림, 무이 예술관,
오리구이, 묵사발, 메밀 막국수집으로 바쁘다
한여름에도 가벼운 이불을 덮고 자는 곳, 이곳이 봉평
거짓말이려니 하고 가 보고서 깜짝 놀랐다
시원한 바다 보고 싶을 땐 드라이브 가는 강릉, 주문진, 묵호
등대 오르는 길에 자리 잡은 자그마한 집들의 풍경,
그리고 담벼락 벽화가 참 재미있다
똥 싸는 녀석 조각 작품,
물장구 젊어진 어른,
구공탄을 양손에 든 꼬마 녀석,
두부김치 양푼이 물회 먹는 모습
사천항 솔밭 그리고 파도치는 파란 바다
커피에 곁들인 피칸 파이 한 조각
봉평을 사랑하는 여러분
좋은 인연 계속되길 소망한다
난, 봉평을 사랑한다

15. 이 글을 마치면서

개나리 길에서 문학의 숲길까지
시골 소년이 연이어 걸어온 길
꿈, 도전, 성취, 사랑을 얻었고
이젠 치유, 위로, 자유를 건네고 있다
당신에게 가장 소중한 것
나 역시 나의 가족임을 고백한다
어머니, 나의 짝꿍, 나의 아들 그리고 손자
항상 그립고 언제나 고맙고 볼수록 사랑스럽다
하늘 같은 남편 일찍 떠나보내고
홀로 7남매를 키워낸 장한 어머니
공무원 사위 소리 없이 뒷바라지한 또 한 분의 어머니
어릴 적에 조카를 친자식처럼 보살펴 주셨던 숙부 숙모님
직장에서 사회에서 아끼고 이끌어 주신 분들
마지막으로는 귀한 인연을 이어온 47인 동기분께
글로나마 감사드린다 더욱 건강하고 행복하시길 빈다

오대산 단상(斷想)

김진선*

1. 고운일점(孤雲一點)

높고 넓은 텅 빈 하늘에
외로운 구름 한 점
가는 곳은 정처 없이
바람 닿는 그 어디
느릿하게 흘러가며
한 조각 구름 떨궈줌에
나 그 구름 벗하여
노을 진 산등 너머
고독이 멈출 그 어디로
갈 듯 말 듯 쓸쓸히
그 길을 걸어가네

---

* 제32~34대 강원도지사
동국대학교, 한양대학교 겸임교수
국가균형발전위원회 위원 역임

2. 오대천음(五臺川音)

위에는 옅게 잔설이 얹혔고
바로 아래는 여태 얼음장
그 사이사이로 내비치는
청간산수(淸澗山水) 물흐름
오대천음
한겨울 얼었던 목청 녹이며
노래에 실려 찾아오는 봄소식
그것은
계절이 그렇게 바뀌어도
뭇 생명 살아 있음에
절로 토해내는
천지간(天地間)의 소리

3. 은자연(隱者然)

오대산 어느 한 기슭
은자연하며 지낸 지
세 순차 해 맞은 섣달
만상(萬象)이 제자리 그 모습인데
얼굴 주름만 늘었구나
한겨울 세찬 바람에
모든 미적이* 움츠렸는데
나는 이 아침도 당지기*
곱은 손 비비고 불며
성황각(城隍閣) 문을 연다

*미적이: 동식물을 통틀어 이르는 말(生物)
*당지기: 당집이나 서당 따위를 지키는 사람

4. 오대산 아침

동쪽 봉우리엔
잰걸음으로 해 오르고
서편 산마루엔
빛 받아 홍조 띤 구름 떼
팔 걸치고 숨을 고른다
어스름 전나무 숲길엔
누비적삼 두른 스님 한 분
한참 후 풍상 겪은 얼굴의 보살 한 분
또 한참 후 시름 찬 모습의 어느 거사
느릿느릿~

5. 오대산 구름

오대산 영봉(靈峯) 감싸 품은 저 구름아
무슨 심사로 선뜻 놓을 줄 모르는가
가는 걸음 굳이 재촉 아니 하려거든
이 나그네와 잠시 청담(淸談) 나누다 가시게

삶이 뭐길래

김한진*

온 누리가 푸른 오월이면 감꽃은 노랗게
피어나고
청보리도 고개 숙여 누렇게 익어 간다

떫은 땡감이 따가운 햇살 받아 노랗게
꽃단장할 때쯤 되면
초록이던 벼 이삭도 누렇게 여물어간다

바다 건너 서풍이 불어오는 날
누런 감잎은 낙엽이 되어 밭고랑에
떨어져 나뒹굴고
감나무엔 잘 익은 홍시만 주렁주렁

청보리 벼 이삭 감나무의 푸르름이
계절 따라 누렇게 변하는 것은

---

* 연세대 정외과 졸업. 전 상공부 이사관
시인, 수필가, 문학평론가
시집 ≪삶이 뭐길래≫ 수필집 ≪삶의 길목에서 백양로≫

자연의 이치인 걸

삶도 쪼개 놓고 보면 언제나
푸른 것은 아니고
노을 지면 황혼으로 넘어간다.

떫은 감 따 먹어도 이승이 좋다는
말도 있다시피

삶 그것이 뭐길래 지나온 세월
할 수만 있다면
다시 한번 복기하고 싶어진다.

너와 나는 서로 버팀목

서초대로 한복판에 홀로 서 있는
몸통이 기울어진
천년 묵은 늙은 향나무
강풍에 쓰러질라
통통한 버팀목 세워놓고

서리풀공원 새로 단장한다고 심어
애지중지 키우는 어린 소나무엔
솔바람에라도 부러질라
여린 버팀목 세워놓고
한껏 떠받치게 한다

튼튼하다고 잘려 나간 낙엽송
한 몸 바쳐 살아있는 나무
버팀목 되어주는 슬기로운
너의 삶
너무나 좋아 보인다

나무도 그러하듯 나 홀로

살아가기엔 너무나 힘든 세상

너는 나의 버팀목 되고
나는 너의 버팀목 되어주면
세상에 이보다 더 좋은 삶이
어디 있으랴
버팀목에 아내가 겹쳐 보인다.

허기진 내 마음

은빛 가을 호수에 머리 조아리며
첨벙첨벙 물질하는 어미 청둥오리
호숫가엔 허기진 새끼오리들
숨죽이고 어미 입만 쳐다본다

마라톤 출발할 땐 다른 선수 눈치 보며
여유를 부리다가도 반환점을 돌고 나면
눈을 부라리며 엄마 젖 빨던 힘까지
보태 결승선을 향해 달려간다

청둥오리의 물질과 마라톤 경주 젊은 날
처절한 내 삶의 현장과 너무 닮았다
변곡점도 결승선도 없는 인생길에서
앞만 보고 달리던 그때의 허기진
내 모습은 목마름이고 간절함이었다

삶의 모든 거 다 내려놓은 지금도 허기지고
무언가 부족한 듯
허구한 날 빈 허공에 대고 허우적거린다

어젯밤엔 꿈속 거닐다 불현듯 깨어나
창밖 붉은 십자가를 바라보며 허기진 마음
메꿀 궁리에 빠져들었다

'명예나 양심 중 하나를 선택하라면 양심을
선택하겠다'는 몽테뉴 에세이의 한 구절이
내 삶을 돌아보는 수필을 쓰게 하고

'그 무엇 하나 간절할 때는… 등뼈에서 피리 소리가 난다'는
신달자 시인이 시 한 구절이 허기진 내 마음 보고
시 한 수를 더 쓰게 한다.

강 건너 미지의 세계

꿈속 강가에서 말없이 흐르는 강물
건너편을 바라보면
내가 한 번도 가 보지 못한 미지의
세계가 눈 앞에 펼쳐진다

미지의 세계는 오직 검은 흑암뿐
강을 건널만한 돌다리도 통나무도
보이지 않고
강물 위를 걷는 사람도 없다

내 육신이 불가마에 불태워질 때
너무 뜨거워
남몰래 빠져나온 내 영혼

돌아서려고 해도 '아이고' 하는
눈물 어린 곡소리 '잘 가세요'란
말만 들릴 뿐 등 뒤에서
나를 불러주는 사람은 없다

나 홀로 강을 건너려니 외롭고
두렵기만 하다

언젠가 내가 강 건널 때만이라도
하늘의 천사가 마중 나와 주길
꿈속에서나마 간절히 빌어본다.

강물

노옥섭*

고요하고 맑은 새벽에
순정한 대기를 타고 내린 이슬 한 방울
쌓인 지맥을 타고 오른 안개 한 자락과
서로 만나 작은 샘을 이루고

바람과 별빛이 빚은 정화수가
하늘만 아는 곳으로부터
낮은 곳만을 찾아 흐르는
여정의 모든 시작은 거룩하다

양지바른 언덕에
작은 씨앗들을 싹 틔워 놓고
어린 들짐승들을 먹이며
비록 그곳이 아무리 척박한 땅일지라도
산협을 지나 미지의 너른 세상으로 내닫는다

---

* 전 감사원 사무총장, 감사위원
  전 전남도립대학교 총장

동서남북 가림없이 모여드는 물줄기는
서로를 차별하거나 반목하지 아니하고
자유롭게 만나 뒤섞이고 껴안으며
넉넉한 관용의 흐름이 된다

그 흐름을 첩첩 산도 결코 가르지 못하고
어떤 장벽도 강물은 휘돌고 넘쳐나 전진할 뿐이니

무수한 해와 달의 사연을 품어 안고
암흑의 밤을 건너 여명의 새날을 열며
유장하게 흘러온 강물의 인고는
지나온 자취마다 온갖 생명을 소생시킨다

멀고 험한 노정의 기억마저 육탈될 즈음
장미정원의 환희도 불타는 숲의 탄식도
기실은 둘이 아닌 하나였음을
깊어진 강물은 스스로 깨달아 눈뜨며
비로소 화쟁(和諍)의 바다에 이른다

그곳에서 무애(無碍)의 하늘과 다시 만나 누우며
늘 푸른 역사가 된다.

시간의 흐름은

한여름날 맹위를 떨치던 무더위 속
매미들의 쟁쟁하던 저항의 함성도
시간의 흐름에는 어느덧 잦아들고

하늘 가득히 무성했던 과목의 잎들도
열매의 완숙을 위한 햇살의 시간에는
겸허하게 스스로 떨어져 내릴 줄 안다

그러나 세상 어디에나 있을 야만의 정글에서
독선과 오만의 영화를 누리는 폭압의 무리들
그 슬픔과 고통과 절망까지도
끝내는 사위게 하고 화평을 이룰 시간의 흐름은

불가항력의 선한 생명들에겐
얼마나 은혜로운 위로인가
얼마나 빛나는 희망인 것인가.

올핸 얼마나 더 가벼워질까

문형남*

달랑 한 장 남은 달력, 작년보다 더 가벼워져 보인다
창문 안으로 들어오는 새벽바람에 경쾌하게 춤추네

연말연시 카드를 보낼 명단도
작년 이맘때는 3장이나 되더니 올핸 달랑 2장
문 앞에 배달돼 쌓이던 캘린더도 이제 거의 없어져

그래 '성냥'도 돌아갔고, 맞아 '춘식'도 돌아갔고
은사님 중 이제 한 분만 남으셨네
머잖아 나도 돌아가면…

아들이 그런다. 아버지 이제 카톡으로 보내요
뭐, 무겁게 쓰고 붙이고 그러지 마세요
이제 눈도 어둡고 손도 떨리는데
가벼워야 천당에도 가볍게 들어갈 수 있다고 하던데

---

* 전 한국기술교육대학교 총장, 한국산업안전공단 이사장,
최저임금위원회 위원장, 고용노동부 기획관리실장

사노라니

안희원*

내 인생에
몇 번쯤은
비전이 있는 도전적 삶 살고 싶었다
별빛같이 달빛같이 흔들리지 않는 삶 살고 싶었다
사랑과 진심이 있어 두렵지 않은 삶 살고 싶었다
목숨을 걸 가치가 있는 삶 살고 싶었다
아무나 할 수 없어 감격해하고 감사의 눈물을 남겨줄 분이 있는
그런 삶 살고 싶었다

우물쭈물하다가 내 이럴 줄 알았다는 그 말에
내 인생의 여명이 빠르게 다가옴을 느끼며
더 진하게 더 진실되게 더 목마르게
내 손자에게 꼭 전해주고 싶다

저물어가는 저녁 먼 산 바라보며
때론 사랑에 빠지고

* 전 공정거래위원회 상임위원, 법무법인 세종 상임고문
하이자산운용(주) 감사위원회 위원장

때론 눈물을 삼키고
때론 그리움 시렸지만
그 모든 것 그저 아름답게만 보이고
이제야 바라볼 수 있고
이제야 다가설 수 있을 것 같아
작은 것에도 울림과 감동이 배가된다

하루에 깨어있는 시간의 절반만이라도
욕심과 허망에서 해방된 삶 살고 싶다
질기게 허욕을 좇던 그 어리석은 나를 바라보며
그 허업(虛業)의 껍질에서 벗어나 이젠
불편함이 줄어드는 작은 행복 누리고 싶다

때가 되면 이별을 받아들이는 삶
양심의 문턱 조금은 낮춰 소소한 편안한 삶
불편함이 익숙함이 되어 번거롭지 않은 삶
이념과 정념에서 비켜서 부대끼지 않는 삶
불의함에 웅크리거나 뒤로 물러서지 않는 삶
그런 편안함과 젊음이 있는 삶 유지하고 싶다

분노로 책망하지 말며
진노로 징계하지 말며
교만함으로 가련한 자 압박하지 말며
혀로 남의 허물 들추지 말고
온유한 자로 빈 들에서도 평강의 삶 누리고 싶다

노염은 잠깐이고
너그러움은 오래가리니
저녁에 우울함의 어둠 잠시 깃들지라도
아침에 새벽 밝음과 함께 잠잠해 지니라

진리가 항상 승리하는 것은 아니나
히틀러에 맞선 본회퍼처럼
무모한 도전이고 실패할 수 있다는 것을 알면서도
해야 할 일이기에
그런 길을 갈 수밖에 없었던
그래서 마음만은 한없이 평안했던
그런 삶 살고 싶다

어린아이와의 약속을 지키는 것이
얼마나 위험하다는 것을 알면서도
그 아이를 실망시키지 않게 하기 위해 위험을 감수하려 했던
그래서 일본 순사에게 붙잡힌
안창호 선생 같은
오직 양심만 두려워했던
그런 삶 살고 싶다

아직은 비전이 있는 삶 놓고 싶지 않다
나를 맑게 향기롭게 해 주기 때문이다
열심과 열정이 살아있게 해주기 때문이다
그래서 젊어지게 해주기 때문이다
용기가 필요할 때 모른 척 외면하지 않을 수 있기 때문이다
힘듦과 고난을 기쁨과 감사함으로 바꿀 수 있기 때문이다

그 맑고 향기롭고 열정과 용기와 감사가 있는 삶으로
담장 너머로 뻗은 나뭇가지의 그 질긴 생명력으로
겨울바람 앞에서도 흔들리지 않아
바람의 말에 귀 기울이는 삶 살고 싶다

양심의 종이 울릴 때마다 가슴이 환해지는 기쁨을 느끼는
그런 삶 살고 싶다
남에 비친 내가 아니라 내 가슴에 비친 나를 보고
나의 진면목(眞面目)을 찾으려 노력하는
그런 삶 살고 싶다

봄의 씨앗처럼
땅에 뿌려져 가을에 추수하는 것 이상을 기대하지 않는
욕심으로 채우는 것이 아니라
가만두어도 채워지는 것에 경외를 느끼는
그래서 가슴이 뛰고 뜨겁게 달아오르는
그런 삶 살고 싶다

악착같고 아등바등하지 않아 졸졸거리는 도랑물 소리 들리는 삶
세상의 영광, 세상의 환호가 덧없음을 알고 멀리하는 삶
강함보다 약함, 채움보다 비움, 자만보다 소망이 큰 삶
진실에 의지하고 그 진실을 사모함에 이끌리는 삶
그런 삶 살고 싶다

모른다고 해서 기죽지 않는 삶
안다고 해서 거만 떨지 않는 삶
자랑거리 없다고 주눅 들지 않는 삶
자랑거리 있다 하여 가벼이 들추지 않는 삶
은혜를 베풀어도 보답 바라지 않는 삶
은혜를 받았거든 마음속 빚짐에 무거워하는 삶
그런 소박하고 진실한 삶 살고 싶다

푸앵카레의 추측을 100여 년 만에 증명하고도
세상이 주겠다는 온갖 상과 환호를 거부하고
상트페테르부르크의 작은 아파트에서
어머니와 단둘이 살고 있는
페렐만은
고독한 자유, 평범함 속에서 세상의 환호의 덧없음을 아는
진정한 용기 있는 삶을 살고 있다

이념과 신념은 다르지만 다른 쪽을 배척하지 않는 삶
남의 불편을 외면하거나 소홀히 하지 않는 삶
불편한 진실을 감당할 수 있는

그래서 진실의 끈에 의해
서로 소통하고
서로 마주 보고
결국 공생하는 길, 그 아름다움을 찾는 삶
그런 삶 살고 싶다

'어젯밤 꿈속에 보는 그대의 맑은 눈동자
아가씨 날 잊지 마오 요다음 일요일까지
보아라 작업복의 생기있는 눈동자들
사나이 굳은 뜻 무얼 겁내랴
하늘을 나르리 우리의 기상
조국의 이 강산은 우리 것이다'

한땐 호연지기(浩然之氣) 분출했지만
이젠 소리 없는 아우성
가끔 꾸는
어둠 속 꿈속의 악몽도
밝은 빛 속에서 보면
일장춘몽이요 한 움큼의 형체 없는 허깨비임을

그래도 등허리에 가끔 홍건한 땀은 남아 있다
빛 아래 땅은 혼돈이지만
빛의 질서가 빚은 창조는 여전히 경이롭다
그래서 일출의 모습은 장엄하고
일몰의 석양 모습은 신비롭다

그 빛이 있어
물은 산을 푸르게 하고
산은 물을 풍성하게 한다
그래서 청산은 유구하고
흐르는 물은 그 자리에 멈추지 않지만
그래도 바다는 넘침이 없이 늘 충만하여
우리들 소망 넘실거린다

그 그대로인 빛 아래 있음에
있는 그대로 만족할 수 있기를
있는 그대로 감사할 수 있기를
빛 아래 두려움은 사라지고 고독은 더 깊어지나

그 속 축복으로 꽉 차 있음에 놀라워하기를
우리의 삶 계속 비추기 위해
어김없이 다시 떠오르는 그 태양 바라보며
내일의 희망 바라보게 하소서

항아리

김운향*

머리에 달을 이고
아니 오신 듯 다녀가소서
산사의 처마 끝에 매달린 풍경 울리거든
바람결에 그 님이 스쳐 갔다 여기시라기에
천봉당 태흘탑 아래서 합장하노라니
노란 옷을 입은 소년이 나타나
운무 드리워진 능선을 가리키네
마음 한 곳을 비우고
몸 한 곳도 열어두기를
귀한 인연으로 빚어진 삶인데
알몸으로 와서 조각조각 깨질 때까지
골고루 채우고 비워보기를
큰 바위 속에서 흘러넘치는 감로수로
청정심 되어 시나브로 비우리라 하니
새로운 법열이 새록새록 밀려드네.

---

* 故 김의제 동기 미망인. 『월간문학』 평론 등단, 시인, 소설가, 평론가, 문학박사, 시집 ≪구름의 라노비아≫, 소설집 ≪바보별이 뜨다≫ 외 다수

수필

고영헌 김용달

김의제 김진선

김태겸 노옥섭

박 준 임석규

자동차 유감

고영헌*

"안됐네요. 내리세요."

옆자리 실기 시험관 여경(女警)의 어색한 미소가 40년 가까운 세월이 지난 지금도 잊히지 않는다. 그녀는 땡볕으로 새까매진 얼굴에 유난히 흰 이를 드러내며 자동차 운전면허 불합격을 선언했다. 계장 주제에 과장이 운전하는 차를 얻어타고 다녀야 하니 겸연쩍고 불편하기 짝이 없었다. 바쁜 시간을 쪼개 운전면허에 도전하였으나 쓴맛을 보고 말았다.

재도전 끝에 한 달 만에 겨우 면허를 취득했고 이때부터 자동차는 내 생활의 중요한 동반자가 되었다. 면허를 따고 난 뒤 차만 보면 운전하고 싶어 안달복달했다. 마침 시골 세무서장으로 발령을 받아 내려갔는데 일요일만 되면 서울 갈 생각보다는 세무서 차로 관내 구석구석을 누비고 다녔다.

읍소재지 말고는 거의 모든 도로가 비포장인지라 뿌연 먼지를 뒤집어쓰고 돌아오면 불쌍한 포니는 만신창이가 되었다. 애꿎은 차량 기사만 세척 하느라 생고생을 시켰던 기억이 새롭다. 게다가 초보 운전

* 전 종로세무서장, 남대문세무서 총무과장을 시작으로 25년간 국세청 근무

자가 길 가다 태워달라고 손드는 촌로들을 보면 두말없이 차를 세워 집 앞까지 데려다주었으니 참 무모하고 위험천만한 짓이었다.

첫 자가용으로 새로 나온 포니를 사서, 이걸 타고 토요일마다 서울까지 올라갔다가 일요일이면 내려가곤 했다. 스틱 변속기가 자동으로 바뀐 것 말고는 세무서 차와 달라진 게 없었지만 내 차를 내가 운전하니 마음이 편안하고 행복했다. 틈만 나면 집사람과 아이들을 태우고 남한산성길, 북한강 강변도로, 통일로 등을 무던히도 쏘다녔다.

운전에 자신이 붙자 지금처럼 통행량이 많지 않은 탓에 건방지게 과속을 하다가 딱지도 숱하게 떼었다. 여산휴게소를 지나 충청도 경내로 들어오면, 어김없이 지역 교통경찰관이 과속체크를 했다. 정지수신호를 받고 서면 경찰관은 최대한 느린 걸음으로 다가와 말을 걸었다.

"많이 바쁘신감유?"

한참 달리다가 또 적발되기도 했는데 그럴 때면 창문을 열고 짐짓 가엾은 어조로 말했다.

"요 앞에서 방금 걸려서 떼었는데요."

간혹 마음씨 좋은 경찰관은 그냥 보내주기도 했다.

아무튼 교통 위반을 하지 않으려고 무척 노력했지만, 위험한 순간도 많았다. 수원 교육원 주임 교관으로 근무할 때 세곡동 사거리에서 신호가 끝나갈 즈음 좌회전했다. 그런데 갑자기 "퍽" 소리와 함께 왼쪽 백미러가 박살 났다. 급정거하고 보니 초등학생 한 녀석이 놀라서 나를 쳐다보는 것 아닌가. 원래 애들은 건널목 파란 신호가 켜지면 무작정 뛰는 습성이 있어 학교 부근에서는 특히 조심해야 한다. 학교 양호 선생으로 하여금 부모에게 연락하고 혹시 몰라 인근 병원에 데리고 가서 무탈함을 확인하고 나서야 가슴을 쓸어내렸다. 조상님께 감사하고 차를 다시 타려는데 두 다리가 후들거렸다.

또 한번은 새벽 골프 약속이 있어 나섰다가 집 근처 사거리에서 사고를 당했다. 왼쪽 차선이 트럭 때문에 시야가 가려진 상황에서 출발 신호만 보고 막 나가는 순간 느닷없이 커다란 버스가 눈앞을 가로막았다. 본능적으로 브레이크를 밟았는데 내 차 번호판만 떼어다가 20m쯤 떨어진 곳에서 멈추어 섰다. 그야말로 간발의 차이로 목숨을 구했다. 나보다 더 놀란 버스 운전사는 떨어진 번호판을 주워 와 떨리는 목소리로 "괜찮으세요?" 하고 물었다.

이동 수단을 거의 자동차에 의존하다 보니 크고 작은 접촉사고를 심심치 않게 겪었다. 얼마 전 차선을 넘어와 정상 주행 중인 내 차를 받은 사고 차의 보험사에서 다친 곳이 없느냐고 묻더니 40만 원을 혹시 모를 치료비에 쓰라고 보냈다. 웬 떡인가 싶었는데, 아뿔싸 바로 다음 주 오른쪽으로 차선을 바꾸다가 순식간에 다가온 아우디에 흠집을 내버렸다. 수리비 400만 원을 보험 처리해주고 '세상에 공짜는 없구나' 하고 쓴웃음을 지은 적도 있다.

요즈음도 음주운전으로 인한 사고 소식을 자주 듣는데 마이카가 보편화되기 전에는 술 먹고 운전하는 사람이 아주 많았다. 세무서장 재직 중 북한산 밑 주점에서 지역 기관장 몇과 함께 저녁을 먹고 고스톱을 즐기는 일이 가끔 있었다. 술을 좋아하는 분들이 있어 한 판 이길 때마다 술 한잔을 따라주는 여흥으로 술을 거의 하지 않는 나도 분위기를 망치기 싫어 몇 잔 받아먹었다. 이럴 때 대개는 기사 없이 스스로 운전해서 귀가하곤 했다.

동부간선도로에 진입하기 직전 그만 음주단속 경관과 맞닥뜨렸다.

차에서 내리게 한 뒤, 바람 부는 방향을 향해 크게 심호흡을 하고 열 걸음 정도를 걸어보라고 했다.

'아, 이분이 봐주려고 그러나?'

그렇게 생각하고 힘차게 걸어갔다 오니 대뜸 음주측정기를 들이댔다. 공직자가 음주운전으로 통보되면 어떤 곤욕을 치르는지 아는지라 아찔했다. 그러나 어쩌랴. 에라 모르겠다 하고 힘껏 불었는데 기계와 내 얼굴을 번갈아 쳐다보던 그 경관이 말했다.

"훈방 수준인데 너무 얼굴이 빨개요. 조심해서 가세요."

그때 다시 한번 조상님께 감사했다. 다음 날 아침, 전화로 자초지종을 들은 경찰서장이 내게 충고했다.

"아이고, 그렇게 불어 버리면 나도 봐줄 수가 없어요. 그럴 때는 관내 당직 경찰을 전화로 불러 신분을 밝히면 댁까지 잘 모셔다드렸을 텐데. 큰일 날 뻔했네."

정년퇴직 후 자유인이 되자 나의 질주 본능은 전국을 무대로 유감없이 발휘되었다. 유홍준 〈문화유산 답사기〉의 '아는 만큼 보인다'는 말에 현혹되어 그 책에 수록된 여행지를 거의 모두 답사했다. 남도를 답사하면서 유 교수가 들렀다는 밥집을 찾아 한나절을 소모하는가 하면, 안동 기행 중에는 시간이 늦어 문 닫은 도산서원의 언덕을 넘어 들어가 깜짝 놀란 관리인의 배려로 오히려 자세한 특별설명을 듣고 나온 일도 있다.

지례(知禮)예술촌을 찾아갔다가 점심을 홀딱 굶고 집사람한테 혼난 일뿐만 아니라 고은(高銀) 시인의 〈절을 찾아서〉에 나오는 산사(山寺)는 불교에 대해서 아는 게 없으면서도 부지런히 다 가본 것 같다. 이러한 자동차 여행에는 집사람이 빠짐없이 동행해서 증명사진 주인공

역을 충실히 해주었다. 지금도 경관이 좋은 곳에 가면 어김없이 포즈를 취해준다.

북한강을 따라 산과 물이 그려내는 아름다운 길, 굴곡진 아슬아슬한 동해안 해안절벽 길, 사철 언제 가도 포근하고 운치 있는 섬진강, 한없이 게을러지고 싶어지는 남해 섬 일주도로. 우리나라 방방곡곡에는 드라이브하기 좋은 곳이 지천으로 많다. 서두르지 않고 편안하게 운전하면서 아늑한 정취를 느껴 볼 수 있는 한적한 시골길을 60㎞ 이하 속도로 달리는 때가 가장 행복한 순간이다. 가다가 분위기 있는 찻집이라도 만나면 금상첨화다.

포니에서 시작된 내 자가용은 차종이 바뀔 때마다 기능이 갈수록 좋아지고 있다. 하지만 편리한 기능을 숙지하지 못하고 배운 것도 한동안 쓰지 않으면 금방 잊어버리니 옵션을 다 갖춘 고급 차를 준 대도 그림의 떡일 것 같다. 비단 자동차 운전환경뿐만 아니라 모든 생활환경이 무인화하는 방향으로 급속 이행하고 있는데 쉽게 따라갈 수 없는 것이 안타깝다. 어느 정도 익숙해졌지만 아직도 셀프주유소는 부담스럽다.

내 동년배들이 골프를 접는 가장 큰 이유가 자동차 운전 때문이라고 한다. 특히 밤 운전이 부담스러워 못 하겠다는 이야기를 자주 듣는다. 그래서 아예 운전면허를 반납해버리고 편하게 산다는 친구도 있다. 고령화가 가속화되는 현실 속에서 고령자 운전면허 반납보다는 정부나 자치단체에서 나이 든 사람들이 안전하게 운전할 수 있는 환경을 만들어 주는 대책을 세워 주면 안 될까.

10년 만에 갱신하던 운전면허가 3년 주기로 단축된 지 꽤 되었다. 최근 면허갱신에 앞서 구청 '치매안심센터'에서 인지기능 검사를 받았다. 검사 담당 여직원이 일대일 대면 검사에서 "나이에 비해 아주 양호하다."고 말해 자못 흐뭇했지만 3년 후에는 또 어떻게 변할까 내심 걱정되는 것은 어쩔 수 없다.

고령자 운전 소리가 듣기 싫어 조심 또 조심하는데 얼마 전 바쁘게 나오다가 그만 주차된 차를 긁고 말았다. 어쩔 수 없이 집사람과 차 없이 며칠을 보내야 할 형편이 되어 평소 이용하지 않던 마을버스 신세를 졌다. 영화 한 편을 보고 나오면서 "주차 확인 안 했지?" 하고 돌아서다가 "참, 오늘 차 안 가져왔지." 하면서 혼자 웃었다. 앞으로 차 없이 지내야 할 날이 올 텐데 대중교통을 가까이하도록 노력해야 할 것 같다.

자동차 기능이 점점 좋아져 자율주행차가 보편화되면 전화 한 통화로 운전하지 않고도 아무 데나 갈 수 있다. 이동하는 동안 하고 싶은 일을 차 안에서 할 수 있는 날이 결국 도래할 것이다. 그러면 "아, 그 시절 그 위험하고 어려운 운전 어떻게 하고 살았지?" 하는 날이 오겠지.

집사람은 운전을 못 한다. 그래서 내가 옆에 있어야 편하다. 무릎 수술을 한 후에는 발을 뻗기 좋은 뒷자리에 앉는다. 그래서 그런지 옛날보다 잔소리가 갑절 많아졌다. 더러 부인이 운전하는 차를 타고 다니는 사람을 보면 부럽다. 하지만 집사람 혼자 운전하고 나갔을 때의 걱정을 상상하면 운전 안 시킨 게 다행이라는 생각이 든다.

오랫동안 나의 분신처럼 함께했던 자동차, 어느 때가 되면 이별을 맞이할 것이다. 사회에 기여하는 것 없이 연금만 축내는 쓸모없는 노인이지만 죽는 날까지 운전대를 놓고 싶지 않다.

자연과 한 몸 되기

김용달*

사람은 어머니로부터 갓난아기로 태어나 각자 주어진 삶을 살다가 흙으로 돌아간다. 부모님 몸도 자연의 일부라고 본다면 결국 자연에서 왔다가 다시 자연의 한 몸 안에 흡수되는 것이다. 나뭇잎도 봄에 수줍은 듯 녹색으로 돋아나 여름에는 생기발랄하게 짙푸른 색깔로 피어올라 가을이 되어선 열매를 맺어주고도 몸통에 미안한 마음이 들어 자기는 노란색, 빨간색이 되어 결국엔 양분을 만들어 제공해준 흙으로 돌아간다. 이 같은 자연의 순환과정을 보면 가장 깨끗하고 아름다워야 할 자연이 사람들에 의해 너무나 큰 상처를 입고도 매일 시달리고 있는 듯하다.

하느님이 성스러운 곳으로 예비한 가나안의 한쪽인 가자 지구에는 연일 계속되는 폭격으로 온 땅이 뭉개지고 검은 연기가 하늘을 뒤덮고 있으며 우크라이나 전쟁지역도 아파트며 곡창지역이 포탄의 잔해로 쌓여가고 있다.

신비스럽도록 아름다운 몽블랑의 만년설은 점점 녹아내려 흑회색의 돌과 흙으로 덮인 산으로 변해가면서 수십 년 전 등산 중 사망한

---

* 전 대통령비서실 노동비서관, 한국산업안전공단 및 한국산업인력공단 이사장, 디지털서울문화예술대학교 총장

사람의 시신이 덩그러니 드러나고 비가 내리지 않던 리비아사막에 엄청난 폭우가 쏟아져 수만여 명의 주민과 가옥들을 흙탕물 속으로 쓸어가 버린 리비아 벵가지 지역의 자연 재난, 남극과 북극 지역의 빙산이 빠르게 녹아내려 곰과 펭귄 등 극지방 생물들의 서식지가 파괴되고 나아가 지구 곳곳의 저지대 해안의 침수로 삶의 터전이 상실되고 있다.

지구 다른 편에서는 대형 산불이 빈발하고 있는데 아름드리 나무숲과 폭포가 어우러져 세계 관광객을 유혹하던 요세미티 공원에서는 여의도 25배 넘는 숲이 잿더미로 변했고 하와이와 그리스에서도 수많은 인명을 앗아갔음은 물론 역사적 문화유산까지 위협한 적이 있다.

이 같은 지구환경 악화의 심각성은 어느 정도이며 사람들을 어떤 공포 속으로 밀어 넣어 버릴까? 지구환경의 황폐화는 결국 인간의 끝없는 탐욕과 포악성에서 비롯된 것이라 할 수 있는데 80억 인구가 의식적, 무의식적으로 행하고 있는 공장 가동, 차량 운행, 냉난방 등으로 토해내는 탄산가스와 폐기물로 인하여 지구는 이미 자정능력을 상실하였다.

지구는 육지와 산, 강과 바다, 그리고 대기 흐름이 하나로 연결되어 거대한 순환생태계를 이루고 있는데 이런 생태계가 급속도로 무너지고 있으며 때론 예기치 못한 발작 증세를 나타내고 있다.

그중에서도 대기오염이 인류의 지속가능성을 위협하는 첫 번째 요소인데, 영국의 Lancet Planetary Health 연구내용을 보면 공장과 자동차 등의 매연으로 2019년에 450만 명이 사망했고 사망자는 매년 폭증하고 있다는 것이다. 나아가 오염이 심한 곳의 근무 기피, 인력난, 생산성 감소는 물론 주가 하락을 가져온다는 다른 조사 결과도 있다. 더 큰 문제는 매연 배출량이 극심한 중국과 인도 등에서 이 같은 "투명살인자"에 대한 심각성을 가볍게 보고 있지 않느냐 하는 것이다.

바다 역시 오염 심화와 온도 급상승으로 바다생물 생태계 붕괴와 해일 및 태풍 원인을 만들어 내고 있다는 점이다. 한반도 주변에서도 기존 어족자원과 해조류 멸종 또는 감소 현상이 발생하는 반면 열대 및 변형 어족이 증가하고 있다.

한편 해수 온도 상승이 가속화되고 있는데 미국 플로리다 남부 해수가 지난 7월 섭씨 38.4도까지 오르고 바다 곳곳이 온천수 수준을 보이는가 하면 북극에서는 빙하가 녹아 제트기류가 없어지면서 찬 공기가 남쪽으로 밀려와 혹독한 추위나 폭설을 몰고 오기도 하고 태평양 방향으로 밀려난 뜨거운 수증기는 허리케인과 장기간의 폭염을 가져오기도 한다. 이 같은 가공할 파괴력을 갖는 바다의 노여움은 장소, 시기, 규모 등이 예상 범위를 훨씬 벗어나고 있다는 점이다.

그러나 지구환경 위기의 종말적 우려에 대한 UN과 다량의 탄소 배출국들의 지금까지의 대응책을 보면 가시적 성과를 기대하기보다는 선언적 수준에 머물러 있는 듯하다. 화석연료인 석유 수출국인 사우디아라비아와 UAE 등은 화석연료를 퇴출해야 할 과학적 근거가 없다거나 퇴출에 노골적으로 반발하고 있으며 탄소 배출량이 대폭 늘어난 인도와 중국도 미온적 태도를 보이고 있다. 우리나라도 세계 9위의 탄소 배출국이지만 기후 대응 순위는 하위권에 머물러 있으며 최근 일회용 컵과 빨대 사용규제를 다시 유예토록 결정한 방침은 아쉬운 점이라 하겠다.

기후 위기 대응은 세계 각국이 처한 경제발전 정도, 발전에 대한 열망과 환경문제를 보는 시각에 따라 상호 입장이 다르게 나타나고 있으며 나아가 정치와 비즈니스의 이해관계가 얽혀 있어서 통일된 지향점을 찾기는 어려울 수밖에 없을 것이다.

그럼에도 우리 인간이 자유롭게 숨을 쉬면서 미래가 약속된 삶을 원한다면 탄소를 대규모로 배출하는 중국, 인도, 미국 등과 화석연료를 수출하는 러시아, 사우디아라비아 등 핵심 국가들이 앞장서 지구적 차원의 실효적인 공동 대응책을 마련하고 행동에 앞장서야 할 것이다.

이제는 인간의 생각과 행태까지를 바꿔야 할 때가 되었다. 다행스럽게도 지금까지의 지구환경 위기 대응책은 기술적, 과학적 접근에 머물고 있어 근원적 해결책이 되기엔 한계가 있다면서 자연을 대하는 정신적 변혁이 동시에 이루어져야 한다는 신선한 주장이 제기되고 있다.

사람들이 산업혁명을 전개하면서부터 '인간과 자연의 아름다운 공생관계'가 아닌 단지 이용 가능한 자원으로만 취급하여 땅끝, 땅속 깊은 곳까지 샅샅이 뒤져 필요한 무엇이든지 끄집어내려고 헤집고 파헤쳐 자연은 만신창이가 되어가고 있는 것을 여기저기서 확인할 수 있는 게 사실이다.

이제는 무자비한 자연 파괴를 멈추고 자연을 성스럽게 여기며 인간과 자연의 본래의 모습인 살아 숨 쉬는 자연에 동화된 자연의 일부인 인간으로 돌아가자는 것이다. 길가에 버려진 돌이나 흐르는 물, 풀과 나무, 동물까지도 자기 나름의 생명과 영혼을 갖고 있음을 이해하고 나아가 서로의 존재 양식대로 존중하며 서로 돕고 의지하면서 커다란 자연 속에서의 다 같은 식구로서 조화롭게 살아가자는 것이다.

이 같은 주장에 앞장선 Karen Armstrong은 영국 태생으로 수녀

생활을 접은 후 비교종교학 연구와 종교 간 화해와 평화를 위해 헌신적으로 기여하면서 ≪성스러운 자연≫ 제목의 저서를 통하여 생태 위기에 처한 지구를 정신적 변혁을 추구하는 새로운 방법으로 구하자는 제안이다. Karen은 한 걸음 더 나아가 인류의 정신문화를 이끌어온 붓다, 맹자, 노자, 토마스 아퀴나스 등 성인, 철학자들이 '자연은 신성하며 자연 어디에나 신은 존재한다고 보고 자연은 신의 현현이며 신의 계시'라고 가르쳤다고 한다. 하지만 과학과 합리주의에 기초한 근대세계가 시작되면서 자연과 신 그리고 인간이 분리되기 시작하면서 자연은 인간이 개발하고 수탈 가능한 대상물로 변해 버렸다고 설명한다.

이제는 지구의 위기를 극복하기 위하여 인간의 이기심, 탐욕, 오만으로 얼룩진 물질 만능 세계관에서 절제와 배려, 이타주의, 생명 존중 사상에 기초한 정신세계 우선으로 돌아갈 때가 된 것이다. 수천 년간 인간이 자연 세계와 맺어왔던 '자연을 성스럽게, 자연을 거룩하게' 보는 친밀한 관계가 복원되어야 한다.

시야를 조금 바꿔보면 기술과 지식의 진보에 의해 AI 기술이 학계, 산업계는 물론 일상생활에까지 범용화되는 물질문명의 정점에 도달하게 되면서 '진정한 인본주의가 무엇인가' 하는 윤리 문제에 대한 갈등이 새롭게 제기되고 있다. 한편 생산수단의 자동화, 지능화 과정에서 부의 편중 심화와 자연환경의 파괴로 인한 불안과 공포가 확대되고 인간소외 현상이 심화되면서 지나친 물질 위주의 세계관을 극복하고 인간 중시의 정신문화를 회복할 수 있는 신문명을 향한 패러다임 전환이 진행 중이라는 학계의 주장이 증가하고 있다.

인류의 외형적인 삶을 윤택하고 편리하게 이끌었던 기술 진보의 물질세계를 인간중심의 길로 안내하면서 동서양의 지식과 지혜를 통합할 새로운 사상체계가 기다려지는 대목이다. 다행스러운 움직임은 서양 학계에서 일고 있는 공동선(共同善) 개념과 우리 고유의 홍익인간 사상을 수렴, 통합한다면 세계평화는 물론 환경위기 극복을 위한 새로운 길을 우리가 열어갈 수 있지 않을까 하는 희망을 갖게 된다. 물질문명을 이끌었던 미국 등 서구 선진국들은 물질문명에 대한 기득권 포기가 어려워 주도적 역할을 하기엔 한계가 있고 중국은 전체주의적 중화사상 때문에 근본적인 결함이 있으며 일본 역시 군국주의적 유산 등을 고려한다면 향후 정신세계를 이끌 적임자는 역시 한국이라 할 수 있는데 이는 외국의 많은 분들도 인정하고 있는 바이다. 최근 K-컬처에 대한 세계적 호응은 우리의 뿌리 깊은 정신문화가 빛을 발하는 때가 도래한 것이라 할 수 있다.

자연의 성스러움을 동경하며 실천해왔던 우리 역사 속의 선지자들의 지혜는 지금 보아도 경탄의 모습 그대로이다. 신라 해동 화엄종의 시조 의상 대사는 '작은 티끌 하나에도 우주가 들어있다(一微塵中含十方)'고 하였고 고려말 무학대사의 스승이었던 나옹(懶翁)선사는 스스로 자연과 더불어 한 몸으로 살아왔음을 아래와 같이 볼 수 있으며 이 같은 초월적 깨달음을 당시 중국에서도 칭송했던 기록들이 확인되고 있다.

> 청산은 나를 보고 말없이 살라 하고(靑山兮要我以無語)
> 창공은 나를 보고 티 없이 살라 하네(蒼空兮要我以無垢)
> 노여움도 내려놓고 아쉬움도 내려놓고(聊無怒而無惜兮)
> 물같이 바람같이 살다가 가라 하네(如水如風而終我)

지난여름 세계 잼버리대회에 참석했던 독일 청소년 대원 40명이 대회종료 후 속리산 법주사 템플 스테이에 참가하던 중 한국 불교와 스님들 생활에 감명을 받고 "허락한다면 한국에 와서 스님이 되겠다."고 하면서 스님들 만류에도 불구하고 8명은 기어코 삭발까지 했다고 한다.

우리의 전통과 어우러진 한류 문화에 대한 세계적 깊은 관심을 계기로 하여 한국의 종교계와 문화계, 학계의 리더들이 만들어갈 지혜의 용광로가 무섭게 불타오르게 하고 나아가 '동방의 등불'이 온 지구를 태양처럼 비추는 때가 오기를 고대한다. 한편 숨 쉬고 생활하는 데에서부터 자연과 한 몸이 되어보자.

간이역

김의제(故)*

내가 살던 고향에는 간이역이 있었다. 완행열차를 타거나 내리는 사람들과 고향에서 생산하는 농산물을 위하여 만든 역이었다. 그런데 완행열차가 없어지더니 그 역도 덩달아 없어져 버렸다. 간이역사도 비바람에 녹슬고 허물어져 버렸다. 다만 간이역에 세워졌던 신호대가 녹슨 채로 남아 그곳에 역이 있었음을 증명하고 있는 듯하다. 가끔 이름 모를 새들이 신호등 역할을 하느라고 머리를 이리저리 돌리며 호루라기를 불고 있다.

서울에 사는 아들에게 줄 들기름병 하나와 마늘 한 접 그리고 보리쌀과 묵은쌀 몇 되씩을 머리에 이고 영근 엄마는 간이역에 앉아서 기차를 기다리며 이번에는 아들이 사는 곳을 잘 찾을 수 있을는지 걱정을 하다가 서울 지리를 잘 아는 이웃집 순덕이네 계란 장사 아줌마를 만나 얼마나 반갑던지 영근 엄마는 자리에서 벌떡 일어나 순덕 아줌마의 계란 바구니를 머리에 들어 올려 주던 곳. 통학하는 길영이가 헐레벌떡 뛰어오며 소리치는 걸 보고 한참을 기다렸다가 길영이가 기차

* 독일 잘란트대학교 경제학 박사, 대전광역시 정무부시장 역임, 경제기획원 및 재경부에서 20년 근무

를 탄 후에야 출발신호와 함께 깃발을 흔들어 기차를 출발시키던 간이역장 아저씨의 따뜻한 마음이 있던 곳. 흥겨운 콧노래와 함께 내리는 손님들에게 일일이 모자를 들고 인사를 나누다가 타는 손님이 다 탄 뒤에 누군가 시간이 늦어 손 흔들며 뛰어오는 이가 없는지 확인하고는 기적을 울리며 출발하던 마음씨 좋은 기관사 아저씨의 너그러운 웃음이 있던 곳. 길영이가 3년 동안 함께 읍내로 통학하면서 한 번도 말을 붙여보지 못한 영순이에게 예쁘게 써 내려간 편지를 아무도 모르게 영순의 가방에 넣어 주던 곳. 읍내 예식장에서 결혼하는 길영이와 영순이가 온 동네 사람들과 함께 얼굴에 함박웃음을 띄우며 기차를 타고 내리던 곳. 그곳이 이제 추억 속에서만 남아 있게 되었다.

간이역은 마음을 나누는 정이 있던 곳이었다. 간이역은 마을의 순박한 삶을 기꺼이 받아주던 곳이다. 냄새 나는 된장 통도 받아주고 시집간 딸에게 줄 씨암탉도 실어주고 땀 냄새 나는 계란 장수도 타고 상투 튼 훈장님도 오른다. 훈장님이 만원 열차에 오르시면 자리에 앉아 있던 학생이 일어나 공손하게 자리를 양보하던 곳. 옆에 앉거나 서 있는 사람들이 어느새 길동무가 되어 도란도란 이야기를 나누는 곳. 시장기가 도는 점심때가 되면 김밥을 나누어 먹으며 형님 동생이 되던 곳. 무거운 짐을 인 아줌마에게 손을 내밀어 짐을 내려주던 곳. 그런 이웃 간의 정이 흐르던 곳이 그립다.

간이역은 느림의 삶이 있던 곳이다. 하루에 서너 번 다니는 완행열차가 느린 하품을 하며 오가던 곳. 역사에 걸려 있는 시계의 바늘도 늘어진 여름 더위에 지쳤는지 잠을 자는 곳. 베잠방이를 입고 팔자걸음으로 느릿느릿 걸어서 역사에 들어와 한 시간쯤 기다려 기차를 타던 곳. 사람도 기차도 열차시간표에 있는 시간보다 반 시간쯤은 늦게

다니는 곳. 잠꾸러기 통학생이 아직 안 온 걸 알고 기다려 주는 곳. 시간이 주인이 아니라 사람이 주인이라 믿는 사람들이 지금은 어디에 있을까?

우리는 어느새 간이역에서 내려 초고속 열차로 바꾸어 탔다. 그리고 언제 어디서나 통화를 하고 정보를 얻는 내 손안의 여의주를 얻었다. 그런데 왜 우리는 시간에 쫓기는가? 초고속 열차에 분초를 다투어가며 올라 지정된 좌석에 앉자마자 좌석을 뒤로 젖히고 지친 몸을 누이는지. 나 홀로 차를 타고 5분을 먼저 가기 위하여 앞지르기하거나 제한속도를 넘어 달리다가 50년을 먼저 가지는 않는지. 정보통신의 속도전에서 1초를 앞당기려고 밤낮을 가리지 않고 피나는 경쟁을 벌이지는 않는지. 하루의 일과가 분초에 의하여 결정되는지. 매일 새로운 상품이나 정보를 가지기 위하여 평생을 여의주에 눈과 귀를 모으는지. 손안의 여의주로 수많은 사람에게 번개 같은 엄지손가락으로 1초 만에 편지를 쓰는지. 외국에 사는 친구에게 편지 쓴 지 1분도 안 되어 답장을 받지는 않는지.

우리는 마음을 어디에 두고 어떻게 살고 있는가? 성냥갑 같은 아파트에서 만리장성보다도 길고 금강석보다도 단단한 마음의 벽을 쌓고 몇 년이 지나도록 옆집 사람과 인사도 나누지 않는지. 새벽에 나가는 아버지의 얼굴을 아들딸은 한 달에 한 번도 못 보는데 만나서도 이웃집 아저씨처럼 낯설게 느껴지는지.

완행열차 대신에 고속열차로 바꿔 탔을지라도 우리는 그동안 잃었던 것들을 다시 찾아야 할 것 같다. 하얀 종이 위에 한 자 한 자 밤새워 편지를 써 내려가며 온 사랑과 정성을 마음에 담는 날이 왔으면 좋겠다. 멍석을 깔고 이웃집 사람들과 느긋하게 누워 풀숲의 반딧불들이 느린 동작으로 수신호를 보내는 모습을 보며 옥수수를 먹으면서 이웃 간의 정을 나눠 보고 싶다. 편지를 보내놓고 한 달쯤 기다리며 답장에 담긴 이야기를 상상하면서 가슴에 분홍빛 사랑을 키워가고 싶다.

기계가 만들어 내는 시간에 의해서 지배를 받는 사람은 그 마음까지도 기계에 의하여 지배당할 것인가? 우리는 빠른 속도를 내는 기계들을 만들어 냈지만 그 기계들에 우리의 운명을 맡길 수는 없을 것 같다. 디지털 문명을 피할 수는 없을지 모르지만 아날로그의 정을 오순도순 나누며 사는 시간의 주인이 되고 싶다. 간이역과 같은 마음의 정거장이 그립다.

겨울 산

내가 사는 동네에는 자그마한 매봉산이 있다. 이 산을 오를 때마다 느끼는 정취가 계절마다 다르다. 계절의 멋 중에서 겨울이 주는 멋이 특별하다.

12월이 되면 매봉산은 솔밭을 제외하고는 거의 벌거벗은 모습으로 변한다. 때로는 낙엽을 달고 있는 나무도 있지만 아주 일찍부터 옷을 모두 벗어버리고 알몸으로 서 있다. 소나무를 제외한 나무들이 한결같이 수많은 가지를 하늘로 뻗고 기도하는 모습이다. 마치 십자가에 못 박힌 예수님께서 고개는 늘어뜨렸으되 두 손만은 하늘로 향하고 있는 모습과 같다. 나무들은 왜 저렇게 벌거벗은 채로 모든 손을 들고 기도를 할까?

지난가을에 땅으로 시집보낸 딸들이 새봄에 새싹을 틔워 잘 자라기를 기도하는가. 내년에도 많은 열매를 맺게 하여 달라고 기도하는 걸까. 아니면 모든 생명체를 위하여 산소를 만들었으나 겨울이 되어 더 이상 만들 수 없음을 죄송스럽다고 스스로 벌을 서는 걸까. 이런 기도를 하는 모습도 대견하고 고맙기 그지없다.

그런데 이 외에 특별한 의미를 가진다고 할 수는 없을까? 예수님께서 십자가에 못 박혀 돌아가신 이유처럼 죄지은 인류를 구원하려고 그리하는 건 아닐까. 지금 인간은 예수님 시대보다 더 많은 죄를 짓고 있으니 저렇게 수많은 나무들이 나목으로 모든 손을 하늘로 뻗고 기도하는 것 같다. 심지어는 나무가 수만 년 살아온 터까지 도로를 만들고 집을 짓느라고 파헤치고 그보다 더 오랫동안 숨 쉬며 살던 하늘마저 오염으로 물들이는 인간들을 구원하고자 저렇게 겨울이면 기도를 하는가? 인간의 눈은 근시안이라서 멀고 길게 보지 못하나 나무는 수많은 가지 촉수에 눈을 달고 있어 하늘의 지혜도 알고 땅의 이치도 아는가 보다. 산에 사는 짐승들과 새도 이러한 지혜도 알고 이치도 모두 알 텐데 왜 인간만은 모르는가.

겨울나무들은 또한 우리 인간에게 보시하는 지혜를 가르쳐주는가 보다. 애써 가꾼 열매와 잎들까지 모두 어머니인 자연의 품으로 되돌려 보내는 걸 보면. 어머니인 자연은 모든 보시물(布施物)을 다시 공평하게 나누어 짐승들과 새들, 그리고 땅속에 사는 벌레와 곤충들에게까지 골고루 키우시니 나무는 자기 것이라고 고집부리지 않으면서 모두 어머니께 드린다. 사실 인간은 그들에게 속한 것 중의 일부를 하나님께 되돌려 주라고 하여도 그리하지 않는 걸 보면 나무는 얼마나 보시에 철저한지를 알게 된다. 오히려 모두 다 벗어주고 오직 알몸으로 서서 더 줄 것을 간구하는 기도를 드리니 나무야말로 진정한 보시행을 이루는 구도자인가?

눈 쌓인 겨울 산을 오르면 여기저기서 '찌지직 쿵, 찌지직 쿵' 하는 소리가 난다. 소나무가 무거운 눈을 이고 있다가 눈 무게에 견디지 못하여 일부 가지를 스스로 베어내는 소리다. 다른 나무들은 늦가을이 되면 지니고 있던 잎들과 열매를 모두 떨어뜨리는데 소나무는 이를 고스란히 지니고 있다가 몸 일부를 잃게 된다.

얼마나 바보스러운 일인가. 남들이 알몸으로 바뀌자 소나무는 그들을 비웃었을 것 같다. 이 추위에 그렇게 미련한 짓을 하느냐고. '나처럼 옷을 몇 겹씩 입고 머리에 잎 모자를 쓰고도 추워서 벌벌 떠는데 너희들은 어떻게 이 추위를 지내려고 입고 썼던 모든 걸 내어주느냐'며 경고까지 하였을 것이다. 그런데 아무리 눈이 많이 내려도 다른 나무들은 하나도 상하지 않는데 소나무들은 그토록 소중하게 여기던 팔다리를 스스로 끊어내지 않고는 몸마저 살아남지 않게 되었는가? 욕심이 과하면 그 욕심의 대부분을 덜어내지 않을 수 없다는 이치를 알게 되었는지 소나무는 천둥소리 같은 울음을 울며 참회하고 있는가.

그 울음에 굴속에서 잠자던 토끼도 다람쥐도 눈을 휘둥그렇게 뜨고는 굴속에서 나오려 하지만 굴 입구가 눈 더미로 막혀 발만 동동 구르는 것 같다. 아마도 숨까지 막히지 않을는지. 그리고 소나무 가지에 둥지를 틀고 잠자던 새들은 혼비백산하여 날지도 못하고 눈과 함께 땅에 묻혀버리기도 한다. 그뿐이 아니라 부러지던 소나무 가지가 이웃 나무를 덮쳐 함께 쓰러지기도 한다. 소나무는 이 모든 일이 욕심 탓임을 아는지 상처 부위에 고드름 같은 진한 눈물을 계속 흘리고 있다. 만일 소나무가 이웃 나무들이 보시행을 할 때 이를 비웃지 않고 그들을 따라 가진 것의 일부를 나누어주었다면 소나무는 스스로 상처를 입지 않고 남에게도 피해를 주지 않았을 것 같다.

겨울 산을 오르며 느끼는 감회는 남다르다. 나는 과연 누구에게 얼마를 보시하며 사는가? 소나무의 뒤늦은 참회의 눈물마저 흘리지 않는 나는 내 것을 지키려고 얼마나 많은 덧옷을 걸치고 있는가. 소나무와 달리 끝 가지까지 지키려고 부러지지 않는 철갑을 가지마다 씌우지 않았는가. 눈 앞에 펼쳐지는 현상을 보고도 침묵하는 나에게 눈보라는 기어코 눈물을 흘리게 하고 만다. 참회의 눈물인지 더 입지 않았다는 후회의 눈물인지 여전히 알 수 없으니 내 마음은 불가사의한가 보다.

사람도 소나무처럼 몸 일부를 잃을 때는 뒤늦은 후회를 할 것 같다. 특히 죽음이 자꾸만 엄습하여 올 때 그동안 지녔던 것을 모두 놓고 가야 한다는 슬픔과 남들과 나누지 못하였다는 아쉬움이 뒤엉켜 눈물을 흘릴 것이다.

아, 나도 겨울 산에서 교훈을 얻어야 할 것 같다.

서로 다른 별에서 내게로 온 두 영혼

김진선 *

생애의 모든 만남이 아름다울 수야 없겠지만 만남 없이 인생의 아름다움을 말하기는 어렵습니다. 우리네 삶을 사람 맛나게 해주는 모든 것들은 예외 없이 만남의 시작과 끝에서 비롯된다고 할 수 있습니다. 만남이 없다 해도 과연 우리가 울고, 웃고, 화내야 할 필요가 있을까요? 사랑하는 이유, 미워하는 까닭의 시원(始原)이 다 만남이요, 그런 숱한 편린(片鱗)들이 쌓여 인생이 되는 겁니다.

만남이 모름지기 만남일 수 있는 것은, 그것이 인력으로는 어찌해 볼 도리가 없이 일어난다는 데 있습니다. 기다린다고 다시 오고, 그리워한다고 돌아갈 수 있는 게 아니라는 뜻입니다. 흔히 '인연 따라 오고 간다'는 말을 합니다마는, 연기론(緣起論)이니 예정설(豫定說)이니 하는 종교사상도 바로 그런 차원입니다. 얽히고 설킨 원력에서 기인했건, 초월적 절대자의 은총이건 내 마음대로 되는 게 아니라는 의미에서는 별반 다르지 않은 것입니다. 그렇게, 바로 그렇게 기독교가, 불교가 내게로 다가왔습니다.

---

* 第32~34대 강원도지사
동국대학교, 한양대학교 겸임교수
국가균형발전위원회 위원 역임

내 나이 아직은 10대였을 때 눈에 비친 그 할머니는 너무나도 신기했습니다. 신비로웠다는 게 더 나을지도 모르겠습니다. 이북이 고향인 그 할머니는, 내가 살던 이른바 '백호 사택'의 '합숙 집' 어른으로서, 양도 한두 마리 키우고 계셨습니다. 그런데 단지 이웃일 뿐인 그 할머니가 수시로 양젖을 가져오셔서 지병으로 누워계시던 어머니에게 드리시고는 어머니를 위해 기도하셨습니다. 어머니를 위로하고 기도하는 모습이 얼마나 진지하고 간절하신지, 할머니의 기도와 정성을 접하면서 어린 나는 나도 모르는 사이에 마치 그것이 당연히 해야 할 일인 것처럼 교회에 나가기 시작했습니다.

어머니는 끝내 일어나지 못하셨지만, 놀라운 일은 어머니가 돌아가셨을 때 뿌리 깊게 유교 의례와 풍습을 따랐던 아버지와 문중에서 어머니의 장례를 기독교 방식으로 치르는데 동의하셨던 겁니다. 어머니 무덤에 나무 십자가를 함께 묻어드리고. 나는 지금도 그 할머니가 바로 천사가 아니었을까 하고 생각합니다.

불교를 알게 된 건 그로부터 한참 더 성장한 뒤 지금의 설악산 신흥사 조실이신 무산 조오현 스님을 뵙고 나서였습니다. 그때 나는 설악동 개발을 담당한 공무원이었고 스님께서는 그 개발의 한 중심에 있던 신흥사의 주지였습니다. 나는 그 무렵에 이미 불교개론 등을 통하여 불교를 접할 기회가 있었고, 또 그즈음에 우연히 탄허 스님의 법문을 들었는데 '생각이 있는 자리에서 생각이 없는 자리로 돌아가는 게 참선'이라는 말씀이 화살처럼 날아와 뇌리에 꽂히는 것 같은 충격을 받은 적이 있기도 했습니다.

그러나 만남으로서의 불교를 처음 접하게 된 건 오현 스님으로부터였다는 뜻입니다. 그럼에도 불구하고 그때는 오현 스님의 고매한 인품, 시인으로서의 풍부한 감성과 상상력, 마음 쓰심과 그 그릇의 크기에 매료되어 때때로 위로받고 갈 길을 조언 받는 입장이었을 뿐 불교에 심취했던 건 아니었습니다. 여전히 나는 일요일에 교회에 나가는 청년이었습니다. 그러다가 결혼하고 첫아들이 태어났는데 그 애가 장애를 안고….

그때의 심연을 단지 언어의 연금으로 표현할 수는 없습니다. 나나 내 아내나 이 상황을 극복하지 못해 심히 방황하던 어느 날, 집 주변의 산사를 찾아 눈을 감고 법당에 앉아 있는데 마음이 너무 평온해지는 거였습니다. 아마도 그게 초발심이었던 것 같습니다. 그로부터 아내는 열심히 불교에 귀의하여 상상을 훨씬 뛰어넘는 기도에 정진했고 나도 서서히 불문 안으로 깊숙이 들어가게 되었습니다. 스님께서 말씀하셨습니다. 나의 업을 대신하여 저 아들을 보내 주셨다고.

솔직히 신을 믿는 나의 마음은 믿음을 가진 보통 사람들의 그것에 크게 미치지 못한다는 걸 잘 압니다. 그러면서도 기회가 있을 때마다 종교심을 가져야 된다고 주변에 말하곤 합니다. 오늘날 우리 사회가 이리도 예각적으로 변한 것은 사람들이 종교심을 갖지 않아서라고 볼 수도 있습니다. 종교심에 있어서, 신실한 기도의 영역에 있어서, 과연 부처님과 하나님의 경계가 있을까요? 예각적으로 대립된 인간에게 문제가 있지, 신심(信心)에는 영역이 없다는 게 제 생각입니다.

지금은 다 세상을 떠나셨지만, 김수환 추기경님과 법정 스님의 아름다운 신앙적 만남을 우리는 잘 기억하고 있습니다. 신인무계(神人無界)라고나 할까요? 경계를 허문 종교심의 만남이 우리 사회를 더 아름답게 할 수 있다고 믿습니다.

레쌈 삐리리

김태겸*

마차푸차레 산은 흰 눈을 머리에 이고 푸른 하늘로 우뚝 솟아 있었다. 네팔 포카라 공항 출구를 나오며 히말라야 산맥 쪽을 바라보았을 때 가장 먼저 눈에 들어온 산이었다. 봉우리 모습이 물고기 꼬리처럼 생겨 그렇게 이름을 붙였다고 하던가. 거대한 물고기가 땅속으로 몸을 숨기고 땅 위로는 꼬리만 쳐들고 있는 형상이었다. 어찌 보면 부러진 검을 거꾸로 꽂아 놓은 것 같기도 하였다. 그 비장한 아름다움에 홀려 안나푸르나 베이스캠프로 오르는 3박 4일 동안 내 눈은 언제나 마차푸차레를 향하고 있었다.

마차푸차레는 8,000미터가 넘는 안나푸르나 동쪽에 자리 잡은 7,000미터가 조금 안 되는 히말라야 봉우리이다. 어떤 투정이라도 받아줄 것 같은 푸근한 아줌마 같은 모습의 안나푸르나와는 달리 말 한 번 잘못 붙였다가는 은장도를 들이댈 것 같은 도도한 여인의 이미지를 풍겼다. 안나푸르나 베이스캠프에 오르려면 마차푸차레 베이스캠프를 거쳐야 했다. 춘향이를 보러 왔다가 향단이의 매력에 푹 빠진 셈이었다.

---

* 전 강원도 행정 부지사, 서초문인협회 회장, 〈불교문화〉 편집위원
서초문학상 수상, 수필집 『낭만가(街)객』

트레킹 이틀째, 쉼터에서 마차푸차레를 올려다보고 있는 나에게 네팔인 가이드가 말을 걸었다.

"참, 아름다운 산이지요? 아직 발길이 닿지 않은 처녀봉입니다. 우리 네팔인이 신성시하여 입산이 금지되어 있어요."

어쩐지 내 마음을 유난히 사로잡는다고 생각했는데 그런 비밀이 숨겨져 있었다.

40대 중반으로 보이는 가이드는 한국말을 유창하게 했다. 한국에서 건설 노동자로 3년을 일한 적이 있다고 했다.

"한국에서의 생활이 어땠어요?"

그는 대답 대신 애매한 웃음을 흘렸다. 나는 그 웃음의 숨겨진 의미를 읽을 수 있었다. 한국에 다녀온 덕분에 관광객을 상대로 적지 않은 수입은 올릴 수 있게 되었지만 건설 현장에서 겪은 경험은 그리 유쾌하지 않은 듯했다. 그는 내게 부탁이 있다고 했다.

"히말라야는 곳곳에 위험이 도사리고 있어요. 일행을 통솔하는 데 도움을 주세요. 한국 사람들은 가이드 말은 안 들어도 연장자 말은 듣더군요."

우리 일행은 모두 10명이었다. 남자 여섯에 여자가 넷이었다. 나는 일행 중 두 번째 연장자였다. 나보다 서너 살 많은 남자가 있었으나 그는 같이 온 조카를 돌보는 데 바빠 다른 일행과 어울릴 틈이 없었다. 가이드는 이제부터 위험 구간에 들어선다고 했다. 곳곳에 낙석 위험이 있고 어느 산봉우리에서 눈사태가 일어날지 모르니 자신의 안내를 철저히 따라야 한다고 했다.

그렇지 않아도 전날 작은 사건이 있었다. 우리 일행 중 유난히 산을 잘 타는 두 남자. 일행과 보조를 맞추어 천천히 트레킹을 하는 가이드를 못마땅하게 생각했다. 두 사람은 등산로가 외길이니 자신들은 먼저 올라가서 기다리겠다며 가이드가 제지할 틈도 없이 쏜살같이 내뺐다.

저녁 무렵이 되어 일행이 숙박지에 도착했을 때 두 사람이 보이지 않았다. 가이드 얼굴이 창백해졌다. 그는 우리 짐을 메고 온 네팔인 포터 몇 사람과 함께 올라왔던 길을 도로 내려가기 시작했다. 다들 걱정이 되어 기다리고 있는데 안 보였던 두 사람이 정상 쪽에서 내려오고 있었다. 정신없이 걷다 보니 목적지를 지나쳤노라고 겸연쩍은 웃음을 지었다. 한참 뒤에 땀을 뻘뻘 흘리며 돌아온 가이드는 두 사람을 힐끗 쳐다볼 뿐 아무 말도 하지 않았다.

그날 저녁, 식사 후 일행이 차를 마시며 환담하는 시간에 넌지시 말을 꺼냈다.

"여긴 히말라야입니다. 가이드 지시를 따르지 않으면 언제 어디서 위험에 처하게 될지 모릅니다. 더구나 일행 중 한 사람이라도 잘못되면 가이드 자격증을 박탈당한다고 합니다. 한 가장의 생계를 위해서라도 우리 모두 조심합시다."

두 사람을 포함한 일행은 묵묵히 듣고 있었다.

트레킹 셋째 날, 해발 3,700미터에 있는 마차푸차레 베이스캠프에서 숙박하게 되었다. 바로 눈앞에 황톳빛 속살을 드러낸 마차푸차레가 늦은 오후의 햇살을 받으며 빛나고 있었다. 봉우리 왼편 하늘에 상현달이 떠 있었다. 나는 봉우리가 잘 보이는 숙소 앞 벤치에 오랫동안 앉아 있었다. 마차푸차레와 일대일로 상견례를 하는 기분이었다. 가쁜 호흡을 참고 아픈 다리를 달래가며 올라왔던 고통스러운 시간이 그 순간 하나로 보상을 받는 느낌이었다. 장갑을 끼고 있는 손끝이 아려 더는 참기 어려워졌을 때 나는 숙소 방으로 돌아왔다.

별이 쏟아질 듯한 이른 새벽, 우리 일행은 숙소를 떠나 안나푸르나 베이스캠프로 출발했다. 앞이 전혀 보이지 않는 산길을 헤드랜턴에 의지하며 두 시간 남짓 걸었을까. 마침내 우리는 안나푸르나 베이스캠프 표지판 앞에 설 수 있었다. 고도 4,130미터.

여명이 밝아오기 시작했다. 가이드는 우리를 안나푸르나가 가장 잘 보이는 곳으로 안내했다. 발아래는 깎아지른 듯한 절벽이었다. 한 걸음만 더 내디디면 그 아래 드넓은 빙하에 냉동인간이 되어 안장될 것이었다. 어차피 죽음을 피할 수 없다면 이곳에 묻혀 영원한 삶을 추구하는 방법도 괜찮을 것 같다는 생각을 했다. 강렬한 유혹이었다.

아침 햇살을 받은 안나푸르나가 자태를 드러내기 시작했다. 처음에는 봉우리를 뒤덮은 만년설 때문인지 온통 하얗게 보였는데 해가 솟기 시작하자 황금빛으로 변하기 시작했다. 해가 떠오른 지 30분쯤 지나자 노적가리 같은 풍성한 모습의 안나푸르나 봉은 거대한 황금 덩어리로 변했다.

'엘도라도가 있다면 이런 모습이 아닐까?'

이 광경 하나를 보려고 많은 사람들이 돈과 시간을 들여 이곳에 오는 것이었다.

트레킹 닷새째, 히말라야에 머무는 마지막 밤이 왔다. 가이드는 통나무집 식당에서 조촐한 송별연을 마련했다. 우리 일행의 트레킹을 도와주었던 포터, 주방요원을 포함해 스무 명이 넘는 인원이 모였다. 식자재의 한계로 다양한 음식을 마련하지는 못했지만 정성을 느낄 수 있는 식단이었다.

식사를 마치고 나자 네팔인 여남은 명이 식당 가운데 둘러섰다. 모두 손수건을 하나씩 들고 있었다. 가이드가 선창하자 손수건을 흔들며 노래를 따라 하기 시작했다. '레쌈 삐리리'라는 네팔의 전통 민요였다.

"레쌈 삐리리, 레쌈 삐리리, 우레러 저우끼 다라마 번장 레쌈 삐리리…."

'레쌈 삐리리'는 '비단 손수건을 흔든다'는 뜻이다. 네팔은 산악지대라 사람들이 헤어질 때 멀리서도 볼 수 있도록 높은 곳에서 손수건을 흔들어 작별의 아쉬움을 나타낸다고 한다.

노래 가사는 '사랑하는 임을 만나고 싶지만 산 높고 물 깊어 만날 수 없으니 차라리 한 마리 새가 되어 날아가고 싶다'는 내용이라고 했다. 아리랑에 비할 수 있는 애절한 사랑 노래였다. 우리 일행은 곡조의 흥겨움에 끌려 네팔인과 손을 맞잡고 함께 춤을 추었다. 잊지 못할 밤이었다.

다음 날 아침, 우리는 두 시간쯤 걸어 내려와 트레킹 종착지인 마큐 마을에 도착했다. 포카라로 돌아갈 지프차를 기다리는 동안 나는 아쉬움에 젖어 다시 한번 마차푸차레를 올려다보았다. 다른 산봉우리에 가려 산 정상의 물고기 꼬리 모양만 간신히 볼 수 있을 뿐이었다.

환상이었을까. 그때 저 높은 산악 마을 어디에서인가 한 여인이 손수건을 흔들고 있는 모습을 본 것 같았다.

"레쌈 삐리리, 마차푸차레."

나도 손수건을 꺼내 흔들며 작별 인사를 보냈다.

상흔(傷痕)

하얀 공이 빨간 공을 살짝 스치고 오른쪽 코너로 파고들었다. 강한 회전이 걸린 공은 힘차게 쿠션을 타고 돌더니 노란 공이 있는 쪽으로 달려왔다. 잠시 후 경쾌한 충돌음이 들렸다.

H는 탄성을 지르며 들고 있던 당구 큐대를 머리 위로 치켜올렸다. 살짝 벌린 입 사이로 금니가 불빛을 받아 반짝 빛났다. 오른쪽 뺨과 목 사이에 걸쳐 있는 기다란 흉터가 눈에 들어왔다. 그 상흔을 바라볼 때면 나는 묘한 감정에 휩싸인다. 일종의 부채 의식이라고나 할까.

젊은 시절, 그는 나와 공무원 생활을 함께 시작했다. 신임 교육을 받을 때 같은 분임에 속했는데 나이도 비슷하고 소통이 잘 되어 금세 가까워졌다. 자신의 생각을 유불리를 따지지 않고 거리낌 없이 밝히는 솔직담백함에 이끌렸다.

그와 함께 우리 분임의 미팅을 주선한 적이 있었다. 우리 분임의 인원은 열 명이었는데 모두 미혼이었다. 열 명의 여대생을 어디에서 구해야 할지 머리가 지끈거렸다. 그는 다짜고짜 이화여대 기숙사로 쳐들어가자고 제안했다. 당시 남성은 여대에 함부로 출입할 수 없었다. 들어가려면 정문을 지키는 수위에게 방문 사유를 밝히고 허락을 받아야 했다. 미팅 때문에 왔다고 하면 수위가 들여보내 줄 리 없었다.

우리는 긴장한 채 이화여대 정문으로 들어섰다. 곁눈으로 수위의 눈치를 살피니 우리를 제지할까 말까 망설이는 것 같았다. 둘 다 흰 와이셔츠에 넥타이를 매고 양복을 빼입고 있으니 강사로 볼 수도 있을 터였다. 다행히 우리는 정문을 무사히 통과했다.

기숙사 근처에서 어슬렁거리고 있으려니 한 여학생이 흰 운동복 차림에 테니스 라켓을 어깨에 메고 다가오고 있었다. 좋은 기회라 생각하고 매가 참새를 낚아채듯 불러 세웠다. 어안이 벙벙해 눈을 크게 뜬 그녀에게 나는 준비했던 멘트를 쉴 틈 없이 날렸다. 내 말을 듣고 있는 여학생의 표정이 점차 부드럽게 바뀌는 것을 보고 가슴을 쓸어내렸다. 그 미팅은 성공적으로 이루어져 분임원들의 찬사를 두고두고 받았다.

그는 공무원 교육을 마치고 해군 장교로 입대했다. 장교 훈련 마지막 과정인 각개전투까지 마치고 임관을 기다리고 있었다. 하지만 당시 '배달의 기수'라는 TV 프로그램에서 각개전투 훈련과정을 촬영하고 싶다며 재연해 줄 것을 요구했다. 훈련소에서는 몇 사람을 선정해 촬영에 응하도록 했는데 그중 한 명이 내키지 않아 했다. 그는 동료를 대신해 철조망 밑에서 낮은 포복을 하다가 기관총 사수가 실수로 총구를 아래로 떨어뜨리는 바람에 피격되었다. 총알은 그의 오른쪽 뺨을 뚫고 목을 거쳐 겨드랑이 사이로 빠져나갔다.

"오른쪽 뺨에 싸늘한 게 스치는 느낌이 들더니 순식간에 벌건 피가 펑펑 솟더군."

그는 지프에 실려 병원으로 후송되어 가면서 자신의 짧았던 인생이 파노라마처럼 눈 앞에 펼쳐지는 것을 보았다. 그리고 '이제, 죽는구나' 하고 정신을 잃었는데 용케 살아났다고 했다. 그는 소위로 임관하고 얼마 지나지 않아 의병 제대했다.

H의 불운이 남의 일 같지 않았다. 나는 입대를 잠시 미루고 있었는데 내가 군에 갔다면 당할 수도 있는 일을 그가 대신 당했다는 생각이 들었다. 국군통합병원에 입원해 있는 그를 문병하면서 머릿속에서 떠나지 않은 의문이 있었다.

'하필이면 그가 그때 그곳에…. 운명은 피할 수 없는 것인가?'

그는 상흔을 지우려 몇 번 성형수술을 받았다. 하지만 민감한 부위라 손대기 쉽지 않아 다소 완화하는 데 그쳤다. 그 상흔이 친구 앞길에 그늘을 드리우지 않기를 간절히 바랐다. 그에게 몇 번 중매를 선 적이 있었는데 성사가 잘되지 않았다. 다행히 그는 인연을 만나 결혼하고 공무원 생활도 성공적으로 마친 후 지금 나와 함께 당구를 즐기고 있다.

당구를 치다 보면 부아가 치밀어 오를 때가 있다. 내가 친 공이 쓰리 쿠션을 거쳐 목표로 한 공에 막 맞으려 하는데 처음에 밀어낸 공이 되돌아와 방해한다. 소위 키스가 난다고 하는데 일이 성사되기 직전 심술궂은 훼방꾼을 만나는 격이어서 짜증이 난다. 하지만 따지고 보면 그 공은 내가 그 방향으로 밀어냈기 때문에 되돌아온 것일 뿐, 원인 제공자가 나일진대 누구를 원망하랴?

당구를 치면서 인생사를 배운다. 한때 불운이라고 생각하고 가슴 아파했던 일도 결국 현재의 나를 만들기 위한 연단(鍊鍛)의 과정이었다. 순간순간 행복을 만끽하며 살 수 있다면 이대로 족하지 아니한가?

H는 다시 쓰리 쿠션을 성공시키고 환호성을 지르고 있다. 오늘따라 그의 상흔이 삶의 훈장처럼 멋지게 보인다.

환상에 빠지다

코비드, 이름도 생소한 바이러스 하나 때문에 일상이 정지되었다. 강좌와 모임은 취소되고 지인들은 카톡방에서 연락을 주고받을 뿐이었다. 언제 다시 일상으로 돌아갈 수 있을지 기약하기 어려웠다.

처음 몇 주는 집에 틀어박혀 흘러간 명화를 감상하거나 인터넷으로 바둑을 두면서 시간을 보냈다. 하지만 오래 버티기 어려웠다. 몸과 마음이 하향곡선을 그리며 가벼운 우울증세가 찾아왔다. 점심 식사를 마치고 바깥 공기라도 쐬려고 마스크를 깊이 눌러쓰고 한강공원으로 산책을 나섰다.

아파트 단지에서 굴다리 밑을 지나 한강 둔치에 들어서니 제법 많은 사람들이 봄볕을 쬐려고 나와 있었다. 젊은 남녀 몇 사람이 잔디밭 깔개 위에 앉아 무엇이 그리 즐거운지 까르르대고 있었다. 나만 혼자 '보이지 않는 공포' 속에서 전전긍긍하고 있었던 것일까. 그들의 경쾌한 웃음소리가 마음을 한결 가볍게 했다. 잠수교에서 한남대교 쪽으로 방향을 잡았다.

오래전 마사이 워킹법을 익혔다. 아프리카 킬리만자로 산기슭에 사는 마사이족은 하루 40㎞ 이상을 맨발로 걸어도 피로를 느끼지 않는다고 한다. 허리를 꼿꼿이 펴고 다리를 길게 뻗어 디딘 다음 발뒤꿈치가 먼저 바닥에 닿도록 하고 발바닥 측면으로 땅을 구르고 엄지발가락으로 힘껏 밀어낸다. 팔은 리듬에 맞춰 가볍게 흔들어 주면 된다. 걸으면서 발걸음 하나하나를 느끼는 것이 중요하다.

혼자 걸을 때 나는 몸을 우주선이라고 상상한다. 영혼은 우주선을 타고 있는 승객이다. 눈이라는 창문을 통해 스쳐 지나가는 풍경을 감상한다. 익숙한 광경도 처음 본 것처럼 감동하려고 노력한다. 어차피 인간은 우주에 잠시 머물다가는 존재가 아니겠는가. 살아 있는 동안 살아있음을 만끽하는 데 최선을 다하고 싶다. 그러면 걷는 것이 전혀 지루하지 않다.

얼마 전, 둔치길 옆에 새하얀 강상(江上) 건물이 생겼다. 무슨 건물을 지을까 궁금했는데 완공하고 나서 현판을 붙인 것을 보니 서울 웨이브아트센터였다. 한강 변에 예술 공간이 늘어나 반가웠다. 카페와 전시장이 있어 정기적으로 기획전을 연다고 한다. 마침 '환상의 에셔(Escher)전'을 하고 있었다. '에셔'라는 화가의 이름이 기억나지 않았지만 구경해 보기로 했다.

부교를 건너 전시장에 들어선 순간 나는 어디서 본 듯한 익숙한 그림들에 깜짝 놀랐다. 학창 시절, 교과서에서 보았던 끝없이 이어지는 계단 그림이 그의 판화였다. 계단은 이어져 올라가고 있는데 위 계단이 다시 아래 계단과 전혀 어색함이 없이 연결되어 있다. 손 하나가 손을 그리고 있는데 그 그린 손이 다시 그리고 있는 손을 그리고 있다. 검은 새가 왼쪽으로 날아가고 있는데 다시 보니 흰 새가 오른쪽으로 날아가고 있다. 눈의 착시 현상을 이용해 반복과 순환을 통해 수수께끼 같은 공간을 창조했다.

화가는 이 그림을 통해 무엇을 말하고 싶었던 것일까? 무시무종(無

始無終)을 이야기하고 싶었던 것일까, 아니면 눈에 보이는 것은 의식이 만들어낸 허상이라는 뜻을 담고 싶었던 것일까. 얼마 전 읽은 ≪보이는 세상은 실재가 아니다≫라는 양자물리학 책이 떠올랐다. 워낙 어려워 제대로 이해할 수는 없었지만 우주에 있는 것이라고는 양자와 시공간뿐인데 인간 의식이 형상을 만들어 그렇게 인식하는 것이라고 했다.

전시장에는 가상현실(VR) 체험방이 있었다. 언젠가 용산 아이파크몰에서 딸 가족과 함께 식사를 마친 후 사위와 가상현실 게임을 한 적이 있었다. 조그만 방에서 사위와 나는 전자총을 들고 마주 보고 있었다. 까만 고글을 쓰고 눈을 뜨니 괴수와 좀비가 사방에서 뛰쳐나오기 시작했다. 사위는 왼편, 나는 오른편을 맡아 정신없이 총을 쏘기 시작했다. 그 순간만은 단순한 게임이 아닌 목숨을 건 사투였다. 잠깐 방심하는 사이에 눈앞에 다가온 좀비를 미처 처리하지 못하고 이제 잡아 먹히겠구나 하고 체념하려는데 좀비가 총탄에 맞아 쓰러졌다. 사위가 대신 총을 쏜 것이었다. 게임 중이었지만 사위가 내 생명의 은인처럼 느껴졌다. 게임을 마치고 나니 온몸이 땀으로 흠뻑 젖었다. 정말 사경에서 가까스로 벗어난 기분이 들었다.

호기심을 누를 수 없어 안내자가 주는 고글을 썼다. 어느새 나는 중세의 박물관으로 가는 나룻배를 타고 있었다. 앞을 보면 뱃머리가 보이고 뒤돌아보면 고물이 보였다. 사공이 배를 저어 박물관 입구에 도착했다. 박물관 안으로 들어서니 높은 천장이 보이고 전시물이 하나씩 눈앞에 다가왔다. 유럽 여행 때 들렀던 박물관 관람과 큰 차이를 못 느낄 정도로 생생했다. 기술의 진보에 등골이 서늘해졌다. 결국 인간 지능으로 현실과 가상현실을 구분할 수 없을 때가 오지 않을까. 그러면 세상은 어떤 모습으로 변할까?

까만 커튼을 제치고 거울방에 들어섰다. 여러 개의 거울을 다양한 각도로 세워 내 모습이 수없이 투영되고 있었다. 실상은 하나인데 빛의 반사작용으로 많은 허상을 만들어내고 있었다. 그 순간 어쩌면 나도 허상일지 모른다는 생각이 들었다. 의식이 나를 실존으로 오인하고 있는 것은 아닐까?

'환상의 에셔전'은 이름 그대로 나를 환상의 세계에 빠져들게 했다. 집으로 돌아오는 길, 땅이 출렁거리는 듯해서 다리가 후들거렸다. 가상의 공간을 걷고 있는 기분이었다. 어느 영화에서처럼 가상현실을 현실로 착각하며 살고 있을지도 모른다는 생각이 줄곧 머리에서 떠나지 않았다.

반려 식물

노옥섭*

남쪽으로 향한 큰 창문을 통하여 눈부신 겨울 햇살이 아파트 거실 깊숙이 찾아들고 있다. 12월도 절반이 지난 뒤여서 태양이 좀 더 낮은 위치로 내려와 누추한 곳까지 환하게 비춘다. 거실 마룻바닥에는 우련한 음양으로 식물들의 실루엣이 길게 대칭을 이루며 속살대기 시작한다.

격주마다 부족하지도 넘치지도 않게 물을 주고 거실 소파에 앉는다. 각각의 화분들과 눈을 맞추고 안부를 물으며 교감하는 시간이다. 물받침까지 삐죽이 물이 스며 나올 때까지는 성급하지 않게 양을 재면서 기다려야 한다. 아니면 급수량이 부족하거나 자칫 넘쳐흘러 목재 바닥이 젖게 되는 낭패를 겪게 되기 때문이다.

서로의 정성이 통한 때문인지 비교적 정직하게 반응을 보이며 생기발랄하게 소생하는 기미를 전해 온다. 추운 겨울날에 화분의 둘레에서 사금파리 깨져 튀기듯이 반사되거나, 싱그러운 초록 잎사귀에서 춤추듯 눈부시게 반짝이는 겨울 햇살은 오롯이 따사로운 희열의 빛이다. 그로부터 소소한 위안과 함께 한없는 평화와 아늑한 행복감을 느

* 전 감사원 사무총장, 감사위원
전 전남도립대학교 총장

끼게 된다.

내가 가까이 두고 함께 살아가는 반려 식물이 어느새 36개 분으로 줄었다. 각각 특별한 사연으로 인연을 맺고 그 절반 가까이가 30년 이상의 세월을 공유해 온 오랜 지기 관계이니만큼, 단순히 반려 식물이라는 사전적 의미로는 오히려 그 설명이 생경하고 부적합하다. 서로 가까이에서 정서적으로 의지하고 교감하며 무언의 하소연으로 서로 돕고 위안을 주는 좋은 친구와 같은 사이가 된 것이다.

어릴 적부터 함께 성장해 온 두 아이도 '아빠 식구들'이라고 부르며 함부로 대하지 않으니 가족으로서의 정체성을 일부 인정한 것이라면 나의 과장된 표현일 것이다. 그래서 나는 낱말 '화분'에서 '화'를 생략하고 그냥 '분'이라고 사용함으로써 그릇의 뜻과 함께 의인화된 개체로 호칭하거나 '초록이'란 애칭으로 부른다. 반려 식물에 대한 애정과 고마움을 표하기 위해서이다.

위 분들은 매년 11월 5일을 전후하여 실내로 거처를 옮겼다가 이듬해 4월 5일경에 아파트 화단으로 나가 자연 속에서 노천의 자유를 누리며 수십 년간 성장하고 있다. 올해는 유달리 햇볕이 강하고 비가 많이 왔던 날씨 덕분인지 모두 생육상태가 매우 양호하여 기쁨과 보람이 더했다.

해마다 7월과 8월 중에 단 한 송이 하얀 별 무더기 같은 꽃을 피워 왔던 문주란이 올해에는 때늦은 10월 하순까지 3번씩이나 튼실한 꽃대를 뽑아 올려 풍성한 꽃을 피웠다. 또한 풍정 있게 늘어진 문주란의 날렵한 잎줄기를 투과해 온 햇살은 나란히 잎맥들의 정결한 형상까지 드러내 보여준다. 초록 잎맥은 마치 고운 피부 속의 실핏줄처럼 유난히 청신하고 아름답다. 그리고 홍콩야자(쉐플레라)는 동거 27년 만에 처음으로 꽃을 피우고, 인도고무나무, 몬스테라, 관음죽, 벤자민 등 다른 일족들도 거실의 유리창 앞에 군락을 이루어 짙푸른 초록의 자태로 햇살 샤워를 하며 빛나고 있다. 보고 생각하는 것만으로도 즐겁고 유쾌해진다.

그런데 왜 반려 식물에 매료되는 것일까? 인간의 반려 대상으로서는 인간이 가장 최적격이어야 할 것이다. 그러나 반려자로서의 인간은 많은 한계를 지니고 있다. 인간의 욕심(貪), 화(瞋), 어리석은 생각과 행동(癡)은 곧잘 다른 사람들에게 상처를 입히고 실망을 줄 수 있다. 인간의 마음도 한결같지 못하고 쉬이 변하여 믿음성이 약하다. 어쩌다가는 영문 모를 적의를 보이며 공격하기도 하여 난감해질 경우도 있기 마련이다.

그래서 반려동물을 동무 삼아 정서적 교감 대상을 보완하기도 한다. 나도 아이들이 어렸을 때 맞벌이 부부로서 빈집의 공간을 생후 한 달 된 치와와를 데려와 키우며 함께 생활한 적도 있었다. 재롱이는 매우 영리하고 활달하여 갖은 재롱을 부리며 아이들과 좋은 반려가 되었다. 큰아이가 멘델스존의 피아노곡 배틀 노래를 빠른 템포로 연주하면, 앞발을 앙증맞게 가슴에 모으고 뒷발로 직립으로 서서 "워~우, 우~" 목청을 높여 독창하기도 했다. 그때 모든 생명 있는 것들은 사랑받을 자격이 있다는 사실을 깨우치기도 하였다. 그러나 유정한 동물은 너무 쉬이 늙고 쇠진하여 만 16년 만에 고통스럽게 자연사하였다. 그 슬픔은 아직 아이들과 가족들에게 큰 정신적 외상으로 남아 있다. 이런 연유로 지금은 반려 식물에 더욱 심취하는지도 모른다. 반려 식물과 관련하여 나름대로 연상되는 몇 개의 덕목들이 있다.

먼저 무욕(無慾)이다. 식물들은 탐욕을 모른다. 꾸밈없이 있는 그대로 소박하게 더불어 살아갈 수 있다. 오로지 세상에 가득한 물, 빛, 바람만 있으면 그로써 족하다. 원하는 게 없으니 같이 지내기에 전혀 번거로울 게 없는 것이다. 모든 괴로움의 근원인 욕심에서 초탈한 식물의 자유로운 생명이 생각만으로도 경외스럽고 위안이 된다.

다음은 베풂이다. 식물은 그 존재 자체가 이 행성 모든 생명체의 삶을 위한 필수조건이다. 공기를 정화하여 숨 쉬게 하고, 잎과 뿌리와 열매로써 먹인다. 기이한 꽃과 생김새로 세상을 아름답게 하며, 그늘을 드리워 가리거나 그 안에서 쉬게도 한다. 만물을 차별하지 아니하고 무조건 한없이 베풀기만 하는 식물은 깊은 사유의 화두가 될 수 있다.

그리고 평정(平靜)이다. 식물은 항상 평안하고 고요한 상태로 그 자리에 있다. 바람이 불면 잠시 흔들릴지언정 분요한 세상사에 나대지 아니한다. 적요한 모습 앞에서는 누구나 마음에 거리낌 없이 묵언으로써도 대화가 가능해질 것이다. 즉, 자기 수양의 도반이 될 수 있다. 식물과의 소통으로 감정의 기복을 없애고 평안하고 고요한 마음을 얻을 수 있다면, 이보다 더 큰 위안이 있겠는가.

모든 생명 개체에는 각기 자기 존재의 근원과 내력이 있듯이, 나의 반려 식물 각 분에도 각각의 다양한 이력과 사연이 있다. 이제 한두 가지 실제 사례를 이야기하고 싶다. 그 내력을 추적하여 반추하는 과정에서 우리 삶의 실상에 근접하고 그 질을 높이거나 바로잡을 수 있는 단서를 감지할 수도 있을 것이기 때문이다.

건강한 생명력, 인도고무나무

나와 인연을 맺은 지 가장 오래된 분은 만 38년이 지난 인도고무나무이다. 1985년에 해외연수를 마치고 과천 아파트로 돌아왔을 때였다. 친척 한 분이 작은 비닐 화분에 뿌리 부근에서부터 두 갈래 가지로 올라와 잎 몇 개가 달린 묘목 한 그루를 선물로 가져왔다. 다소 볼품없는 인도고무나무와의 첫 상견이었다.

서울대공원 앞 들판의 비닐하우스에서 기거하면서 묘목을 키우며 생업으로 삼고 있다고 하였다. 어느 주말에 산책 나갔다가 넓은 들에 가득 찬 비닐하우스 안을 들여다볼 수 있었다. 후덥지근하게 습기에 찬 열기로 금시에 숨이 찰 지경이었다. 맨 끝 한쪽에는 돌과 흙으로 땅 높이를 약간 돋우어 자리를 깔고 냄비와 물통 등 최소한의 취사도구만으로 살고 있는 듯 보였다. 그때 그 친척의 야위었으나 선량해 보이던 모습이 연민스레 기억되고, 묘목 선물이 '빈자(貧者)의 일등(一燈)'처럼 새삼스레 달리 느껴졌다. 그 후부터 묘목을 아파트 옥상에 올려놓고 계단을 오르내리며 정성껏 물을 주며 키웠다. 그리고 작물들이 잘 자라서 그들의 살림살이 형편이 넉넉해지기를 속마음으로 빌었다.

이러한 나의 관심에 응답이라도 하듯이, 고무나무는 해가 갈수록 무럭무럭 잘도 자랐다. 두 아이도 따라서 건강하게 성장하였고 초등학교에 들어갔을 때는 고무나무의 키가 훨씬 더 커졌다. 그 왕성한 생명력에 우리의 일상생활에도 더욱 활기가 솟는 기분이었다.

서울의 새 아파트로 이사 온 뒤에도 몇 년마다 더 큰 화분으로 옮겨 심고, 너무 웃자라지 않도록 자주 가지치기를 해 주어야 했다. 과감하게 가지치기를 할 때면 하얀 진액이 뚝뚝 떨어져 흘렀다. 그럴 때면 신라의 불승 이차돈이 순교할 때 흘렸다는 신성한 하얀 피가 연상되어 헝겊으로 감싸서 잘 처매주곤 하였다. 그리고 잘린 가지는 그대로 땅에 꽂아두었다가 뿌리가 내리면 이웃 주민들에게 나누어 주었으니 실로 번식력도 강한 생명력의 나무임이 확실하다. 우리가 살아가는 세상의 뭇 생명체들이 인도고무나무의 정기를 닮아 모두 강인한 생명력으로 건강하게 잘 생존하고 크게 번창해 나가기를 바라는 마음 간절하다.

그러나 그 친척은 얼마 후 일찍 세상을 떠났다고 들었다. 그리고 서울대공원과 경마장 인근 들판에는 꿀벌 마을이라는 이름으로 비닐하우스촌이 아직도 남아 있다는 전언이다. 더욱이 최근에는 7세 어린 소녀가 노쇠한 할머니와 함께 비닐하우스에서 추운 겨울을 지내고 있다는 이웃돕기 성금 모집 단체의 광고 문안이 흐르고 있는 현실이니 안타까운 심정 그지없다. 인도고무나무의 밑줄기가 승리의 상징 V자형으로 되어 있으니 그 암시대로 우리의 바람이 꼭 이루어지기를 기원한다.

자기 절제와 배려, 몬스테라(Monstera)

다음은 35년 지기 몬스테라이다. 멕시코가 원산지인데, 우리말로는 봉래초라고도 불린다. 1988년 서울의 새 아파트로 이사 왔던 해 초겨울이었다. 아파트 건물 동 사이 바람길에 버려진 것을 거두어들였다. 원줄기는 꺾이어 말랐고, 가느다란 곁줄기 한두 개가 남아 을씨년스럽게 시들고 있었다. 아마도 새로 입주한 주민이 이삿짐으로 옮기던 중 훼손된 것을 버렸던 것 같다. 한때는 푸른 생명을 완상했을 그 누군가의 모질고 매정함이 야속하기도 하였다.

그때는 새 아파트에 입주해 온 기념으로 근처 꽃마을에서 관음죽, 벤자민, 동백 등 얼마간 큰 상록수 분들을 사들여와 거실 적소에 구색 맞추어 놓아두었다. 그런데도 추워지는 날씨에 곧 얼거나 말라 죽어 갈 남은 생명이 자꾸만 애잔하게 마음에 걸렸다. 경비원에게 주인을 수소문했더니 모른다면서 곧 치워 없애겠다고 했다. 결국 유기 식물을 안타까운 심정으로 입양하게 된 셈이다.

처음에는 여러 마디로 이어진 덩굴줄기가 다소 기괴해 보이기도 했다. 그러나 그 마디 사이에서 시들어가는 작은 잎사귀의 갈래로 찢긴 형상이 생소하여 호기심도 일었다. 이듬해 날씨가 더워지는 여름날부터 둘둘 말린 여린 연두색 새잎을 풀어내기 시작했다. 그러더니 이내 색깔 고운 연두색 작은 잎이 부챗살 펴지듯이 커져서 진녹색의 건강한 잎으로 변모하였다. 그때에야 사무실이나 카페 등 실내 벽면에 장식용으로 걸린 액자 속에 그려진 식물임을 알게 되었다. 그 정갈하게 찢어지고 잎맥 사이로 군데군데 크고 작은 타원형 구멍이 난 잎사귀에 연하고 짙은 색상의 배색이 매우 이국적인 매력으로 경이로웠다. 매년 남향의 거실 창 곁에서 5개월간 월동하다가 봄부터 가을까지 7개월간을 아파트 화단에 내놓아 키운 지도 어언 수십 년이 지났다. 그러는 사이에 지금은 본향인 아열대 지역의 덩굴성 대형 관엽 식물의 면모를 보이고 있다.

근래 몬스테라가 대세 반려 식물의 일종으로서 대중화되어 많은 관심을 받고 있다. 그 종류도 30여 종으로 다양하며, 하얀 무늬가 나타나는 무늬 몬스테라 종류는 성장도 더디고 키우기도 어렵다고 한다. 그러나 나에게 온 분은 일반 몬스테라로서 까탈스럽지 않은 원시성으로 소탈하고 활달하게 잘도 성장한다. 삭막한 겨울날에도 최저기온

15℃ 이상만 지켜주면, 실내를 푸르게 채워주니 얼마나 은혜로운 반려인가.

당초에 몬스테라와의 인연은 버려진 생명에 대한 연민으로부터 시작되었다. 그러나 몬스테라에 대한 각별한 호의를 갖게 된 이유가 있다. 우선 아열대나 열대 우림 기후대 태생이면서도 겨울 추위가 있는 지역에서도 적응하여 살아낼 수 있는 강인한 생명력이 비상하다. 거기에 그 잎이 찢어지고 구멍 뚫린 생태적 특성의 기능을 알고 나서 더욱 감동받았다. 잎의 생김새가 열대 우림의 세찬 비바람으로부터 스스로를 지켜내려는 자기 보호 장치일 수 있다. 그런데 그 갈라지고 구멍 난 잎 사이로 자기 주변의 키 작은 목초에게 햇빛과 빗물을 통하게 하는 기능까지도 한다는 것이다. 모든 것을 스스로 독식하여 누리지 아니하고 약자들에 대한 배려로써 나눔과 베풂의 공생을 실천하는 것이다.

몇 년 전에 하버드대학교의 두 정치학 교수는 그들의 저서를 통해 현대국가에서 민주주의가 무너지는 이유를 두 가지로 명쾌하게 압축하여 제시한 바 있다. 즉 '주어진 제도적 권한의 무절제한 행사'와 '상대방의 선의를 인정하지 않는 무관용'이었다. 몬스테라는 높이 오를 수 있는 마디 덩굴, 공기뿌리와 함께 큰 잎들로 햇살, 빗물, 바람을 독차지하여 누릴 수 있는 천혜의 조건을 갖추었다. 그럼에도 불구하고 제 몸 일부를 찢고 구멍 내는 자기 절제로써 이웃 식물들의 불리한 조건을 배려하는 것은 아닐까. 상대방을 인정하여 존중하고 서로 나누며 공생하는 관용의 삶을 사는 것으로 보인다. 특히 오늘날의 소위 사회지도층 인사나 위정자들이 되새겨 볼 만한 관점이라는 생각이 든다.

현대사회의 분화와 과학기술의 발달로 비인간화가 심해질수록 인간의 정신적 스트레스와 소외감은 깊어질 것이다. 이에 서로 교감하면서 위로를 주고받을 대상으로서 반려가 더욱 필요해짐은 물론이다. 그러나 반려 식물조차도 그 대상을 자연 상태에서 분리하여 화분 그릇 안에 가둬두고 자신의 정신적 안일만을 꾀하려는 인간의 이기적인 행위로서 마음이 온전히 편안하지는 못하다. 언젠가는 자연의 원상태로 해방시키고 진정한 반려 대상으로 삼아야 할 것 같은 생각이 든다.

그리고 반려의 대상도 계속 확장될 수 있을 것 같다. 그동안의 인간, 동물, 식물의 범주에서 벗어나 무정물인 물건까지도 반려 대상으로 삼을 수 있다는 것은 지나친 비약일까? 우연히 산속에서 발견한 괴목 뿌리, 이름 모를 강가나 해변에서 눈에 띈 몽돌이나 조가비, 선대의 손때가 묻은 오래된 가구나 그릇, 애용하는 악기, 누군가의 기억이 담긴 정표(情表), 아니면 각종 귀한 예술작품 등 사람들이 자유롭게 열린 마음으로 그 존재를 인식하고 대화를 걸어가면 모든 대상이 반려가 될 수 있을 것이다. 근래에는 반려형 AI 로봇의 개발까지 운위되는 세상이 되었으니 우리 모두 좋은 반려 대상과 함께 좀 더 행복하게 살아갈 수 있다면 좋겠다.

브라보 색소폰, 그 멋과 낭만

박 준*

색소폰을 불기 시작한 건 KOTRA(대한무역투자진흥공사) 감사 임기를 마칠 때쯤이니까 2004년 여름이 끝날 무렵부터다. 어느새 20년 가까이 되었다. 공직생활을 마치면 시간이 많이 남을 텐데 소일거리를 찾던 내 생각에 문득 떠오른 게 악기 연주였다.

대학생 때 기타를 제법 쳐서 UNESCO, KWCC(Korea Work Camp Conference) 동아리 모임에서 캠프 송, 팝송 부를 때 통기타 반주를 해서 분위기를 띄우는 역할도 했고 2, 3학년 무렵에는 기타 3명, 드럼 1명으로 그룹사운드를 꾸려서 여기저기 축제 행사에 불려 다니며 연주도 하고 청춘 잼버리였던가 하는 TV 프로그램에도 출연해 본 경험이 있어 악보 읽고 악기 다루는 게 처음은 아니었지만 관악기를 한번 불어보았으면 하는 생각은 오랫동안 가지고 있었다.

관악기를 처음 만져 본 건 중학교 2학년 때다. 학교에서 단체 영화 관람을 했는데 충무로 대한극장에서 상영한 ≪배니 굿맨 스토리≫였던 기억이다. 클라리넷을 연주하는 주인공 모습이 어찌나 멋지던지 두어 달 망설이다 밴드부를 찾았다. 어떤 악기가 불고 싶으냐 문길래

---

* 전 감사원 사무차장, 대한무역투자진흥공사 감사
저서 ≪공공감사론≫ ≪세계의 감사원≫ 등

트럼펫이나 코오넷을 불고 싶다고 했던 것 같다.

악기에 여분이 없어 받은 건 바리톤 혼이었다. 사각형으로 말아 올라간 형태의 어깨에 메고 부는 작은 중학생에겐 제법 무거운 은색 악기였다. 애착이 가질 않았다. 세 손가락으로 운지하는 요령은 같으니 우선 이걸로 배우고 나중에 바꿔주겠다는 선배의 얘기였다. 불어서 소리를 내는 것도 손가락으로 운지하는 것도 쉬운 일이 아니었다. 이삼 개월 했던 것 같다. 방과 후에 악기를 메고 운동장을 빙빙 돌면서 도레미파 계음 부는 연습을 했다. 힘들고 지루하고 싫증이 났다. 부모님이 반대해서 못하겠다는 핑계를 대고 밴드부를 그만두었다. 빠따도 몇 대 맞았다.

다시 시작하면 무슨 악기가 좋을까? 배니 굿맨 스토리에서 주인공이 불던 클라리넷이 생각났다. 점잖은 모양의 고상한 악기다. 가까운 친구에게 조언을 구했다.

"야, 색소폰 불어. 번쩍번쩍 폼 나고 멋있잖아."

자기도 색소폰 시작한 지 몇 개월 됐단다.

색소폰에 관한 지식도 없이 낙원 악기 상가를 찾았다. 이런저런 얘기를 듣고 구입한 게 프랑스 셀마 사에서 나온 수퍼액션 II 알토였다. 제법 고가의 전문 연주가들도 많이 부는 평이 좋은 악기란다. 색소폰에는 알토, 테너, 소프라노 등 여러 가지가 있는데 처음 배우는 사람에게는 알토가 인기도 있고 추천할 만하다고 했다. 덜컥 사가지고 왔다. 모양도 멋졌고 찬란한 금색 도금이 마음에 쏙 들었다. 아파트 창밖으로 눈에 뜨이던 음악학원을 찾아갔다. 학생들이 피아노, 바이올린 등 악기를 배우는 학원이다. 소리가 커서 방음실 없이 불기는 주변에 시끄럽단다. 등록하고 색소폰을 전공하는 음대 2학년 여대생을 레슨 선생님으로 소개받았다.

레슨 받은 첫날 소리 내는 요령과 도레미파솔라시도 기초 운지를 배웠다. 몇 시간 해 보니 좀 되는 것 같았다. 악보를 뒤적여 비교적 느리고 운지도 어렵지 않은 〈애니 로리(Anny Laurie)〉를 찾아 불어 보았다. 스코틀랜드 가곡으로 널리 알려진 빠르지 않은 템포의 곡이다.

"이게 되네. 첫날 바로!"

그해 연말 고교동창회 송년회가 강남 팰리스 호텔에서 있었다. 부부 동반 회원까지 칠팔십 명이 모였던 제법 규모가 큰 모임이었다. 홀에서 인사말과 결산 등을 보고하는 공식 행사가 끝나고 만찬과 여흥 프로그램이 이어졌다. 초청 가수의 노래와 몇 가지 게임이 끝나고 색소폰을 들고 쭈볏쭈볏 무대에 나섰다. 무슨 배짱에 치기였던지.

"시작한 지 얼마 안 됐습니다, 한 곡 불어보겠습니다."

인사하고 연습했던 Kenny G의 〈Ave Maria〉를 불었다. 여러 사람 앞에 서려니 다리가 후들후들 떨리기도 하고 부끄럽기도 하고 되지도 않는 실력에.

나름대로 연습도 제법 했는데 여러 사람 앞에서 불려니 눈앞이 하얘졌다. 불다가 운지가 생각나지 않아 몇 군데를 틀려 엉뚱한 음을 불고 어려운 고음에서는 소위 말하는 '삑사리'가 나거나 소리조차 나질 않아 진땀을 흘리면서. 그러나 끝까지 불고는 내려왔다.

"오늘 서툰 연주 들어주셔서 대단히 감사합니다. 시작한 지 몇 달 안 됐습니다. 귀를 시끄럽게 해 드려 죄송합니다. 앞으로 열심히 연습해서 여러분들 앞에서 다시 불어보겠습니다. 약속드립니다. 오늘보다 더 못 불지는 않겠지요. 얼마나 나아지는지 지켜보아 주십시오."

각오 섞인 마무리 인사말을 했다. 그렇지, 처음부터 잘하는 사람 어디 있겠나.

이를 계기로 각오를 새로이 하고 '본격적'으로 정말 '본격적'으로 열심히 연습하기 시작했다. 특별한 일정이 없는 날은 아침 식사 후 연습실에 나가 저녁때까지 한눈 안 팔고 불었다. 하루에 쉬는 시간 빼고 적어도 여섯 시간 이상은 불겠다는 각오였다. 여력이 있는 날은 저녁 식사 후 밤늦게까지 열 시간도 더 불었다. 음악학원에서는 대학교 진학을 위해 연습하는 학생들에게 "저 선생님만큼만 연습하면 예고건 음대건 합격 문제없다."고 자극을 주는 이정표가 되기도 했다. 색소폰을 전공하는 학생들 연습량의 반은 따라가야지 하는 게 내 목표였다.

롱톤(long tone)과 음정 연습, 손가락 운지(fingering) 연습, 텅잉(tonguing)연습, 비브라토(vibrato) 연습 등 잘 늘지도 않고 고되었지만 차츰 재미도 느꼈다. 국내와 해외에서 출판된 색소폰 교본도 초보자를 위한 기초 편부터 중급, 고급까지 십여 권을 단계별로 구해서 레슨 선생의 지도를 받아 익혔다. 기초가 어느 정도 되자 쉬운 곡에서 차츰 어려운 곡으로 곡 연습도 늘려갔다.

레슨 선생님도 한국예술종합학교에서 색소폰을 전공하는 분으로 바꿨다. 색소폰도 무리해서 업그레이드했다. 같은 프랑스 셀마 사의 알토 수퍼액션 III 금장인데 음정이 정확하고 부드러우며 풍부한 소리가 난다는 평의 최상급 모델이다. 전문연주자들이 값싼 중국제 연습용 색소폰으로도 엄청나게 멋진 소리를 내며 연주하는 것을 보면 악기보다는 연주자의 실력이 핵심 변수이긴 하지만 좋은 악기에 욕심부터 나는 건 인지상정인 모양이다.

사용하던 수퍼액션 II 색소폰은 레슨 선생님에게 양도했다. 좋은 악기라고 뛸 듯이 기뻐하고 고마워했다. 두 번째 레슨 선생님에게는 한 3년 레슨을 받으면서 기초를 다졌다. 소나타도 몇 곡, 재즈곡도 여러 곡 배웠다. 그 레슨 선생님과는 인연이 제법 깊다. 석사과정을 마친 후 몇 년 지나서는 거듭 부탁하길래 완곡히 사양하다 결혼식 주례도 섰다. 지금은 천안에서 음악학원을 운영하며 오케스트라, 색소폰 공연 무대 등에서 전문 연주가로서 활발한 활동을 하고 있다는 소식이다.

인근의 색소폰 동우회로 연습 장소를 바꿨다. 음악학원은 취미로 악기를 배우려는 초, 중학생들이나 음악을 전공하려고 예술계 고교나 대학 진학을 목표로 연습하는 학생들이 대부분이라 연습하는 곡도 주로 클래식 곡이어서 가요나 팝을 불어보았으면 하던 나에게는 거리감이 있었다. 동우회에서는 회원들이 비슷한 연령대라 어울려 지내기도 편했고 가요나 팝송이나 귀에 익은 관심 있는 곡들을 불고 있어 비교도 되었다. 들어보지 못하던 곡은 곡명을 묻고 악보를 복사해서 따라 불어볼 수도 있었다. 연습하는 포인트나 테크닉의 장르도 서로 비슷해서 경험과 정보를 나눌 수 있었고 음악학원에서는 빈방을 찾아다니며 연습했는데 반 평 남짓의 방음실을 배정받아 고정으로 쓸 수 있어 편했다.

회원 중에는 시력을 거의 잃어 신문이나 책은 전혀 읽지 못하고, 시내버스를 탈 때도 커다란 글자의 노선번호를, 주변의 도움을 받아서야 겨우 알아보고 타던 육십 대 중반의 한 분이 있었다. 바로 앞에서 있는 사람도 일 미터 남짓 가까이 가서 얼굴을 디밀고서야 누군지 알아보는 정도의 시력이었다. 당연히 악보도 읽을 수 없었다. 대신 동우회 원장이 큰 종이에 사인펜으로 커다랗게 써준 계음을 보고 연습해서 외워서 불었다. 위 옥타브, 아래 옥타브의 계명은 동그라미 등으로 표시를 해서 구분했다.

이렇게 어렵게 익히고서도 일주일에 한 번은 분당 중앙공원의 산책객들이 제법 모이는 장소에 색소폰을 가지고 나가 연주를 했다. 작은 휴대용 카세트 플레이어에 녹음한 반주를 틀어 놓고 십여 곡. 배호의 노래 〈파도〉〈돌아가는 삼각지〉〈안개 낀 장충단공원〉 등을 즐겨 불었다. 의지와 노력을 존경하지 않을 수 없었다. 내게는 적지 않은 자극이 되었다.

회원 중에는 퇴직한 경찰공무원도 한 분 계셨는데 가끔 흥이 나고 동하면 근처의 야탑역이나 모란역 등 전철역에서 통행에 덜 방해 되는 곳을 찾아 반 시간이나 한 시간 남짓 연주를 하곤 했다. 귀담아듣고 흥에 겨워 박수 치는 분들도 있어 재미있고 여러 사람 앞에서 부는 연습도 되어 도움이 된단다.

우연히 기회가 되어 여성 플루트 합주단과 성남 아트센터 앙상블씨어터에서 몇 곡 합주도 했다. 이십여 명 규모의 플루트 동호인 합주단인데 공연할 때는 피아노와 드럼이 같이 했다. 색소폰 파트는 동우회에서 네 사람이 참여해서 알토 색소폰 두 파트를 분담했다. 자원봉사하는 음악대학 퇴직 교수 한 분이 지휘하고 그 지도를 받았다. 따로 개인 연습을 하고 일주일에 한 번 죽전 야마하(Yamaha) 악기사에서 운영하는 부설 연주실을 빌려 전체가 모여 소리를 가다듬었다. 공연은 이삼백 명 남짓 가족과 친지들이 와서 들어 주었는데 박수와 꽃다발도 받고 제법 근사한 연주회가 되었던 것 같다. 빨간 나비넥타이에 연주복도 차려입었다.

동우회에서는 분기에 한 번 빈도로 음악을 연주할 수 있는 카페를 인근에서 빌려 연주회도 했다. 색소폰을 어느 정도 불게 되면 남 앞에 나서서 불어보고 싶은 욕구가 자연스레 생기는 것 같다. 회원들이 한두 곡씩 새로 익힌 곡이나 좋아하는 곡을 돌아가며 연주하고 음료와 음식을 나누고 즐겼는데 여러 사람 앞에 나서기를 주저하던 두려움과 콤플렉스를 줄이는 데 도움이 되었다. 들어주는 분들의 반응도 느낄 수 있었고 저 곡은 저렇게 부는구나, 저 부분은 저렇게 부는 게 낫구나, 자극을 느끼고 배우는 것도 많았다. 서로가 거울이고 선생님이 되는 기회였다.

색소폰 동우회를 또 한 번 옮겼다. 고교 시절 밴드부 리더를 했던 고등학교 후배가 운영하는 음악학원이었는데 음악 전공은 아니었지만 대학에서도 그 후에도 오케스트라 등에서 전문 연주가로서 꾸준히 활동해왔던 실력 있는 후배였다. 다니던 동우회는 개인 연주 연습 위주였는데 이중주, 삼중주나 합주를 해 보고 싶어 인터넷으로 찾아보다 우연히 연결된 학원이었다.

회원 수는 한 삼십여 명 남짓으로 먼젓번 동우회보다는 조금 많았고 여성 회원이 거의 절반 정도 되었다. 매주 한 번 한두 시간 모여서 합주 연습을 했는데 많을 때는 십여 명, 적을 때는 예닐곱 명 정도가 참석했다. 참여 인원에 따라 알토 1, 2, 3, 테너 1, 2, 3, 간혹 소프라노로 앙상블을 구성했다. 앙상블은 파트별 악보를 구하기 어려운데다 참여희망자를 확보하기도 어려워 일반 동우회나 학원에서는 운영하는 곳이 거의 없었다. 원장이 가끔 바리톤 색소폰으로 소리 구성의 폭을 넓혀주기도 했다. 지방자치단체 등에서 행사 초청이 자주 있었고, 주말이나 휴일에는 분당 중앙공원이나 율동공원 등의 공연장에서 연주 활동도 했다. 고아원이나 양로원, 요양원 등에서의 초청도 자주 있어 어울리고 봉사활동도 하는 재미와 보람을 느낄 수도 있었다.

색소폰은 벨기에 사람 AdolPhe Sax(1814~1894)에 의해서 관현악이나 취주악에 쓸 목적으로 1840년경 발명된 악기라고 한다. 금속으로 만들어졌으나 구조상으로는 목관악기에 속한다. 표정이 풍부한 음색을 갖고 있으며 빠른 움직임을 자유롭게 연주할 수 있는 독주 악기로서의 조건들을 충족하고 있다. 취주악에서 색소폰은 목관악기 군의 중저음을 담당하는 중요한 악기로서의 역할을 수행하고 있다. 알토 2, 테너 1, 소프라노 1, 바리톤 1의 편성이 표준적이며 밴드의 크기나 곡의 내용에 의해 그 수가 적절히 증감된다. 관현악에서는 취주악의 경우와 달리 언제나 사용되는 악기는 아니며 색소폰이 사용될 때는 곡의 일부에서 독주(solo)를 담당하는 경우가 많다. 소프라노, 알토, 테너, 바리톤으로 편성되는 색소폰 4중주는 현악 4중주, 목관 5중주 등과 함께 표준적인 실내악의 하나로 손꼽히고 있다. 금세기 들어 발전한 재즈 음악 속에서 색소폰은 1920년경부터 사용되기 시작하였고 그 이래 재즈나 팝 음악 분야에서 없어서는 안 될 악기로 대중적인 높은 사랑을 받게 되었다.

색소폰의 종류로는 Eb의 소프라니노, Bb의 소프라노, Eb의 알토, Bb의 테너, Eb의 바리톤, Bb의 베이스, Eb의 콘트라베이스 색소폰 등이 있다. 곡관 형태이지만 소프라노 색소폰은 주로 직관이고 곡관인 것도 있다. 내가 부는 Eb의 알토 색소폰은 솔(G) 음이 피아노의 시플랫(Eb)과 같다. 조율할 때의 피치는 마우스피스를 네크(neck)에 꽂는 깊이에 의해 조정하는데 악기의 온도에 따라서도 변하기 때문에 처음에 악기의 온도가 낮을 때 조율해서 음을 잡았다 하더라도 불면서 악기가 따뜻해지면 거기에 비례해서 네크에 꽂는 깊이를 조정할 필요가 있고 부는 사람의 암브슈어 압력의 세기에도 영향을 받는다. 암브슈어(embouchre)란 마우스피스를 둘러싸는 입술의 모양, 입 주변 근육의 상태, 입 안의 혀나 치아의 위치를 의미한다. 정확한 음정, 원하는 음색의 소리를 내려면 많은 연습이 필요하다. 연주자마다 같은 곡을 연주해도 다른 느낌을 주는 주요한 이유 중 하나이다.

색소폰을 불다 보면 여러 가지 장비도 필요하다. 그럴듯한 연주를 하려면 우선 반주기가 필요하다. 반추기에 맞춰 불려면 박자와 음정이 정확해야 하니 공부도 된다. 반주기에는 많은 곡이 저장되어 있어 원하는 곡의 악보도 찾아볼 수 있다. 이조 기능도 있어 자기에 맞는 원하는 음높이의 조로 쉽게 바꿀 수도 있다. 처음에는 반주 녹음을 구해서 카세트 플레이어나 CD 플레이어에 틀어 놓고 맞춰 불다가 좀 나아지면 반주용 컴퓨터 프로그램을 구해서 컴퓨터에 올려 사용하곤 하지만 풍부한 소리에 욕심이 나면 반주 소리의 구성이 풍요롭고 담고 있는 곡도 많은 전용 반주기로 눈길이 간다. 핸드폰에도 반주 프로그램을 올려 사용할 수 있는데 레퍼토리(repertory)도 풍부하고 소리도 좋다.

여러 사람이 들을 수 있게 하려면 앰프도 필요하다. 작은 홀, 몇 사람 앞에서 불어보다가 넓은 홀이나 공연장에서 불 기회가 생기면 점점 출력 용량이 큰 고기능의 앰프를 사용하게 된다. 앰프는 부피가 크고 운반하기에도 무거워 행사 때에는 동우회의 장비를 이용하는 경우가 많다. 앰프에는 소리를 미세하게 조정할 수 있는 여러 가지 기능이 있어 그 요령도 배워야 한다. 앰프를 사용할 때는 색소폰 연주에 적합한 마이크도 필요하다. 민낯의 색소폰 소리와 앰프를 통해 전달되는 색소폰 소리는 또 다르다. 자기 연주를 들어보아 미흡한 부분을 고치고 연주한 곡을 다른 사람들에게 전하고 들려주려면 녹음도 해야 한다.

색소폰은 소리가 크기 때문에 연습하려면 소음 장비나 시설이 필요하다. 밸리(belly) 부분을 막아주는 소음기가 있다. 소음차단기는 색소폰을 전체적으로 둘러싸서 소음을 줄여준다. 방음부스도 있다. 한 사람이 들어가면 꽉 차는 크기의 부스다. 학원이나 동우회에서는 방음실에서 개인 연습을 한다. 경제적으로 여력이 있는 분들은 단독 주택의 지하층 등에 연주실을 마련하기도 하고 교외에 별장을 갖고 있는 분은 여기에 여러 가지 연주 장비를 갖춘 멋진 연주실을 꾸며서 지인들을 초청하여 연주회도 하고 가든 파티도 한다. 언젠가 늦은 여름 태안반도 해변 별장에 초대받아 붉은 석양의 낙조에 묻혀 밀려오고 밀려가는 파도 소리를 들으며 독주도 하고 합주도 했던 기억이 아련히 아름답다.

남들이 하는 대로 CD에 녹음한 곡을 담아 소위 '연주곡집'도 제작해보았다. 곡을 선정하고 연습해서 불어보고 녹음하고, 마음에 안 드는 부분은 연습해서 다시 불어 녹음하고, 또 해 보고. 제법 만족스럽게 불어진 곡들을 모은 다음 표지를 디자인하고 CD 제작사를 찾아 구워냈다. 그 과정이 일 년 이상 걸렸지만 재미있었다.

〈눈이 내리네〉〈광화문 연가〉〈잊혀진 계절〉〈그대 그리고 나〉〈Nella fantasia〉〈My way〉〈Stranger on the shore〉〈Laura〉 등 마음에 드는 20곡을 실었다. 이중주도 세 곡을 담았다. 두 사람이 같이 분 이중주가 아니라 혼자 한 파트를 불어 녹음한 다음 이걸 틀어놓고 여기에 다시 내가 다른 파트를 불면서 녹음하는 어설픈 방식이었다. 한 곡, 한 곡 심혈을 기울여 정성껏 불었다. 한 곡을 선정해서 그런대로 괜찮다고 생각되는 연주가 녹음될 때까지는 몇 주, 어려운 곡은 이삼 개월 이상 걸렸다. 그동안 불어보았던 익숙한 곡인데도. 마음에 안 차면 다시 불어 녹음하고 또다시 불어 녹음하고. ≪색소폰 산책, 내 마음 내 노래≫라는 제목을 붙이고 사진도 넣었다. 2014년 12월경이니 색소폰을 시작한 지 10년이나 된 시점이었다. 친구와 친지들 200여 분께 보내드렸다. 몇 분이나 들어주셨으려나. 감상과 코멘트를 보내주신 고마운 분들도 여러분 되었다.

좀 연륜이 느니 불러주는 곳도 늘었다. 친구들 모임에서, 동창회의 연말 송년회에서, 그리고 재직했던 감사원의 행사에서. 실수도 많이 했지만 경험이 쌓이니 익숙해지고 얼굴도 두꺼워져서 반 시간이나 한 시간 정도를 연주로 시간 때우는 건 일도 아니었다. 내 연주하는 모습을 보고 자극을 받아 칠십 대 후반의 늦은 나이에 색소폰을 시작하신 직장 선배들도 몇 분 되었다. 감사원에는 색소폰 동우회도 생겼다고 한다.

이중주나 삼중주에도 맛을 들였다. 독주할 때와는 또 다른 매력을 느낄 수 있었다. 이중주, 삼중주는 같이 불 마음 맞는 파트너를 구하기가 쉽지 않았다. 후배인 학원 원장과 이중주를 할 때는 원장이 짬만 내주면 언제든 가능했는데 고교 동창인 친구들과 할 때는 연습할 시간을 맞추기가 여간 어려운 게 아니었다. 취향도 다르고. 한 해는 알토 2, 테너 1의 삼중주를 송년 모임에서 하고 다음 해에는 삼중주를 포기하고 알토만 1, 2로 이중주를 한두 해 하다가 건강 문제, 연습 시간 조정 문제 등 개인 사정으로 결국 흐지부지되었다.

학원에서 구성한 앙상블에는 여러 해 계속 참여했다. 앙상블도 참여하는 팀원이 수시로 바뀌고 이에 따라 인원수도 달라졌지만 지휘를

맡은 원장이 그때그때 능숙하게 파트도 조정해주고 빈 파트도 채워주었기 때문에 그런대로 유지되었다. 앙상블 팀의 연주는 적을 때는 5, 6명, 많을 때는 10여 명의 인원이 참여하기 때문에 연주하는 모양새도 근사했고 들을만해서 초청하는 곳도 많았다.

내가 좋아하는 색소폰 연주곡으로는 Sil Austin의 〈Danny boy〉, Dave Koz의 〈Deeper than love〉, Kenny G의 〈Going home〉과 〈Ave Maria〉, Charlie Parker의 재즈곡 〈Now's the time〉 등이 있다. 노래를 색소폰으로 연주한 것 중에는 〈Donde voy〉 〈You raise me up〉 〈I can't stop loving you〉 등이 있다. 우리나라 연주곡으로는 〈님의 향기〉 〈가시나무〉 〈내 사랑 내 곁에〉 〈서른 즈음에〉 등이 좋다. 클래식 곡 중에는 Fryderyk Chopin의 이별 곡으로 알려진 〈Etude Op.10 No.3〉와 Dimitri Shostakovich의 〈재즈 왈츠 No. 2〉 등을 좋아한다.

내가 좋아하는 음색은 굳이 색깔로 표현한다면 늦가을의 야산의 색이다. 그러나 빨강, 노랑으로 물든 화려한 가을 색은 아니다. 11월 하순이나 12월 초 늦가을의 스산한 우리 주변 야산에서 흔하게 접할 수 있는 활엽수의 누렇게 시든 낙엽이 바탕이 되는 색이다. 갈색 톤인데 단색이 아니라 누렇게 빛바랜 볏짚의 색에 어두운 회색이 섞인 연두색, 생기 빠진 나무줄기의 탁한 검정색 등 여러 가지 색깔이 뒤섞여 어우러진 파스텔 톤에 가까울 것 같다. 내 연주에서 이런 색깔이 묻어나온다면 얼마나 멋지겠는가.

맑고 투명하고 차분한, 애틋하고 애잔한 서글픈 음색이 좋다. Carol Kidd가 부른 〈When I dream〉에서 이런 분위기를 느껴본 적이 몇 차례 있다. 과분한 욕심이지만 그런 음색을 내는 연주를 해 보고 싶다. 영화 ≪쇼생크 탈출≫에서 주인공 앤디가 틀었던, 모차르트의 오페라 ≪피가로의 결혼≫ 중 성악곡 〈편지의 이중창 산들바람이 부드럽게〉도 내가 반했던 음색 중 하나이다.

색소폰을 그럴듯하게 불게 되기까지는 오랜 기간 꾸준한 연습이 필요하다. 기초연습으로는 롱톤(long tone)이 있다. 길게 소리를 내면서 아름답고 좋은 소리를 만들어 내는 방법을 익히는 연습이다. 흔들림 없는 고른 지속음을 몇 소절 이상의 길이로 길게 그리고 멀리 보낸다. 복식호흡을 이용한 호흡 연습도 같이 된다. 때로는 비브라토(vibrato) 연습과 매우 여린 음에서 점차 강한 음으로 그리고 다시 점차 여린 음으로 돌아오는 다이나믹스(dynamics) 연습도 병행한다. 비브라토는 음높이를 상하로 규칙적으로 진동시켜 표현을 더욱 풍성하게 하기 위한 연습이다. 뱃전에 잔물결이 와서 부딪치듯. 스케일 연습도 꾸준히 해야 한다. 가장 낮은 음에서 가장 높은 음까지, 그리고 다시 낮은 음으로, 온음 단위로, 반음 단위로 핑거링(fingering)을 바꾸면서 연습한다. 부는 음에 따른 손가락의 동작이 자연스레 몸에 붙도록 익힌다. 장식음(ornament)도 연습한다. 악곡에 여러 가지 변화를 주기 위한 꾸밈음이다. 흑~ 흑~ 흐느끼는 귀곡성의 비브라토도 있다. 밴딩(bending) 기법도 있다. 보통 반음 아래에서 시작하여 제 음으로 올리거나(up bending) 제 음에서 시작하여 음을 아래로 내리거나 뚝 떨어뜨린다(drop). 적당한 장식음은 연주에 숨을 불어넣어 주나 과하면 오히려 연주를 해치기도 한다.

한 곡을 연주하기까지는 여러 단계를 거친다. 잘 부는 사람은 악보를 처음 보고 한 번에도 불고 그 단계가 줄지만 일반적으로는 악보에 대한 초견으로 대강을 파악한 다음에 한두 소절씩 불어보면서 소리와 핑거링을 익히고 어려운 부분은 되풀이하여 불어보면서 음미하고 전문 연주가의 연주를 듣고 또 듣고 흉내 내보면서 자기만의 소리를 만들어가고 익숙해질 때까지 반복하고 고쳐간다. 곡에 따라 긴 과정과 시간이 필요하다. 내 경우는 한 곡에 보통 이삼 개월, 어려운 곡은 반 년도, 일 년도 더 걸렸다. 그렇게 하고도 만족스럽지 못해 포기한 경우도 적지 않다.

Sil Austin의 〈Danny boy〉가 그랬다. Danny boy는 내 주변의 색소폰을 배우는 사람 대부분이 한 번 불어보았으면 목표로 하는 곡인데 웬만한 연주 실력으로는 감히 도전해 볼 엄두를 내기가 어려운 난이도의 곡이다. 도입부의 서브톤(sub tone)부터 어렵다. 서브톤이란 내 쉬는 숨소리가 부드럽게 같이 들리게 하는 연주기법이다.

"푸~파 푸~파 푸~파 프우~~". 원래 테너 색소폰으로 분 소리가 멋졌는데 나는 알토로 불었기 때문에 흉내 내기가 힘들었다. 시 플랫(Bb) 조의 악보로 불었는데 알토 색소폰의 음역이 낮은 시 플랫(Bb)에서 두 옥타브 위의 파 샵(F#)까지인데 이보다도 높은 솔(G), 솔 샵(G#), 라(A)까지의 음을 플래절렛 주법으로 만들어 내야 한다. 플래절렛(flageolet)은 주로 16세기부터 17세기까지 사용했던 고음을 내는 피리라고 하는데 지금은 핑거링의 가 포지션과 배음(over tone)으로 통상 낼 수 있는 음역을 넘어서는 높은 음을 내는 주법을 말한다. 알티시모(altissimo)라고도 하는데 여하튼 엄청 어렵다. 또 연이은 16분음표의 빠른 속도로 손가락 포지션을 번개같이 바꾸면서 불어야 하는 장식음 구간도 있다.

Kenny G나 Dav Koz의 연주곡도 무척 어렵다. 장식음도 많고 손가락 움직임도 무척 빨라야 한다. 윤복희가 부른 〈여러분〉이나 윤시

내의 〈열애〉 〈Hey Jude〉 〈Magia〉 같은 연주곡도 난이도가 극히 높다. 림스키 코르사코프(Rimsky Korsakov)의 오페라 ≪살탄 황제의 이야기≫ 중의 곡 〈왕벌의 비행(Flight of the bumblebee)〉은 엄청나다. 16분음표의 속도로 반음계를 오르락내리락 피아노(p) 내지 피아니시모(pp)의 여린 소리로 연주해야 하는데 눈도 핑거링도 악보를 따라갈 수가 없어 포기했다. 언젠가 기회가 되면 각오를 단단히 하고 다시 도전해 볼 생각이다.

요즘 들어서는 회갑이나 칠순 등을 축하하는 가족 모임을 적당한 크기의 연주 홀을 빌려서 하는 경우도 주변에 자주 뜨인다. 악기를 취미로 연주하는 저변 인구도 늘었고 주변에 100석, 200석 정도의 좌석을 가진 중소규모의 대관 공연장도 여기저기 생기는 등 여건이 좋아졌기 때문이다. 로비에 적당한 음식과 음료를 마련하여 초대한 친지와 손님을 대접하고 공연장으로 장소를 옮겨 초빙한 피아노, 바이올린 등의 반주자 한두 명과 함께 몇 곡을 연주한다. 싱겁게 식사만 하고 잡담하다 헤어지는 모임보다는 행사의 내용도 풍부하고 의의도 느껴진다.

우리 가족은 내 색소폰 연주에 별로 관심이 없다. 가족들 모일 때 한두 번 불어도 보았지만 집안에서 부는 거라 옆집에서 시끄러워할까 조심스러웠고 듣는 사람도 아이부터 어른까지 좋아하는 노래 장르도 같지 않아 선곡도 마땅치 않았던 것 같다. 결국 흐지부지 불고 싱겁게 끝나는 해프닝이 될 수밖에 없었다. 집사람 칠순 때는 호텔 별실에서 조촐하게 가족 모임을 하면서 반주기도 틀어 놓고 프랑스 샹송 가수 에디트 피아프(Edith Piaf)가 부른 〈사랑의 찬가(Hymme A L'Amour)〉를 축가로 불었다. 귀 기울여 들어주고 즐거워들 했던 기억이다.

외손자는 중학교 1학년인데 피아노를 조금 배워 캐논 변주곡의 덜 어려운 버전 정도는 친다. 외손녀는 초등학교 5학년인데 첼로를 학교 오케스트라의 멤버로 삼사 년 해서 제법 잘한다. 친손녀는 유치원이라 아직이다. 집사람과 두 딸은 피아노를 친다. 손자, 손녀들이 좀 더 자라면 할아버지하고 같이 합주할 계기가 있을까? 아름다운 추억을 만들 행복한 기대를 품어 본다.

첫 색소폰 연주곡집을 낸 후에는 새로운 곡을 익히면 녹음하고 마음에 차면 그때그때 저장해 두곤 한다. 연주곡집을 내겠다고 마음먹고 시작하면 그때부터 선곡하고 연습하고 녹음해서 모으고 하는 데 상당한 기간이 필요하고 하다가 지쳐서 치워버리게 된다. 평소에 틈틈이 모아서 저축해두자. 색소폰을 시작한 지 몇 개월 안 돼서 동창모임에서 첫 연주에 도전했다가 실패한 Kenny G.의 〈Ave Maria〉부터 어려웠던 〈Danny boy〉와 〈Deeper than love〉, 그리고 라흐마니노프(Sergei Rachmaninoff)의 〈Vocalise〉 〈Forever with you〉, 외손녀가 불어달라고 골라준 겨울왕국의 주제가 〈Let it go〉, 〈가시나무〉 〈향수〉 〈옛사랑〉 〈너에게로 또다시〉 〈립스틱 짙게 바르고〉 등 가요와 가곡으로는 〈고향의 노래〉 〈눈〉 〈내 마음의 강물〉 〈황혼의 노래〉 등 내가 좋아하는 삼사십 곡이 모아졌다. 우리 집사람은 푸치니의 오페라 ≪잔니 스키키≫ 중의 아리아 〈오 사랑하는 나의 아버지(O mio babbino caro)〉를 불어보란다. 레퍼토리를 좀 더 늘리고 적당한 시점에서 다듬어서 색소폰 연주곡 제2집을 제작해 볼 생각이다.

색소폰이나 적당한 악기를 시작해보면 어떨까 조언을 구하는 분들이 더러 있다. "악기를 다뤄 본 적이 없다, 악보를 볼 줄 모른다, 음악에 소질이 없다, 어디서 어떻게 배우고 연습해야 할지 막막하다." 등등 망설이는 고민은 비슷하다. 나는 무조건 권한다. 악기 연주. 그만큼 세련되고 고상한 취미도 드물다. 시간이 남아서 걱정인 연령대니 시간은 틈틈이 내면 된다. 사람마다 소질도 다르고 열의도 같을 수 없으니 너무 높은 수준을 목표로 하지 말고 형편 되는 대로 틈틈이 불고 만족하면 된다.

〈섬집아기〉〈기러기〉〈가을밤〉〈등대지기〉 정도의 동요 곡은 시작하고 얼마 안 되어서도 충분히 불 수 있고 혼자 불면서 즐기고 주변에 들려주기에도 아름다운, 가슴 차분해지는 곡이다. 수준에 맞춰 생각보다 짧은 기간에 불 수 있는 레퍼토리가 많다. 악기를 하다 보면 음악적 지식도 생기고 음악도 자주 듣게 되니 정서적으로도 풍성해지지 않겠는가. 지금보다 더 젊은 나이로 다시 돌아가서 시작할 수는 없지 않은가. 망설이다 마지막 기회조차 놓치지 말고 시작해보자. 음악의 세계에 빠져볼 수 있다는 건 여유롭고 행복한 일이 아니겠는가.

눈을 지그시 감고 되새겨 본다. 노년 생활을 즐겁고 풍요롭게 해 준 브라보, 브라보 색소폰!

영원한 여성

임석규*

'영원히 여성적인 것이 우리를 구원한다.'

괴테의 파우스트 마지막 구절이다. 세상에 이렇게 공감이 가는 말이 또 있을까? 세계인이 열광하는 세계문학 역사상 가장 유명한 구절의 하나다. 나의 첫 장편 소설 ≪하얀 손길≫의 맨 첫 장도 이 한 줄로 채워져 있다.

인류 문학의 역사가 그 얼마인데, 남자라면 누구나 마음 한구석에 품고 있을 이 한 줄을, 왜 괴테 이전에는 쓰지 못하였는가. 존재하지 않는 것을 만들어 내는 창조가 얼마나 어렵고 위대한 일인지 알 수 있다.

괴테는 24살에 ≪파우스트≫를 쓰기 시작한다. 전설의 인물 파우스트의 일생에서 영감을 받은 것이다. 그러나 책을 출간한 것은 죽음이 목전에 다가온 82세. 결국 '파우스트'는 위대한 천재 괴테가 생의 마지막 60년을 바쳐 완성한 작품인 것이다. 이 책에 모두가 크게 공감하는 것은 쾌락과 출세를 추구하는 것이 인간의 본성이지만 결국은 정

* 연세대학교(영문과), U.Penn.(M.A. in Economics)
공정거래위원회 소비자보호국장, 경쟁제한 규제개혁단장
저서 ≪하얀 손길≫ ≪보수와 진보: 한국의 시장경제≫

직과 순수함에 귀의하여 구원받게 됨을 보여주고 있기 때문이다. 서구 문명의 중심인 기독교 사상과 인간의 구원 문제를 다루었다.

주인공 파우스트는 뛰어난 인간의 전형이다. 높은 학문적 성취와 사회적 명성을 모두 이루어 내었지만 그에게 남은 것은 절망과 허무함 뿐이다. 결국 악마의 유혹에 빠져 젊음을 되찾고, 순진무구한 처녀 그레첸을 유혹했다가 버리고, 그리스 신화 속의 절세의 미녀 헬레네와 결혼하며 자신의 왕국을 이루었으나 결국은 악마와 약속한 대로 "멈추어라! 너 정말 아름답구나!"를 외쳐 다시 원래대로 돌아가는 것을 선택한 책의 내용이 바로 그것이다. 그는 결국 구원을 받아 천국으로 가게 된다.

'영원한 여성'을 또 접하게 된 것은 몇 년 전 유럽 여행 때였다. 유럽은 자주 다녔지만, 로마는 초행이었다. '그것'이 '거기'에 있는 줄은 미처 알지 못했다. 바티칸 성 베드로 대성당 안에서 불쑥 마주친 미켈란젤로의 '피에타 조각상'은 한마디로 충격이었다. 아름다움과 비통함과 성스러움의 조화. 예술의 위대함이 새삼 느껴졌다. 옆을 돌아보니 함께 간 '수빈이 엄마'가 눈물을 흘리고 있었다. 최고의 걸작품들로 가득 찬 바티칸에서 왜 유독 '피에타'가 가슴에 와닿는 것일까?

'피에타'는 성모 마리아가 십자가에서 죽은 예수의 시신을 안고 슬퍼하는 모습을 표현한 조각상이다. 그러나 슬픔만 있는 것이 아니다. 부활이 예정된 장엄한 성령의 세계가 함께 담겨있다. 인간적인 면과 신의 면모가 함께 어울려있다는 말이다. 이런 미묘한 느낌은 '신(예수)이 인간으로 태어나, 인간으로 살았다'는 기독교 신앙 고유의 특성에서 나오는 것으로 생각된다.

나에게는 신의 모습보다 인간으로서의 모습이 훨씬 더 크게 마음에 와닿는다. 권위와 추종이 사라지고 모진 핍박과 조롱 속에 모든 것을, 심지어 목숨까지, 잃은 한 남자(인간)가 간절히 바라는 것이 있었다면 이해와 포용으로 따뜻하게 감싸주는 '영원한 여성'이 아니었을까.

마리아의 무릎 위에 누워있는 예수의 얼굴이 몹시 평화로워 보인다. 성모 마리아는 '영원한 여성'으로 자주 인용된다. 얼굴도 십 대 소녀의 청초한 모습이다. 표정이 Gioconda(모나리자)보다 더 신비롭다. 표현 방법이 가장 구체적인 조각상임에도 끝없는 연상이 이어진다.

'신'에 대한 갈망과 '영원한 여성'에 대한 갈망은 유사한 점이 있다. 가장 순수한 영혼으로 임하며 강한 정서적 동요를 수반한다. 과거 비슷한 시기에 나도 두 갈망을 동시에 직접 체험한 바 있다. 20여 년 전에 쓴 글에도 이러한 혼란이 나타나 있다. '신'에 대한 바람인가, '영원한 여성'에 대한 바람인가.

> 어떤 잘못도 용서하고 어루만져주며 마음이 아플 때면 언제라도 기댈 수 있는 한없이 너그럽고 인자한 손길이 그립다. 아무리 미워해도 변함없이 따뜻한, 힘들 때마다 대신 한없이 증오하고 죽이고 싶어 까지 해도 여전히 따뜻한 사랑의 손길이 몹시 그립다. 그 안에서 편히 쉬고 싶다.
>
> \- 하얀 손길 245p

'신'은 장구한 세월에 걸쳐 신앙으로 정립되어 항상 우리 곁에 있다. 그러나 '영원한 여성'은 현실 세계에 존재하지 않으며 스스로 창조해야 한다. 진정한 사랑을 통해 영혼이 승화되는 과정이다. 최상의 예술

작품도 '영원한 여성'을 상정하고 몰입하는 과정에서 탄생한다. 상대방이 누구인지는 중요하지 아니하다.

'사랑하였으므로 행복하였네라. 오늘도 나는 에메랄드빛 하늘이 훤히 내다뵈는 우체국 창문 앞에 와서 너에게 편지를 쓴다.'

젊었을 때 누구나 좋아하던 청마(靑馬) 유치환의 시다. 시조 시인 이영도에 대한 청마의 사랑은 유명하다. 20년 동안 5천 통의 사랑 편지를 보냈다고 한다. 청마가 그토록 사랑했던 것은 개인 이영도였을까? 그녀를 통해 스스로 창조한 '영원한 여성'에 몰입한 대표적인 예가 아니었을까. 시 한 편, 편지 한 장 쓸 때마다 얼마나 뿌듯하고 행복했겠는가.

시에서 느낄 수 있듯이 청마는 매우 감성적인 분인 것 같다. 반면 이영도는 이지적인 분 같다. 대학 시절 현대문학에서 필전(筆戰) 중인 그녀의 글을 보고 조연현(趙演鉉)보다 더 설득력 있다고 생각했었다. 두 분 다 가정이 있었고, 두 분 다 교육자였다. 우리 앞 세대의 엄격한 도덕적 제약 속에서 두 분은 '인생 9단'답게 가장 현명한 삶을 사셨다. 그리고 다음 세대에 불후의 작품들과 지고한 사랑 이야기, 그리고 행복의 지혜를 남기셨다.

요즈음은 손녀와 사랑에 빠진 것 같다. 갓 두 돌이 지난 마지막 손녀. 하는 짓, 손짓 하나, 눈길 하나가 무한한 기쁨과 영감을 준다. 가고 나면 허전하고 벌써 다음 주말이 기다려진다.

'영원한 손녀(?)'가 되기 위해서는 뭔가 완벽하게 창조되어야 한다. 깜짝 놀라게 하는 당돌함, 빤히 바라보며 마음을 읽는 맑은 눈, 노 교수갈이 대범한 표정, 마음을 확 풀어주는 개구쟁이 미소.

남의 손자, 손녀 사진 한번 봐주는 값이 만 원이라고 한다. 그만큼 남의 손자, 손녀에게는 아무런 관심이 없다는 말이다. 그렇다 하더라도 나의 손녀를 한번 자세히 보라. 갓돌 지난 여자애 표정이 이렇게 복합적일 수가 있는가. 들리는 바에 의하면 방배동 외할아버지도 끔찍이 이뻐한다고 한다. 강력한 라이벌이 생겼다. '여성'이건 '손녀'건 '영원한 것'이 우리를 인도하는 것 같다.

지금까지 스스로 창조하는 것이라고 얘기는 해왔지만, 실제로 존재하는 '영원한 여성'이 있다. 누구에게나 스스로 존재하여 이유도 없고 끝도 없는 헌신의 사랑을 베푸는 그 거룩한 이름은 바로 '어머니'이다. 그러나 어머니의 사랑은 당연하고 마땅한 것으로 여겨질 뿐 감동의 대상이 아니다. 멀리 떠나신 다음에야 비로소 뉘우치고 안타까워하는 반성의 대상일 뿐이다. 어머니가 언제 자식들에게 호사를 바란 적이 있었던가. 나이 들고 외로우실 때 한 번 더 찾아뵙고, 따뜻한 말씀 한 번 더 드리고, 손 한 번 더 잡아드렸으면, 여생을 얼마나 뿌듯한 마음으로 보내셨을까.

어머니가 베푸신 사랑은 다른 누구에게서도 기대할 수 없는 숭엄한 사랑이다. 진정한 '영원한 여성'은 '어머니'라 결론짓고 글을 맺고자 한다.

기행문

김용덕

김윤광

한국의 성지 순례기
– 절두산 성당

김용덕*

필자는 지난 코로나19 격리 시기에 한국의 천주교회 성지 80여 곳을 순례하였다. 그리고 성지의 포토 순례기를 페이스북에 〈한국의 성지 시리즈〉로 포스팅하고 있다. 이 글은 한국의 성지 Series 58~59회분을 정리한 것이다. 〈한국의 성지 Series〉는 페이스북 앱이나 웹에 필자의 실명으로 현재 76회까지 포스팅되어 있다.

절두산 성지는 1866년 병인박해 때 가장 많은 순교자를 낸 성지이다. 조선 후기 100여 년 동안 천주교 4대 박해사건이 일어났다. 1801년 신유박해(辛酉迫害), 1839년 기해박해(己亥迫害), 1846년 병오박해(丙午迫害), 1866년 병인박해(丙寅迫害)가 그것이다. 4대 박해 때 희생된 천주교 신자 중 현재 신원이 파악되는 순교자만 2천여 명, 이름도 알려지지 않은 무명의 순교자는 1만에서 2만 명에 이르는 것으로 추산되고 있다.

가톨릭 근현대사에서 우리나라와 같이 많은 순교자가 발생한 나라는 찾아보기 힘들다. 그러면 왜 이렇게 많은 순교자가 조선에서 발생했을까? 이는 신분제를 근간으로 하는 조선 사회질서를 평등사상을

---

* 전 관세청장, 건설교통부 차관, 금융감독위원장, 손해보험협회 회장

기반으로 한 기독교가 어지럽힌다는 이유로 당시 지배층이 천주교를 말살하려는 정책 때문이었다고 볼 수 있다.

그러나 그런 이유만으로 전 세계 천주교 포교 역사상 유례가 없을 정도로 거의 1백여 년에 걸쳐 그렇게 많은 사람을 무참히 처형할 수 있었을까? 실상은 조선 후기 당쟁의 와중에서 기득권 보수세력과 진보 개혁 세력 간 권력투쟁 과정에서 빚어진 참사라고 보아야 한다는 측면이 있다. 즉 당시 지배 세력이 반대 세력을 제거하기 위한 정치적 명분을 얻기 위해 천주교를 탄압한 것이라고 볼 수 있다.

조선 중기 이후 천주교는 남인 계열의 개혁 성향 학자들 중심으로 중국으로부터 수입된 책자를 통해 서학 또는 천학이라는 학문 연구로 시작되어 차츰 자리를 잡아가고 있었다. 조선 후기 천주교에 대해 비교적 관대하던 정조가 승하하고 어린 순조가 보위에 오르자 정순왕후가 수렴청정을 하게 된다. 그녀를 등에 업은 노론 강경 세력이 정약용, 정약종, 이승훈 등 남인 세력을 몰아내기 위하여 천주교를 사학으로 규정하고 1801년 신유박해를 일으켜 수백 명의 천주교 신자들을 처형하거나 귀양 보낸다.

정순왕후가 물러나자 이번에는 노론 시파들이 벽파를 몰아내고 정권을 잡게 된다. 1834년 순조가 사망하고 헌종이 즉위하자 천주교에 적대적이었던 세력들이 다시 들고일어나 1839년 기해박해(헌종 5년)를 일으켜 앵베르 범 라우렌시오 주교 등 프랑스 신부 3인을 포함하여 수많은 천주교도를 처형한다.

1846년(헌종 12년)에는 기해박해 시에 프랑스 신부들을 처형한 데 대해 프랑스 함대가 군함을 끌고 와 항의하면서 수교를 요청했으나 조정은 통상수교를 거부하고 더욱 천주교 박해에 열을 올리면서 병오

박해가 일어난다. 이때 다시 한국 최초의 김대건 신부를 포함하여 많은 신자가 순교한다.

1864년 고종이 등극한 후 대원군이 쇄국정책을 펴면서 1866년 2월 조선은 천주교를 불법으로 규정하고 천주교를 대대적으로 탄압하게 된다. 이 와중에서 당시 조선교구 주교인 베르뇌 신부와 프랑스인 신부 9명을 비롯하여 많은 신자를 체포하여 처형한다. 이에 수개월 후인 1866년 7월, 천진에 있던 프랑스 함대가 다시 양화진까지 진출하여 프랑스 신부들을 처형한 데 대해 항의하면서 병인양요(丙寅洋擾)가 일어나게 된다.

이에 조정에서는 병인양요가 천주교로 인해 일어난 사태로 보고 다시 천주교도 소탕전에 나서 1866년부터 7년간 약 8천여 명의 신자들이 조선 강토를 피로 물들이게 된다. 병인양요를 기화로 대원군은 쇄국정책을 더욱 강화하면서 "서양 오랑캐들로 더러워진 한강을 천주교도의 피로 씻겠다."며 이곳 양화진에서 수많은 천주교 신자들의 목을 잘라 죽이는 병인박해가 일어난다. 그때부터 이곳을 절두산(切頭山)이라 부르게 되었다.

대원군은 자신의 쇄국정책을 위해 천주교도들은 선참후계(先斬後啓), 즉 '먼저 목을 자르고 보고하라'고 함으로써 아무런 재판 형식이나 절차도 없이 천주교도들을 처형하도록 하여 조선 4대 박해 중 가장 많은 신자가 목숨을 잃고 순교하는 참변이 일어나게 된 것이다.

그로부터 약 20년 후인 1886년(고종 23년) 조선과 프랑스 간에 조불수호통상조약(朝佛修好通商條約)이 체결되고 조선에서 기독교 포교가 공식적으로 허용되면서 천주교 박해 시대는 끝나게 된다.

한국 천주교는 1966년 10월, 병인박해 100주년에 절두산 순교 현장에 '병인박해 100주년 기념성당과 순교 기념관(현 한국 천주교 순교자박물관)'을 건립해 무심히 흐르는 한강 물속에 애달픈 사연을 간직하고 있는 순교자들의 넋을 기리고 있다.

절두산 기념관에는 현재 순례 성당과 김대건 신부 등 순교성인 27위와 무명 순교자 유해를 모신 지하 성해실, 그리고 한국교회의 발자취를 한눈에 볼 수 있는 약 4,500여 점의 중요자료와 유물들이 전시되어 있다.

박물관 아래 광장에는 김대건 안드레아 신부의 동상과 함께, 당시 천주교 신자 중 최고위직인 승정원 승지직을 역임한 성 남종삼 요한 흉상 등이 있다. 그리고 박해 시기 많은 순교자의 행적을 듣고 직접 목격한 것을 증언하고, 김대건 신부를 비롯한 순교자들의 유해 수습과 발굴에 큰 공을 세운 박순집 베드로(1830~1911) 일가의 이야기가 새겨진 공적비가 세워져 있다. 박순집 베드로는 부친, 형제, 삼촌, 고모, 형수, 조카, 장모, 이모에 이르기까지 일가친척 16명이 순교한 집안이다.

절두산 순교성지 병인박해 100주년 기념성당 전경

기념성당 입구 순교자 조각상 대문

기념성당 내부 제대와 감실, 그리고 성모상

제대 위 예수님 십자가상과 천장 성화

절두산 순교자 기념탑: 큰 칼 모양의 주탑 하부에는 16명의 순교자가 새겨져 있고, 절두된 머리가 올려져 있는 우측 탑, 무명 순교자들을 조각해 넣은 좌측 탑으로 구성되어 있다.

스페인 성지 순례기

김윤광*

더 늙기 전에 먼 곳부터 해외여행을 가야 한다는 초조함 같은 것을 갖고 있던 차에 마침 나의 종교적 믿음이 전래된 역사 현장을 방문하는 기회가 생겨 스페인과 포르투갈을 여행하게 되었다. 남유럽국가들은 5월 봄날이 여행의 최적기라고 하여 전문여행사의 가이드에 따라 부부 동반으로 2주간의 여행길에 오르게 된 것이다.

스페인은 대서양 끝자락과 지중해에 둘러싸인 반도 국가로서 세계사에서 최초로 대항해시대를 열고 식민지개척과 함께 기독교 신앙을 아시아와 남미국가들에 전파했던 역사를 가진 가톨릭의 3대 대표국가 중 하나이기 때문이다. 더욱이 구체적 목적지가 인간 예수의 어머니였던 마리아가 발현했다는 이른바 기적의 장소들로 구성되어 있었으므로 지난날 세상살이의 어려움에 봉착할 때마다 보호와 도움을 청했던 지난날의 수많은 기도 때문에 우리 부부는 특별히 그녀에 대한 친밀한 애정과 성스러운 존경심을 품고 기쁜 마음으로 떠나게 되었다.

대개의 종교 활동에는 여성들이 많은 편이지만 여성인 마리아가 순

* Willams College(개발경제학 석사), 경제기획원(사무관, 서기관)
산업자원부(이사관, 관리관 명퇴), 한국기계전자시험연구원장
저서 ≪변화와 혁신의 길라잡이≫ ≪개발연대의 경제정책≫(공저)

례 대상인 이번 여행에서는 내가 청일점이자 우리가 유일한 부부 여행객이 되었고 나이 또한 제일 많아서 20명 남짓한 외짝 여성들로부터 노익장의 부러움을 사는 한편, 여행 기간 내내 단체행동에 뒤떨어지지 않도록 솔선수범하는 여행길이기도 했다.

기본적으로 성지 순례는 간접적으로만 듣던 성인의 행적을 더욱 자세하게 현지에서 음미한다는 목적이고 그 사실이 진짜인지 여부를 탐사하는 목적이 아니다. 순례자들은 여행 과정에서 성인의 발자취를 통해 신의 섭리와 사랑을 발견하고 그 성인의 신심과 삶을 본보기로 신앙심을 더욱 강화하는 데 목적이 있는 것이다. 그래서 순례 여행 중 매일 똑같이 세 가지 단체행동을 하는데 바로 묵상과 미사와 고해성사가 그것이다. 신부의 주관하에 성지에서 한차례 미사를 드리고, 이동 중에는 각자 묵상과 기도를 하고, 과거의 잘못에 대한 신의 용서를 바랄 때 신부에게 고백하는 신앙 행위가 반복된다.

구체적인 순례 일정은 호텔의 다른 숙박객들보다 먼저 이른 아침 식사를 마치고 버스에 올라 아침기도와 신부의 강복으로 시작하면서 목적지를 향해 점을 찍듯이 성지를 만나 기적에 관한 역사적 기록물이나 장소 등을 하루 내내 순례하다가 다음 목적지의 호텔로 돌아와 이른 저녁을 먹고 밤 스케줄은 없이 일찍 잠자리에 들게 되는 일정이다.

관광이나 쇼핑 기회 등은 주어지지 않는 대신에 잠자리와 식사내용은 상대적으로 더 풍성한 편이라 할 수 있고, 여유시간에는 전문 가이드의 옛날 기독교 역사 에피소드를 현장에서 생생하게 들을 수 있는 것이 특징이라면 특징이라고 할 수 있겠다. 더욱이 스페인의 경우 유럽에서 세 번째로 큰 국가여서 거의 하루씩만 숙박하고 이튿날 다음 행선지로 떠나야 하는 일정이었고, 장시간 달리는 버스 차창 밖으로 광활하면서 단조로운 자연풍광을 감상하는 일이 여행시간의 큰 부분을 차지하였다.

특히 스페인은 유럽인들이 제일 가고 싶어하는 해외여행 국가이며 그만큼 관광산업에 의존하는 비율이 높은 편이고 약 5천만 인구에다 1인당 국민소득이 3만 달러 수준에 머물고 있어 인구와 경제의 양적 수준이 우리와 매우 비슷하다. 과거 무적함대로 지구촌 바다를 제패했던 세계 최고의 열강 국가가 근대에 들어와서는 산업혁명 흐름에 뒤처지면서, 계속 정치적 혼란과 경제적 부침을 겪는 과정을 통해 점차 강대국의 지위를 상실하고 이제는 서유럽국가의 일원으로서 중견국가 중 하나가 되어 있는 듯한 인상이다.

자연환경이 특징인 스페인은 유럽과 아프리카대륙의 사이에 낀 이베리아반도의 80%를 차지하는 반도 국가로서 동쪽의 지중해와 북서쪽의 대서양에 둘러싸여 있고 남쪽의 좁은 해협을 경계로 아프리카대륙과 마주 보고 있어 일찍부터 어업과 해상무역이 발달하고 조선, 기계 등 관련 산업이 지금까지 기간산업이 되고 있다. 한반도의 2.5배에 달하는 넓은 국토면적을 가지고 동시에 국토의 70% 정도가 낮은 구릉과 평야로 이루어져 있는 데다가 온화한 해양성 기후조건으로 인해 농업이 유럽에서 가장 높은 비중을 차지하고 있다. 이렇듯 좋은 자연환경으로 인해 옛날부터 이베리아반도를 차지하고자 하는 이민족들의 침략과 문화적 영향이 월등히 많아서, 그리스와 로마의 역사적 영향에 치우친 다른 유럽국가들보다 다양한 민족 구성과 잠재적인 지역갈등을 품은 채 가톨릭이라는 종교적 이념으로 정신적으로 통일된 주체성을 유지하고 있는 듯하다.

스페인은 100% 가톨릭국가인데다 이슬람 세력이 유럽대륙에 뿌리

내리지 못하게 막은 최전선 국가 역할을 했을 만큼 오랜 역사를 지니고 있는데, 600여 년 전부터 포르투갈 공국과 나란히 통일국가를 이루면서 번성하기 시작하여 후발 세력인 영국, 프랑스, 네델란드 등에 그 자리를 내어 줄 때까지 세계최강의 해양 국가로서 전성기를 누렸다. 그 후 쇠락기를 맞아 1811년부터는 나폴레옹의 지배를 받으면서 이에 저항하는 시민들이 반정부, 반파시스트 운동 세력으로 커지는 한편으로, 러시아의 영향력 아래에 있는 마르크스주의 노동자당과 결합 되어 가톨릭을 바탕으로 하는 당시의 집권 세력과 첨예한 갈등과 대립을 초래하면서 급기야 1936년 시민전쟁 형태의 좌우 내란이 발생한다.

이 내란은 헤밍웨이의 유명한 반전 소설 ≪누구를 위하여 종은 울리나≫에 나오는 스페인 내전으로 제2차 세계대전의 전초전으로도 일컬어진다는데 3년 뒤에 시민 저항 세력과 공산당이 패망하고 프랑코의 우파 군부 세력이 승리함으로써, 군부 독재정치가 지속되다가 1975년 그의 사망으로 비로소 막을 내리게 되었고 그 후부터 현재까지 다른 서유럽국가들과 마찬가지로 민주 공화정 체제를 유지하고 있다. 말하자면 세계 최대의 해양 국가이자 남미에까지 식민지를 경영했던 최초의 제국을 형성한 바 있고, 극심한 좌우 이념의 대립이 종교배척과 동족상잔에까지 이르고 다른 인접 유럽국가들과 괴리된 채 후진적인 장기 군사독재체제까지 경험하는 등 역사의 굴곡을 대표적으로 겪은바 있는 국가라고 할 수가 있으며, 이러한 발전과정을 겪고 난 지금의 정치체제는 입헌군주국으로 자유민주주의에 기초하고 있으며 가톨릭이라는 종교에 정신적 기초를 일관되게 유지하고 있는 특징을 가지고 있다.

현대국가로서 태동단계부터 좌우 이념의 극심한 대립과 내전을 겪은 바 있는 우리나라로서는 앞으로의 발전 궤도를 전망해보면 스페인의 경우가 좋은 참고가 될 듯하다. 왜냐하면 비록 자연환경은 정반대에 가깝지만 같은 반도 국가로 외부침입을 많이 받고 식민지의 경험과 함께 해방 후 미군정의 영향 아래 겨우 과반수 국민 지지로 수립된 우리의 민주주의 체제가 군사혁명에 이은 권위주의 정부를 거쳐 오늘날 심한 좌우 이념대립을 겪고 있는 현상과 아주 비슷하여 향후 우리 정치 모습도 스페인과 비슷한 진화과정을 겪지 않을까 하는 예감이 들기 때문이다.

한편으로는 스페인이 종교적인 정신문화와 조화를 이루면서 서유럽국가들과 어깨를 나란히 선진 문명사회로의 진입에 성공한 그 과정이 우리의 좋은 발전모델이 될 수도 있겠다 싶은 기대 때문이다. 아직도 좌우 이념대립이 심하고 여러 민족 간 갈등과 분리 독립 요구가 계속되는 상황에서도 더 높은 차원의 정신적 이념이 종교적 이념으로 통일되어있어 국민 생활의 근본토대가 안정되어 있기 때문이다.

첫 번째 여행방문지인 바르셀로나는 1992년 올림픽 때 황영조 선수가 금메달을 딴 몬주익 언덕이 있는 제2의 큰 도시로서 '파밀리아 성당'으로 유명하다. 건축의 시인이라고도 불리는 유명한 가우디의 미완성 성당으로서 그가 31세 되던 해인 1883년부터 1926년 사망할 때까지 평생 수도사와 같은 독신과 금욕생활을 하면서 건축에만 전념한 비운의 천재 건축가의 작품이다. 가우디가 교통사고를 당했을 때 너무 남루한 옷차림 때문에 경찰관도 그를 노숙자로 간주하여 방치함으로써 사망에까지 이르게 한 안타까움이 아직도 스페인 사람들에게 있다고 할 정도이다.

옥수수 모양의 4개 대형 탑과 구엘 공원의 거친 벽, 벤치와 분수대를 장식하는 기묘한 모자이크 등 자연주의적 요소와 함께 당시의 통상적인 건축양식을 벗어난 초현실적인 방식 등은 보는 이로 하여금 묘한 경외감을 준다. 그리고 중국 천안문을 처음 보았을 때 그 어마어마하게 큰 규모에 놀란 적이 있었는데 이 '사그라다 성당'을 보면 가정을 모티브로 한 주제 때문인지는 몰라도 그 웅장함 속에서도 수많은 작고 소박한 조각들이 묘한 대조를 이루어 친근감과 감탄을 느낄지언정 동양의 왕궁처럼 보는 이들에게 권위와 심리적 압박감 같은 것을 주지 않아서 좋다. 더욱이 순례자로 성경에 등장하는 인물들의 모습들을 새겨놓은 이 성당 건축에서 왠지 모를 따뜻함과 포근한 인간미를 느낄 수 있어 오랫동안 그 속에서 머물고 싶은 사랑받는 건축물로 자리매김할 수 있을 것 같다. 다만 특이하게도 지금은 가우디의 자연주의 신 고딕양식이 이슬람양식이 가미된 무데하르 양식으로 바뀌면서 상당히 초현실주의 양식으로 지어지고 있다고 한다.

도대체 그 당시의 정치종교의 지도자들의 어떤 안목이 시대를 앞서가는 천재의 작품을 알아보고 그 작품을 선택하게 되었으며 오랜 기간을 인내하며 건설하게 되었을까 궁금하기 짝이 없다. 또 그것을 고쳐나갈 수 있는 의사결정 주체와 과정이 궁금하나 순례길에 있는 나로서는 알 길 없다. 아니 천재 작가의 누구에게나 사랑받고 있는 건축물의 원본 설계를 바꾸다니 도대체 무슨 연유로 뛰어난 전통 양식을 함부로 바꾼단 말인가? 스페인의 건축예술이 세계적인 천재 건축가의 역사적 작품을 보존 유지하는 전통에 구애받지 않고 과감하게 더 나은 방식을 계속 시도하는 실험적인 면모에 그저 놀랄 따름이다.

한 예로 어떤 방문지에서 새로 짓고 있는 성당 한 군데를 본 적이 있는데 그 양식이 유럽 여러 나라에서 공통으로 볼 수 있는 전통 양식과는 전혀 다른, 그렇다고 파리의 퐁피두 센터와 같은 현대식 건축물과도 이미지가 다른, 내게는 생경하기만 한 초현실적인 디자인을 접하고는 가톨릭교회의 모습이 이렇게도 될 수 있나 싶어 당혹감을 감추지 못했던 사실이다. 종교의 경전은 변함이 없지만 이를 실천하는 수단은 인간의 지혜로 끊임없이 발전시켜나가는 것인가 싶기도 하면서 바로 이러한 변화를 추구하는 사회적 시스템이 작동하느냐 여부가 국가의 발전적인 진화를 가능케 하는 원천이 되는가?

다음 방문지는 성모 마리아가 발현했다는 몬세라트라는 소도시였는데 신약성경의 한 부분인 루가복음의 저자가 이곳에 어두운 얼굴색을 가진 여자목각상을 가져와 전해준 데서 비롯되었다고 한다. 검은 성모라는 별칭을 가진 이 성모상은 십자군 전쟁 때 이 지방에서 아랍인들을 물리쳐서 영웅이 된 위프레드 백작이 수도원을 짓고 보존하기 시작하였다고 하는데 이 사실이 기록으로만 전해져오다가 이 목각상이 880년에 어떤 동굴에서 발견되고 그 이후부터 몬세라트 지방에서 여러 가지 기적들이 생겨나고 회자 되면서 수도원이 확장되는 등 그 지방 고유의 신앙심으로 계승되어왔다고 한다. 그러다가 12세기부터 이 몬세라트 수도원의 수녀들이 성모 마리아를 실제로 만나게 되는 발현 기적들이 생겨나 당시에 남유럽으로부터 많은 순례자에게 이 소문이 퍼지고 오늘날 스페인의 3대 가톨릭 순례지로 꼽히고 있다고 한다.

별로 크지 않은 목각상이었는데 보존상태가 훌륭하여 관람하기에 불편함이 없었고 아마도 검은색인 이유가 나무색인 탓으로 지레짐작을 했었는데 실제로 목격해 본 바로는 얼굴색만 유난히 목각상의 나머지 색깔보다 검어 묘한 느낌을 주었다. 이 성모상 앞에서 우리 부부는 다른 순례객들이 하는 방식대로 현지에 마련되어있는 촛불을 켠 후에 짧은 기도와 입맞춤을 하였다.

나는 마음속으로 천국에 살아있는 성모 마리아의 보호와 중재를 또 청원하면서 이제는 나보다 우리 부부에게 속한 가계로 확대되도록 요청해본다. 순례지마다 기도할 때는 촛불 사용이 거의 필수적인데 동남아국가들의 도교나 불교사원들에서 향을 피워 기도하는 방식과 차이가 느껴진다. 촛불도 기도하는 마음을 남겨두고 싶은 탓인지 기도를 마친 후에도 계속 오랫동안 그 자리에 켜두고 있고 또한 기념 동상이나 유해에 절하기보다는 입맞춤을 하는 방식 등이 특이하다. 처음에는 이런 방식이 외관상 가볍고 덜 절실한 자세인 듯도 보였지만 나중에 생각해보니 성인이라고 하여 경외의 대상까지는 아니고 인간적 존경심이나 애정 그 이상도 이하도 아닌 듯하다.

몬세라트 수도원은 독립을 주장하는 스페인 동북부 카탈루냐 지방의 몬세라트산 중턱에 자리 잡은 대수도원으로서 베네딕트라는 성인이 기독교 탄생 초기의 탄압을 피해 서기 529년 최초로 수도자들의 공동체를 만들고 평생 은둔생활을 했던 그 모범을 유럽에서 가장 잘 따르는 공동체로 유명하다. 더욱이 스페인이 세계적으로 자랑하는 '이냐시오 성인'도 바로 이 수도원에서 고행과 단식으로 수도 생활을 하던 중 1522년 깨달음을 얻고 성모 마리아와 영적 교류를 통해 많은 기적과 신앙쇄신 활동으로 유명해졌다고 한다.

이 성인이 바로 현 교황까지 배출한 바 있는 '예수회'라는 수도회를 창설하여 수도자 신분 이외에 교육자 등의 복수직업을 허용하는 한편으로 복음 전파를 위해 중국을 비롯한 아시아와 브라질을 비롯한 남미대륙의 스페인의 식민지개척정책과 보조를 같이하게 된다. ≪천로

역정≫을 비롯하여 중국에 서양 문물을 전한 마태오 리치 등이 모두 예수회 수도사들이었고 임진왜란 때 야소교 신부라고 불린 이들 또한 그들이었으며 현재 서강대학교를 설립하여 운영하는 신부들도 그들이다.

외부세상과 단절된 채 자급 노동과 기도에만 전념하는 봉쇄수도원인 '베네딕트 수도회'와는 또 다른 전파방식으로 세상 속에서 생업을 영위하면서 예수의 모범을 따라 삶을 실천하는 수도회인데 이를 창설한 이냐시오 성인이야말로 현대 스페인의 가톨릭 신앙을 떠받치고 있는 기둥이기도 하다. 우리나라 예수회 소속의 동반 신부는 발현 기적의 에피소드보다 신앙의 올바른 믿음에 대해 강조하면서 미사 때마다 강론을 통해 그 의미를 강조한 바 있다.

"일반 여행객과 순례객의 차이가 있다면 전자는 늘 요구하는 사람이고 후자는 늘 감사하는 사람이다. 순례길을 통해 우리는 고난과 고통이 없는 기쁨이 없다는 사실을 깨달아야 하고 하느님께로 나아가는 길도 그러하다. 성인은 모든 것이 하느님 안에 있고 하느님 안에 모든 것이 있다."

세 번째 방문성지로 아름다운 고딕양식의 건축물과 화려한 예술작품들로 유명한 또 하나의 스페인 3대 순례지에 속하는 사라고사로 향한다. 사라고사는 현재는 다섯 번째로 큰 도시에 속하지만 1442년 스페인이 통일국가를 이룰 때 한 축이었고 카탈루냐 지방을 거점으로 지중해 무역의 해상패권을 차지했던 아라곤 왕국의 수도였다고 한다. 구체적인 목적지는 이 도시에 있는 필라르 성모 성당이었는데 그 유래가 서기 40년경 예수의 제자인 야고보가 이곳에 최초로 복음을 전하던 과정에서 심한 무관심과 적대적 분위기에 난관을 겪고 좌절하던 중 1월 2일 성모 마리아가 나타나 하나의 기둥(필라르)을 건네면서 이곳에 성당을 지으라고 당부하는 발현 기적이 일어나 그 기둥을 보관하는 성당을 지은 데서 비롯된다고 한다. 특이한 점은 성모 마리아가 나타난 그 시기에는 마리아가 예루살렘에서 생존하여 살고 있었다는 사실이다.

실제로 그 기둥은 3미터가 조금 넘을 듯한 황갈색 조각품이었고 성당의 전면과 중앙부 후면에는 고딕과 바로크, 무데하르 양식이 각각 적용되었다고 하는데 대형천장 지붕이 11개의 화려한 채색타일로 꾸며져 가히 장관이었으며 덤으로 고야나 벨라스케스 등의 화가 그림이 많이 보관되어있는 별도의 미술관까지 구경할 수 있었다.

또한 이 지방에서는 매년 1월 2일과 10월 12일에는 성모 발현을 축하하는 필라르 축제를 개최하여 그 지방 특유의 민속춤과 투우까지 신나고 화려한 이벤트를 즐길 수 있다고 안내하고 있다. 발현기록과 기념성당, 예술가들의 관련 회화와 조각품들, 조용히 기도에 열심인 다른 많은 순례객 들을 보면서 마치 내가 당시의 기적 현장의 일부분이 된 것처럼 생생한 느낌이다. 더욱이 오늘날까지도 이를 중심으로 많은 성당이나 수도원을 운영하고 있고 신앙의 거점은 물론 마을중심지로서 주민들의 사랑을 받고 있다는 현실이 마치 시공간이 함께 숨쉬고 있는 듯한 느낌을 주고 있다.

다음으로 방문한 순례지는 스페인의 도시들인데 예컨대 고딕양식의 이상형이라고 불리며 수많은 미술품과 120개의 스테인드글라스를 자랑하는 산타마리아 데 라레글라 대성당으로 유명한 연중 내내 관광객으로 붐비는 부르고스, 세계 최초로 대학을 설립하여 중세 르네상스 시대부터 대학의 도시로 이름난 살라망카, 스페인의 16세기의 대

성인으로 추앙받고 있는 데레사 성녀와 그녀를 기념하는 수도원과 대성당(이곳에도 400여 년간 썩지 않고 보존되어있는 성녀의 심장과 팔을 볼 수 있다), 그리고 그녀가 방문객들에게 그녀의 영혼과 하느님의 접촉에 관한 얘기를 들려주면서 절정에 달하는 순간에는 그녀의 몸이 공중에 떠올랐다는 수도원 내의 작은 기도방과 현재 신비신학의 교재로 사용되고 있는 3권의 저서 등 저작물과 사진 등을 보관하고 있는 장소들을 둘러보았다.

순례의 마지막 도시는 스페인 가톨릭의 총본산이며 1561년에 마드리드로 수도를 옮기기 전 수도였던 톨레도인데 이곳의 톨레도 대성당도 프랑스의 고딕양식으로 지어진 훌륭한 건축물이자 화려한 스테인드글라스로 유명하다. 이들 도시에서 아주 놀랍게 본 것 중 하나는 다섯 개 남짓한 성인 수녀의 심장이나 시신이 수백 년간 부패 되지 않은 채 보관되어있는 현장이었고 이를 둘러싼 일화나 기록물들이 예상외로 풍부하다는 사실이었다. 한마디로 스페인은 곳곳에 크고 작은 성당이 산재해있고 장소 또한 외딴곳이 아니라서 많은 관광객과 현지인들이 뒤섞여 있으면서 현장 학습하는 듯 보이는 청소년들과 가끔 멀쩡하게 차려입고 구걸행각을 하는 정체불명의 사람들이 번잡한 풍경을 연출하면서도 빈곤한 티 없이 평화롭게 생활하는 모습이었다.

비록 유명한 성지가 아니라도 스페인의 많은 도시에는 그 지방을 수호하는 성인들과 기념 축제들이 있어서 예컨대 헤밍웨이의 소설에서 유명해진 인간과 소와의 달리기경주인 소몰이 축제도 팜플로나 도시의 수호성인을 기리는 산 페르민 축제인데, 부상자가 속출하는 위험한 경주인데도 현지인들은 성인이 지켜준다는 믿음으로 기꺼이 참가 한다고 하고, 오후에는 경주에 참가했던 소와 투우사의 시합을 구경하고 밤늦게까지 파티를 즐긴다는 것이다.

또한 눈길을 끄는 사실은 시골 마을마다 식당을 겸한 카페가 우리나라 마을회관처럼 하나씩 있고 그곳에서 현지인들이 맥주나 커피 등을 앞에 놓고 여유로운 담소를 나누고 있는 모습은 소박하지만 평화롭기 짝이 없다. 일반 식당 경우에도 메뉴 내용은 소박한데도 전채, 메인, 디저트의 3단계 코스를 유지하는 것이 내게는 무척 인상적이었는데 흔한 채소로 시작하여 생선이나 약간의 고기를 먹고 디저트로 오렌지 한 개로 끝나는 경우가 대부분인 듯 보였다. 모두 자연산물에 올리브기름 위주로 요리되어 인공조미료나 가공된 맛 소스는 찾아보기 어려웠고 나의 입맛에는 밋밋한 담백함 그 자체였다.

넓은 평야가 주는 풍부한 식량과 가축, 자연에 순응하는 평화로운 농사일, 이민족들의 침략과 지배를 헤쳐나가면서 형성된 기독교 신앙, 여러 공국과 족속들이 단일 국가로 통일되는 과정에서 귀족과 평민들 모두에게 위로와 용기가 된 성인들, 이렇듯 이루어진 삶의 조건들이 오늘날 비록 강대국 지위는 상실했을지라도 국민의 여유롭고 평화로운 일상을 지속할 수 있게 만드는 것이 아닌가 싶다. 우리와 같은 소득수준이지만 스페인의 이러한 일상적인 모습을 볼 때 국민의 삶을 궁극적으로 향상시키는 것은 끝없는 부국강병의 추구에 있는 것이 아니라는 교훈을 받는다.

종합하면 일치된 종교사상이 국가이념과 가치관의 극단적인 대립을 방지하고 복수의 민족들이 가진 분열을 극복하면서 근본적인 체제안정을 이루고, 그러면서도 독자적인 생활예술과 문화를 향한 열정이 부럽다. 척박한 자연환경으로 식량과 에너지를 외부에서 조달해야만 하는 우리나라와 비교해볼 때 생물적 생존의 자유를 보장하는 식량 확보, 상호 대립이나 갈등을 줄여주는 공통의 이념과 가치관, 예술과 공동축제를 더 사랑하는 문화 등이 정작 우리 국가공동체의 바람직한 모습이 아닐까 생각하게 만드는 퇴직 공무원의 스페인 순례 여행이다.

우리 일행은 또 다음 성모 마리아의 발현지로 피레네산맥을 접하고 있는 프랑스령 루르드를 향한다. 이 장소는 세계가톨릭 신자들에게 가장 잘 알려진 성지의 하나로 1858년 2월 11일 피레네산맥 중턱에 가난하고 외딴 이 마을의 조그만 동굴에서 어린 소녀인 벨라뎃다에게 발현하여 병자들의 치유를 위한 우물을 파고 그 위에 성당을 짓도록 부탁하게 되는데, 이 소녀가 환시를 보며 무아지경에 빠진 채 어떤 귀부인으로부터 받은 부탁이라고 주장함으로써 처음에는 마을 사람들과 지역 신부의 불신과 핀잔에 시달리다가 이후 18회에 걸쳐 계속 나타나 성모 마리아가 소녀와 함께 묵주기도를 드리면서 메시지를 전하는 모습을 많은 사람이 목격하게 된다.

최초의 발현 장면을 묘사한 당시 기록 보고서를 보면 벨라뎃다는 다음과 같이 증언하고 있다.

폭풍우 같은 큰 소리가 들려 왔습니다. 오른쪽, 왼쪽 그리고 강가의 나무 밑을 보았지만 주위에는 아무것도 움직이는 것이 없었습니다. 잘못 들은 것으로 생각하였죠. 계속하여 양말과 신발을 벗을 때 첫 번째와 같은 맑은소리가 들렸습니다. 너무 놀라서 꼿꼿하게 서버렸습니다. 동굴 쪽으로 머리를 돌려 보니 마치 센 바람이 불 듯이 동굴 입구의 덤불이 움직이는 것을 보고는 생각하거나 말할 기력조차 잃어버렸습니다. 거의 동시에 동굴 안에서 금빛 구름이 나왔고 잠시 후 젊고 아름다운 지금까지 그렇게 아름다운 사람은 본 적이 없는 정말 너무도 아름다운 여인이 나와서 동굴 입구의 장미 덤불 위에 서 있었습니다. 그분은 저를 보고서는 미소를 짓고 가까이 오라 하였습니다. 마치 저의 어머니처럼 모든 두려움은 사라졌지만 이제는 제가 어디에 있는지조차 모를 정도가 되어 버렸습니다. 눈을 비비면서 떴다 감았다 해 보았습니다. 그 여인은 계속 미소를 지으며 제가 잘못 본 것이 아니라는 것을 확인시켜 주었습니다. 생각할 겨를도 없이 손에 로사리오를 들고 무릎을 꿇었습니다. 그 여인은 머리를 끄덕이며 승낙의 표시를 했고 그분도 오른팔에 걸치고 있던 로사리오를 손에 들었습니다. (중략) 로사리오가 끝났을 때 그 여인은 동굴 안으로 들어갔고 금빛 구름도 함께 사라졌습니다. 그 여인은 16세에서 17세 정도의 젊은 아가씨였으며 흰옷을 입고 있었고 허리 부분에 겉옷 밑단까지 흘러내리는 푸른색 띠를 매고 있었습니다. 흰색 면사포를 머리에 쓰고 있었는데 그 면사포 안에는 허리 뒤까지 흘러내리는 머리카락이 엿보였습니다. 신발을 신지 않고 있었는데 발까지 내려온 겉옷이 발을 덮고 있었으며 겉옷이 겹쳐진 단에는 노란색 장미가 빛나고 있었습니다. 발에 꾸며진 장미의 빛깔처럼 금색 고리로 연결된 흰 로사리오를 오른팔에 들고 있었습니다.

특이하게도 성경에서 성모 마리아가 예수를 임신했던 나이의 모습인데다가 성경에 기록되어있는 천상 존재들의 현시 상황과 유사하다는 사실이다. 성경에서는 천사들의 발현 모습들이 다양하게 나타나는데 예컨대 한결같이 흰옷을 입고 있거나 눈부시게 빛나는 하얀 모습 등이 그것이며 제자들에게 예수님의 부활 모습을 미리 보여준 이른바 거룩한 변모 사건에서도 그러하다.

또한 이 성모의 루르드 발현이 신학적으로도 부정할 수 없게 만드는 계기는 그 소녀가 두 번째 발현 때 당신을 누구라고 사람들에게 알려야 하는가를 물었을 때 '원죄 없이 잉태된 자'라고 스스로 칭하였다고 하는데 이를 전해 들은 주교가 곧바로 성모가 틀림없다고 인정하게 된 것에서 시작된다. 즉, 이 정의는 모든 인간이 누구나 원죄의 굴레 속에 태어난다는 기본적인 교리를 뛰어넘는 어쩌면 이단에 가까운 주장인 것으로 이런 사정을 알 리가 없는 어린 소녀로부터 전해 들었을 때 이렇게 엄청난 주장이 가능한 존재는 예수의 어머니뿐이겠다는 즉각적인 깨달음을 주었고 이후 계속된 조사 과정에서 메시지의 내용이 일관되게 성경에 부합하는 것으로 인정되었기 때문이다.

그 후 교회는 공식적인 교리로서 인정하게 되고 우물물을 마시거나 목욕함으로써 지병이 치유되는 기적이 계속되어 오늘날 연간 약 2백만 명의 순례자가 방문하고 있다. 가톨릭 성인이 되기 위해서는 신학적인 타당성 이외에 반드시 초자연적인 기적 현상이 객관적으로 입증되어야 교회의 공식인정을 받게 제도화되어있는데 루르드의 경우 초자연적인 발현 모습과 내용 이외 우물물의 치유 기적이 한몫을 차지하고 있다. 즉 발현 후 50년 동안 현대의술로는 치료가 어려운 불치병의 치유기록이 4,000건 이상 된다는 기록이 바로 그것이다.

우리 일행들도 현지에서 목욕 의식을 하고 소량이나마 마실 물로 가져와 귀국 후 이웃에게 나누어주기도 했는데 알고 보니 보통 신자들에게도 아주 환영받는 선물이고 동행했던 신부 얘기로는 동료들이 다른 선물일랑 말고 이 루르드 우물물을 꼭 가져와 주도록 부탁했다는 정도로 인기가 많았다. 루르드에서의 마지막 순례 활동은 밤 9시에 거행되는 촛불 행진과 묵주기도 예식에 참여하는 것으로 마무리된다. 그것은 현지 봉사자들로 구성된 성가대의 선창으로 시작되는데 순례자들 서로에게 촛불을 전달하면서 한마음으로 노래하고 기도문을 합송한다. 촛불로 어둠을 밝히며 죄인들의 회개를 위해 기도하며 순례자 자신들의 죄를 통회하고 세상의 작은 빛이 되고자 다짐하는 것이다. 자신 속에 숨어있던 죄악과 용서하지 못했던 이웃의 잘못을 모두 신께 용서를 구해 그 용서를 받고 나도 이웃을 용서하는 것으로 용서의 사슬을 통해 잃어버린 사랑의 사슬을 다시 잇고 한편 각자의 영혼은 정화와 마음의 평화를 누리는 순환 메커니즘이라고 할 수 있다.

기독교 신앙은 모든 생명의 시작과 소멸에 관한 하느님의 창조행위임을 믿는 데서 출발하여 인간 예수가 구원자라고 믿고 따르는 데서 종료되는데, 그가 신적 믿음의 대상으로까지 된 것은 기적 형태의 초월적 권능에 의해 인간 생명이 영원할 수 있는 길을 회복시키고 실제로 증명했기 때문이다. 나의 개인적인 설명을 덧붙이자면 신으로부터 모든 생명이 창조되고 그중에 특히 인간은 생물의 공통된 일반 섭리를 뛰어넘어 신과의 소통과 교제를 통해 우리 영혼은 신적 차원으로 성숙해지고 나아가 죽음이 극복되고 영생을 보장받을 수 있다는 믿음인 것으로 생각한다. 또한 이 믿음은 인간들끼리의 연대와 사랑을 통해 완성될 수 있으며 내부적으로는 인간끼리의 끊임없는 용서와 공동선을 구현하는 이타심 등으로 구성되어 있다. 비록 내가 이길 수 없는 어둠과 어쩔 수 없는 슬픔을 만날지라도 종착점인 영원한 생명에 대한 희망과 신뢰로써 극복해 나가는 길이 속칭 빈손으로 이 세상에 던져진 인생을 헛되이 무위로 돌리지 않고 끝까지 기쁘게 살아가는 길이라고 믿는다.

다음으로 방문한 성지는 포르투갈에 있는 인구 약 칠 천명이 살고 있는 작은 도시 '파티마(Fatima)'이다. 성모 마리아의 발현지 중 가장 많이 알려진 곳으로 세간에는 특히 세상 종말에 관한 예언이 담겼다는 '파티마의 제3의 비밀'로도 유명한 곳이다. 이곳이 순례 대상이 된 이유는 1917년 5월 13일부터 총 6차례에 걸쳐 히야신타를 비롯한 세 명의 어린이들에게 세 가지 메시지를 전한 현장을 보면서 그 메시지의 실천을 더욱 다짐하기 위한 것이다.

1917년은 제1차 세계대전이 막바지에 이르렀을 때인데 파티마의 발현 때 첫 번째 메시지가 전쟁이 곧 끝날 것이나 사람들이 그 생활을 고치고 죄의 용서를 하느님께 청해야 하고 마리아와 함께 죄인들의 회개를 위한 묵주기도를 바치면서 희생을 당부하는 내용이다. 또한 차츰 지옥 존재에 대한 불신이 만연한 당시에 환시를 통한 각성을 촉구하는 내용이다. 다른 발현 기적들과 다르게 파티마의 메시지는 인류와 세계를 향한 내용이라는 점이 특징적이다. 두 번째 내용은 이렇게 하지 않으면 러시아가 자신의 오류를 세계에 전파하면서 전쟁을 일으키고 교회를 박해할 것이라는 경고성 내용이다. 그때는 러시아 혁명 과정이 진행 중이어서 러시아 공산화에 대한 경고내용이 유럽에 전파되지 않았고 러시아에 뭔 오류라는 인식이 지배적이어서 파티마 발현이 늦게 1942년부터 알려지기 시작한 이유가 되기도 하였다.

한편, 발현이 매월 13일 예고된 시각과 장소에서 계속 이어지면서 현장에는 기적을 보려는 군중들이 많아지고 포르투갈 언론의 많은 관심을 불러일으켰지만 약소한 국가의 변두리 산악지방에서 그것도 어린 세 목동에 나타난 사건이라 네 번째 발현까지도 신적 행위 여부에 대한 논란이 있었다고 한다. 급기야 증표를 보여달라는 루시아의 요청에 마지막 여섯 번째 발현 때 우중에도 불구하고 약 7만 명이 집결한 가운데 하늘에 또 다른 태양이 나타나 소용돌이치면서 군중들에게 쏟아지고 순식간에 젖은 땅을 건조시키는 이른바 태양의 기적이 나타나고 그때부터 교회가 부라부랴 공식인증을 하게 되고 비공개되어있는 세 번째 메시지 외에도 가장 긴 기간의 발현과 인류의 회개를 촉구하는 메시지 내용으로 세계적인 가톨릭 순례지가 되어 있다.

참고로 묵주기도란 모두 50개의 구슬로 이루어진 가톨릭의 오래된 기도 수단 중 하나로써 예수의 일생을 20개 주요 사건으로 나누어 묵상하며 기도하는 것인데, 모든 가톨릭 신자들이 세 가지 기도문을 반복해서 암송하면서 그의 사랑과 희생을 자신의 마음 안에 내재화하는 기도라고 할 수 있다. 로마 탄압 시대에 순교할 때 하느님에게 예쁘게 보일 요량으로 장미 꽃송이로 화관을 만들어 쓰고 기도한 데서 유래하다가 구슬을 꿴 현재 모양으로 변화되어왔는데 성모의 발현 때 동일한 모양의 묵주를 들고 나타나는 바람에 이러한 기도 방식이 이제는 변할 수 없는 대표적인 방식이 되었다. 또 현지에서 발현 모습을 보니 루르드나 파티마 모두 똑같이 진주알 같은 흰색의 구슬과 금색의 연결고리 모양이어서 그 우연한 일치에 경외감을 느끼지 않을 수 없다.

순례지마다 여러 나라에서 온 방문객들이 언어는 달라도 동일한 내용으로 이루어지는 공동 묵주기도가 인종적인 이질감을 줄여주고 무언의 동료 의식이 편안한 일체감을 준다. 10억을 넘는 가톨릭 인구가 어떤 절대자를 공통의 신으로 섬기고 그 사랑을 믿으며 함께 같은 신앙의 길을 걸어간다는 사실이 인간의 이성적인 학습이나 깨달음 등으로 가능한 것일까 싶기도 하다.

현지에 도착한 날 밤 거대한 지하 성당에서 약 3천 명에 달하는 여행객들과 함께 합동 야간미사에 참석했는데 성체가 들어 올려질 때 갑작스레 우리 부부는 저절로 눈물이 주체할 수 없게 터져 나오면서 당황스러운 경험을 한 바 있는데 아마도 신의 현존과 그동안 신의 보살핌과 섭리 속에서 살아왔다는 감사함 같은 것을 느꼈기 때문이 아닐까 싶기도 하고 다만 미사가 끝난 뒤에 우리 부부는 우리의 영혼이 한결 정화되고 더욱 순수해지는 느낌을 받았고 우리의 신앙이 올바르다는 확신 같은 게 자연스럽게 이어졌다고 할 수 있겠다.

다음 여행지는 이제 스페인의 남은 3대 순례지인 '산티아고 데 콤포스텔라'였는데 이는 티아고로 불리는 야고보 성인의 유해가 묻힌 장소로써 오래전부터 주로 유럽인들 위주로 인생의 방황 길에서 신앙을 회복하거나 비극적 상처로부터 신적 위로를 얻기 위한 홀로 묵상하는 여행길로 알려져 왔었는데, 유명한 소설가인 파울로 코엘료가 명상과 깨달음의 여정으로 의미를 다시 부여하기 시작하고부터 종교를 넘어 세계적인 트레킹 코스로 유명해졌다. 성지 순례가 목적인 우리 그룹은 종착지인 대성당까지의 마지막 구간 코스만을 걸었는데 현지인으로부터 아시아에서 유독 한국인들만 왜 이렇게 많이 방문하는가를 질문받기도 하였다. 한국인 순례객들을 안내하는 유일한 우리나라 신부가 귀국한데다 너무 많은 일반 관광객 때문에 우리는 동행한 수사신부와 함께 성당만 둘러보고는 광장에서 삼삼오오 기념품 구경과 담소로 오후 시간을 보낼 수밖에 없었다. 나중에 알았지만 2014년 프란치스코 교황께서 충청남도 솔뫼성지를 방문해서 걸으셨던 그 길을 우리나라 가톨릭 신자들은 '한국의 산티아고 길'로 명명하고 공식 순례지에 포함하고 있다고 한다.

산티아고 콤포스텔라는 가톨릭 전체에서도 예루살렘과 로마에 이어 세계의 3대 성지로 간주 되고 있기도 한데 스페인에서 특히 티아고(야고보, 야곱, 제임스, 자크, 자코모)를 기념하게 된 연유는 그가 당시 세상의 끝으로 여겨졌던 이베리아반도에 최초로 기독교 신앙을 전해준 예수의 1대 제자였기 때문이다. 성경 기록에 따르면 그는 제베데오라는 어부의 아들로 동생인 요한과 함께 성경에서 중요하게 뽑힌 3인 중 한 사람처럼 등장하는 데다 세상 땅끝(로마제국 당시에는 동쪽은 인도와 히말라야산맥 서쪽으로 이베리아반도)까지 신앙을 전하는 불꽃 같은 선교활동을 펼쳤고, 스페인에서 선교활동 중에는 성모 마리아의 임종이 가까웠다는 환시를 보고 예루살렘에 돌아와 끝까지 임종을 지켰으며, 이후 붙잡혀 최초의 순교자까지 되었는데 그의 희망에 따라 그의 유해를 스페인으로 옮겨왔기 때문이라고 전해진다. 가히 스페인의 국가수호 성인이라고 할 수가 있겠다.

그러나 기독교 예수를 제쳐두고 그 제자를 온 나라가 기념하는 것은 마치 주인을 섬기는 것이 아니라 그의 종을 떠받드는 것이 아닌가 하는 의문을 제기하기도 하는데 이 비판을 이해하기 위해서는 스페인의 피지배 역사에서 찾을 수 있지 않을까 싶다. 즉, 비옥한 이베리아반도가 서기 711년부터 이슬람의 무어인들에게 점령당해 현재의 남프랑스까지 지배를 받던 중에 유일하게 독립왕국을 유지하고 있었던 스페인의 북쪽 끝 아스투리아스 지방에서부터 700년간 국토회복운동이라는 이름으로 독립운동이 전개되었는데, 이 과정에서 어떤 무명의 백마를 탄 기사가 중요 고비 때마다 그의 도움으로 최종전쟁까지 결국 승리하였고, 당시에 그 신비스러운 존재가 바로 야고보 성인의 현신으로 믿는 데서부터 특별한 신심의 대상으로 되었다는 것이다.

물론 스페인에 기독교 신앙을 전해준 최초의 은인이고 그의 스페인에 대한 사랑으로 묻히기를 원했고, 우여곡절 끝에 그의 무덤을 발견하게 된 것도 9세기 초에 파이오라는 어느 은둔 수도자의 꿈에 별빛이 비치는 곳을 찾아가라는 천사의 지시에 따라 그의 유해를 뒤늦게 발견하였고 그때부터 사람들의 방문이 시작되는 계기가 되었다고 한다. 더욱이 그 당시는 이슬람 축출 전쟁이 계속되는 와중이었고 종교적 신심의 발로로 야고보 성인에 대한 순례길이 확대되어 오늘날 성인의 유해를 지하에 보관하게 된 콤포스텔라 대성당까지 이어졌다고 한다. 그러나 그 과정이 순탄하기만 했던 것은 아니어서 종교개혁 시대나 나폴레옹의 침략 시기 공산혁명 시기 등에는 수도원이 불타고 우상숭배라는 비난 등으로 그 존재를 상실한 적도 많았다고 하며 19세기에 들어와 다시금 순례길이 활성화되었다는 것이다.

우리나라에서 전문여행사가 여럿 있을 정도로 인기 트레킹 코스인 산티아고의 순례길 중에 대표적인 프랑스의 카미노(길)를 예로 들어 본래의 전통을 설명하면, 전체 800km가 넘는 이 순례길은 세 단계로 구분되는데 첫 번째가 생잔피에드포르와 부르고스에 이르는 280km 구간으로서 해발 1,700m의 피레네산맥을 넘으면서 걷는 험난한 길인데 여기서부터 계획된 순례 일정이 어긋나기 시작하거나 좌절과 포기를 초래하는 등 육체와의 힘든 극기 싸움이 지속되어 이른바 몸의 카미노로 불리는 길이다.

두 번째의 길은 이른바 정신의 카미노라고 불리는데 부르고스를 벗어나면서 광활한 고원 햇볕도 비바람도 피할 데 없는 텅 빈 초원인 메세타를 만나면서부터 본격화된다. 앞서가던 사람이 점처럼 보였다가 사라지고 철저하게 혼자가 되어 하늘과 땅 그리고 나밖에 없는 곳이다. 내면의 자기를 만날 수밖에 없는 환경이라 자신의 민낯 과거와 직접 대면하게 되는 과정이기도 하다. 많은 사람이 이 카미노를 걷는 내내 회한과 반성과 눈물과 추억들이 마음을 온통 차지하면서 정화와 쇄신이 이루어지고 전에 없이 맑아진 정신을 경험하고 있다.

마지막 세 번째 영혼의 카미노가 시작되는 곳은 가톨릭 순례자들에게 사랑받는 라바날 수도원이다. 일반 여행객들에게는 잘 알려지지 않은 곳이지만 여기서 쉼을 얻은 순례자는 만신창이가 된 발과 지친 몸 그리고 자신과의 민낯 대면과 내적 싸움으로 얻은 정화와 깨달음 등을 모두 자기 어깨에 지고 드디어 종착지인 야고보의 무덤을 향해 떠난다. 여기서 순례자에게 새로운 의문과 과제가 생겨나는데 이에 어떻게 답하느냐에 따라 영혼의 카미노가 마무리되느냐 아니냐가 갈린다고 본다. 즉 그동안 자신을 옭아맨 욕심과 위선을 벗어던지고 내적 자유의 길로 한 걸음 내딛는 결단이 요구되면서 신의 뜻에 순명하며 신에게 자기의 삶을 전적으로 내어 맡기기로 하면서 카미노가 마무리되는 것이다. 이는 콤포스텔라 대성당을 최종 순례지로 찾아가는 우리 순례단 모두에게 똑같이 던지는 물음이기도 하다.

가톨릭 성인들이 걸었던 신앙의 길 그것은 절대자인 하느님에게 온전히 귀의함으로써 그 품속에서 영혼의 자유와 참된 행복을 느끼는 인생길이고 순례길이다. 따라서 신앙인들에게 성인이란 한마디로 살아생전에 신과의 일치를 이룬 사람들이고, 마치 달을 가리키는 손가락과 같이 신의 존재를 드러내는 인간 등불이며, 인간의 구원은 신의 초월적 권능에 의한 타력 구원임을 보여주는 표지라고 할 수 있다. 기독교 신앙은 창조론을 기본전제로 신이 모든 생명의 최초 원형(點)을 창조한 후 그것이 직계자손으로 계승되고(線) 인류에게 확대될 수 있도록(面) 자율적 (재)창조 메커니즘에 의해 관리 되어온 것이 아닐까?

잃어버린 생명의 영원성도 예수 한 사람의 부활을 원형으로 재창조되어 이를 열두제자들에게 계승되고 그리고 모든 신앙인에게 확대되어가는 영적인 구원 메커니즘이 아닐까? 또한 생명력의 원천으로서 신의 실존영역에서는 모든 것이 살아있고 죽음은 존재할 수 없으며 신과 함께 산다는 것은 바로 영원성을 함께 가지게 된다는 뜻이 된다. 따라서 만일 인간이 육체의 죽음에도 불구하고 신의 영역에 들어갈 수 있는 어떤 존재 양식을 가질 수 있다면 그것은 곧 영원한 생명의 모습, 형태가 될 수 있지 않겠는가?

일찍이 그리스 철학 등에서 영혼불멸설이 있었으나 기독교 사상은 인간이 처음 창조 때부터 영원성이 주어졌으나 인간이 신을 외면하고 악에 경도되어 영원성을 박탈당하고 누구나 죽음에 이르게 되었고, 창조주에 의해서만 최초의 그 영원성을 회복할 수 있으며 그것을 구원이라고 규정짓고 예수를 구원자로 믿고 따르는 경우 그의 신적 권능에 힘입어 가능하다고 가르친다. 기독교 경전인 바이블에는 예수 자신의 육체적 죽음과 이후의 부활 모습을 상세히 묘사하고 있는데 성경은 육신의 단순한 재생이 아닌 재창조에 버금가는 영원성의 원형을 보여주며 창조 때 주어졌던 영원한 생명의 존재 양식으로 회복된 모습을 증언하고 있다.

나에게는 성모의 지상 발현이 성경에서 묘사되어있는 부활의 모습과 같아 보이고 예수의 부활에 이어 인간의 부활도 실재함을 보여주고 있다고 생각한다. 또한 발현의 전후 과정을 살펴보면 마치 차원 이동과 같은 초월성을 보임으로써 바이블에 기술된 천사와 예수의 다른 기적 현상들과 일치하는 것으로 이해된다. 결론적으로 나는 이번 순례에서 보고들은 발현 기적 등이 인간에 대한 신의 구원 노력과 사랑을 가리키는 손가락이라고 믿는다.

귀국하는 당일 우리 일행은 가이드로부터 우리나라 여권이 최고 3천만 원까지 암거래된다는 경고를 들으며 마드리드에 도착해서 처음이자 마지막 쇼핑 기회를 가지게 되었는데, 시내 번화가를 후미에서 걸어가던 나는 의심스런 두 청년이 끼여 들어오는 것을 보고 '떴다 떴다 비행기'라는 노래를 불렀고 마침 그들이 황급히 도망치는 바람에 소매치기들로 판명되어 여성 일행들로부터 환호와 함께 다음 단체여행 때 합석해도 좋다는 초청장을 받는 것으로 유쾌하게 여행을 끝내게 되었다.

드디어 귀국 비행기에 올라 이번 순례 여행을 결산해본다. 나에게 성지 순례는 몸과 정신의 카미노 두 단계를 제대로 마무리하지 못한 채 곧바로 종착역을 향하는 영혼 순례길이 된 셈이다. 인생은 미완성이라고 했던가 올바른 삶이란 화두는 계속 나의 이마 끝에 매달려있고 세상의 빛과 소금이 될 것을 재촉하고 있다. 설사 세상 떠날 때까지 영혼의 카미노를 완주하지 못할지라도 바라건대 이번 순례를 통해 신에게 더 가까이 다가가고 영원한 생명에 대한 희망과 믿음을 간직하며 가족 친지들이 살아가는 곳에서 내게는 기적으로 보이는 손주들과 조국의 안녕을 빌며 이웃 사랑의 소명을 다할 수 있기를, 예기치 못하거나 병든 죽음이 찾아올지라도 세상 너머의 하늘을 꿈꾸며 평화롭게 맞이하게 되기를. 신이여 허락하소서!

역사 인물 탐구

김동진 김종수

김중겸 장수만

황현탁

통영태생 음악가 윤이상을 생각한다

김동진*

최근 광주의 정율성 기념사업이 정가에서, 문화계에서, 나아가 국민 사이에서 상당한 논쟁거리가 되고 있다. 세 차례에 걸친 통영시장 재임 때 추진하였던 윤이상 기념사업, 통영국제음악제와 유사한 논쟁을 유발할 가능성이 제기되기에 그 배경과 진의를 밝히고자 한다.

윤이상은 1917년 9월 17일 통영에서 출생했다. 그는 이곳에서 성장, 보통학교를 졸업하고 1935년 일본 오사카음악학교에 유학하여 작곡을 공부했다. 1943년 귀국하여 1952년까지 통영과 부산에서 음악교사로 재직했다.

해방을 맞아 각급 학교의 교가 수요가 폭증해 유치환 시인과 함께 영남지방의 대부분의 초·중·고 교가를 작곡했다. 고려대학교, 부산고, 마산고, 경남여고를 비롯해 통영의 모든 초등학교와 중·고등학교 교가는 그의 손을 거쳤다고 해도 과언이 아니다.

1953년 서울로 이주하여 경희대학교와 숙명여대에서 후진 양성을 하다가 1956년 프랑스 파리로 건너가 국립유학원에서 작곡을 공부하고 1957년 독일 베를린음악대학으로 옮겨 현대음악 작곡 전공으로 졸

---

* 전 통영시장, 재무부, 재정경제원 근무

업했다. 1964년부터 독일에 정착하였다가 1967년 동백림사건에 연루되어 2년간 투옥되었다. 1971년 독일로 돌아가 하노버 음대에서 작곡 교수로 재직했다.

1972년 뮌헨올림픽 개막행사 공연작품을 위촉받아 5부작 오페라 ≪심청≫을 공연하게 되었다. 이 작품은 효를 바탕으로 한 동양 문화를 서양악기와 현대음악 창조기법으로 구현함으로써 동서양 문화의 화합과 조화를 이루었다는 극찬을 받았다. 이로써 윤이상은 20세기를 이끄는 현대음악가 5인 중 한 명으로 우뚝 서게 되었고 1987년에는 독일연방공화국에서 수여하는 대공로훈장을 받았다. 이후 유럽음악 평론가들에 의해 20세기 중요 작곡가 56인 중 유럽 생존작곡가로 선정되고, 1995년 20세기를 통틀어 가장 중요한 작곡가 30인 중 1인으로 뽑혔다.

그의 주요 작품은 4편의 오페라 ≪류퉁의 꿈≫ ≪나비의 미망인≫ ≪요정의 사랑≫ ≪심청≫을 비롯하여 다수의 가곡, 관현악곡, 협주곡, 실내악곡, 독주곡 등 150여 편을 들 수 있다. 그는 1995년 사망 직전까지 왕성한 작곡 활동을 벌였다. 그의 사후 유럽에서 윤이상은 한국음악의 연주기법과 서양음악의 결합을 시도하여 동서양을 잇는 중계자 역할을 한 기념비적인 작곡가로 세계음악사의 한 페이지를 쓴 걸출한 작곡가로 평가받고 있다.

그가 비판받고 있는 주요 행적을 살펴보고자 한다.

1968년 7월 8일 중앙정보부는 동베를린을 거점으로 한 대남적화공작단을 발표했다. 이 사건에는 음악계의 윤이상, 미술계의 이응로, 학계의 황성모, 임석진 등 194명이 연루되었다. 이들은 1958년 9월부터 동베를린주재 북한대사관을 왕래하면서 이적활동을 하였고 일부는 입

북하여 노동당에 가입했다고 했다. 1969년 대법원 재판에서 사형 2명, 실형 13명, 집행유예 15명, 선고유예 1명, 형 면제 3명 등의 선고를 받았다.

이 사건은 독일, 프랑스 등으로부터 주권 침해, 인권유린이라는 거센 항의를 받았고 국제적 구명운동이 벌어져 윤이상은 무기징역에서 감형되어 1969년 석방되었고 사형수였던 정규명, 정아룡도 모두 석방되었다. 1971년 독일로 귀화한 윤이상은 심한 고문 후유증으로 한동안 엄청난 어려움을 겪었다.

2006년 1월 26일 국정원 과거사진상규명위원회는 간첩죄를 무리하게 적용하여 사건의 외형과 범죄사실을 확대, 과장했다고 밝혔으며, 조사과정에서 있었던 불법행위와 가혹행위에 대해 정부의 사과를 권고함으로써 일단락을 지었다.

그의 친북 활동에 대해 살펴본다.

1972년 뮌헨올림픽 개막행사 ≪심청≫ 공연 이후 그는 세계적 음악가로 부상했다. 이를 계기로 북한에서는 그에게 여러 가지 재정 지원을 제의했고 이와 관련 몇 차례 방북했다. 북한에서는 윤이상 연구소, 윤이상 관현악단이 설립되어 김일성 생존 때까지 윤이상 곡이 공연되었다. 윤이상은 이에 대한 보답으로 김일성 찬가 등을 작곡하여 헌정하는 등 친북 활동을 했던 것은 사실이다.

그는 1974년 한민련 유럽본부장에 취임하여 김대중 납치 석방 운동을 전개하였고, 광주민주화운동에 대한 성명도 발표한 바 있다. 오길남 사건으로 북한송환 종용에 휘말려 어려움을 겪었으나, 후에 이는 오길남 본인의 의사로 북한에 갔음이 확인되었고 오길남이 살아남기 위한 자가 충전사건이었음이 판명되었다.

윤이상은 음악적인 면에서는 동서양을 넘나드는 세계음악사를 다시 쓰게 하는 위대한 음악가였고, 그의 행적에서는 남과 북을 넘나드는 경계인으로 평가받고 있다. 윤이상을 오랫동안 깊이 연구했던 음악평론가 박선욱은 윤이상을 다음과 같이 평하고 있다.

"윤이상은 남한과 북한 동양과 서양의 두 세계에 몸담아온 특이한 존재였다. 그는 서로 다른 체제와 이념 사이를 거닐었다. 뿌리와 과정이 다른 두 세계의 문화 사이에서 사유의 뜨락을 넓혀 나갔다. 빛깔과 무늬가 서로 다른 동서양의 음악 사이에서 창조의 고뇌를 끌어안은 장인 기질의 소유자였다. 그는 조국으로부터 배척당한 유배자가 되어 고립되었다. 하지만 그는 더욱더 다원주의적인 세계인으로서 자기 생의 지평을 넓혀갔다. 그는 이 역사의 현실을 딛고 불멸의 예술혼을 불태웠다. 기나긴 여정 끝에서 그는 결국 자신만의 독창적인 음악 세계를 빚어내는 데 성공했다. 그는 음악을 통해 동서양을 하나로 잇는 다리가 되었다. 그는 늘 두 문화가 만나는 중간지대를 형성하고자 노력했다. 아무리 어려운 일이 닥쳐도 남과 북을 기어이 하나로 아우르는 화합의 상징이 되었다. 그는 이제 두 날개를 활짝 펴서 푸른 하늘을 훨훨 날아가는 대자유인이었다."

필자는 2011년 윤이상 음악을 직접 체험하고자 뮌헨에서 연주된 심청 5부작을 관람하였고 그의 연주곡, 무악, 예악도 여러 차례 감상했다. 그리고 내 나름대로 이렇게 결론을 맺었다.
"윤이상은 오천 년 역사에서 한국이 낳은 최고의 천재이며, 윤이상 음악은 한국을 뛰어넘어 세계문화의 주요한 자산임을 깨우치게 되었다. 우리는 통상 예술가나 뛰어난 스타에게 너무 많은 것을 요구하는 게 아닐까. 한 분야에서 세계 최고가 되기 위해서는 남모르는 땀과 노력, 통렬한 고뇌가 그 기초가 되며, 이것 자체가 애국이고 국위선양이라 할 수 있다. 그들이 독립운동하고, 반공 전선에 나서고 민주투사까지 되어야 애국자인가? 그들의 노력과 땀과 고뇌의 덩어리는 이념적 이분법으로 재단하기에는 그 덩치가 너무 크고 그 가치와 무게가 헤아릴 수 없을 것이다."

먼 독일에서 조국 현실에 대한 박약한 정보와 지식의 한계를 지니고 있는 사람에게 내용적으로 불가능한 간첩죄를 뒤집어씌워 심한 고문과 불법행위로 무기징역을 선고받게 한 남쪽 정부에 그가 조국이라고 부르고 싶은 심정이 있었을까. 설령 국내법을 위반하여 반국가행위를 하였다고 해도 그 위반내용이 그의 음악적 업적을 덮을 수 있을까.

예를 들어 최남선이 노후에 약간의 친일 활동을 했다 하여 그가 작성한 3.1독립선언서를 우리 교과서에서 뺄 수 있을까. 이광수가 민족개조론을 집필했다 하여 그의 주옥같은 소설 ≪유정≫과 ≪무정≫을 읽지 말라고 할 수 있겠나. 독일의 대문호 괴테가 칠십 넘어 17세 소녀와 사랑했다 하여 불륜으로 재단하고 그의 작품 열람을 금지할 수 있을까. 시인 이상이 창부 혜경과 놀아났다 하여 비난하기 전에 비천을 가리지 않는 그의 순수성으로 볼 수는 없을까.

외국의 예를 들어보자. 나치에 협력했다 하여 2차 대전 후 곤욕을 치른 카알 라일은 전후 얼마 되지 않아 다시 베를린 오케스트라 지휘자로 복귀하여 세계적 거장이 되었다. 러시아에서도 레닌과 동시대 인물인 스트라빈스키는 동서양 모두에게 존경받는 작곡가가 되었으며, 오늘날의 마에스트로 지휘자 게르귀예프도 공산주의 본류인 러시아 출신이다.

예술은 예술적 시각에서, 정치는 정치의 시각에서 보는 것이 맞다고 생각한다. 우리 인류 역사에서 2천 년 동안 가장 많은 영향을 미친 부문을 꼽으라면 필자는 주저 없이 종교, 과학, 예술, 정치를 말할 것이다. 그런데 역사를 조망해보면, 정치가 앞의 세 분야에 균등한 기회를 제공하고, 그 영역을 확대할 수 있도록 폭넓은 자유를 부여하며 이들이 창달될 수 있도록 지원과 육성을 통한 공정경쟁의 틀을 만들어주었을 때, 우리 역사는 폭발적으로 발전하였고 그 반대일 때는 갈등과 왜곡이 초래되었음을 알고 있다.

2011년 독일 뮌헨에 가서 오페라 ≪심청≫을 관람하면서 우리도 단군이래 이런 천재를 배출하여 우리의 고유문화를 서양기법과 서양악기에 담아 세계적인 문화자산으로 평가받게 했음에 얼마나 큰 자부심을 느꼈는지 모른다. 〈예악〉을 들으면서 서양음악을 동양 특히 한국의 전통악기로 연주함에 감탄하며 동서양을 한데 묶는 이 놀라운 시도는 세계 음악 역사상 지금까지 없었던 일이었음을 알게 되었다. 음악사의 한 페이지를 다시 쓰는 계기가 되었음을 깨우치고 적어도 필자는 어떤 논란에도 불구하고 윤이상 음악만큼은 전 세계 무대에서 연주되어야 하고, 우리에게 사랑받아야 한다는 생각을 굳히게 되었다.

자, 음악 귀를 열고 눈을 떠서 한번 들어보세. 그 어디에 좌우가 있고 그 어디에 적과 동지가 있는가. 그 어디에 너와 내가 따로 떨어져 있는가.

논어에 나타나는 공자 사상 개요

김종수*

1. 서론

논어는 공자의 어록이 담긴 유교의 경전(經典)으로 그 내용은 공자의 말, 공자와 제자 사이의 대화를 중심으로 그 밖에 공자와 당시 사람과의 대화, 제자들의 말, 제자들끼리의 대화 등으로 구성되어 있다. 공자의 제자들과 그 문인들이 공동 편찬한 것으로 추정되고 있다.

한 사람의 저자가 일관적인 구성을 바탕으로 서술한 것이 아니므로, 하나의 일관된 사상 하에 전개된 노자나 장자, 대학, 중용, 맹자와 달리 논어는 획일화된 사상이 직접 드러나지 않는 명언 모음집 같은 느낌을 준다. 물론 논어는 책 전체를 꿰뚫는 일정한 사상 하에 쓰여진 책이지만, 주의 깊게 읽지 않으면 무슨 말인지 앞뒤를 연결하여 파악하기가 어렵다. 우리가 논어를 이해하기 위해서는 우선 한문으로 된 문장을 우리말로 번역해야 하고, 그다음으로는 그 뜻을 해석해야 한다.

시중에 유통되고 있는 논어 관련 서적은 대부분 번역서의 성격을 띠고 있다. 해석의 경우에도 대부분 개별 문장별로 자신의 경험이나

* 전 동양그룹 회장비서실장, 동양토탈 대표이사, 경기도 근무

소신, 신조 등을 바탕으로 그 주제가 어떠한 의미를 담고 있는지 등을 서술하는 데 그치고 있다. 물론 인, 의, 예, 효, 학, 군자, 정치 등 중심사상을 주제별로 해석한 연구는 있다.

필자는 논어에 나타나는 공자 사상을 거시적인 관점과 미시적인 관점에서 함께 파악하여 각 장의 유기적인 해석을 하고 싶었다. 은퇴한 후에 틈만 나면 논어를 읽었다. 그 실마리를 논어에서 찾았다.

공자가 말했다. "증삼아! 나의 道는 처음부터 끝까지 하나로써 관통되어 있다."라고 하자 증자가 "예" 하고 대답했다. 공자가 나가자 문인들이 물었다. "무엇을 말씀하시는 것입니까?" 증자가 말했다. "선생님의 도는 忠恕일 뿐이다."

〈里仁15〉 子曰 參乎 吾道一以貫之 曾子曰 唯 子出 門人問曰 何謂也 曾子曰 夫子之道忠恕而已矣

공자의 道는 처음부터 끝까지 仁을 추구하는 것이라는 말이다.

공자가 말했다. "사야, 너는 내가 많이 배워서 그것을 외우고 있는 사람이라고 생각하느냐?" 자공이 대답했다. "그렇습니다. 그런 것이 아닙니까?" 공자가 말했다. "아니다. 나는 처음부터 끝까지 하나의 이치로 꿰뚫는 것이다."

〈衛靈公 2〉 子曰 賜也 女以予爲多學而識之者與 對曰 然 非與 曰 非也 予 一以貫之

"一以貫之"는 공자의 道는 처음부터 끝까지 하나로써 관통되어 있다는 의미로서 이 진리를 깨닫게 되면 많은 것을 배우지 않아도 다 알게 된다는 말이다.

공자는 스스로 자신의 사상은 시종일관 인을 추구하는 것이라고 선언하고 있으며 이를 실마리로 필자는 논어 각 장을 상호 유기적으로 해석하는 작업을 했다.

다음에 소개하는 내용은 논어에 나타나는 공자의 사상을 거시적인 관점에서 통론적으로 서술한 것이다. 미시적 관점에서 각 장을 해석한 내용은 본고에서는 지면 관계상 제외했다. 본고는 철저하게 원전에 근거하여 작성했다. 원문을 이해하기 어려운 경우에는 해설문만 읽어도 내용을 파악할 수 있도록 구성했다. 우리 동기들이 논어를 이해하는 데 조금이나마 도움이 될 수 있다면 더할 나위 없겠다.

2. 시대적 배경

기원전 1066년 武王은 殷 나라를 정복하고 周 나라를 건국했다. 周 나라는 건국 초『周禮』로 국가 형성에 기본이 되는 국가 체제를 정비하면서, 區分과 節制(욕망의 한계)의 원칙에 입각해 계층과 계층 간, 貴賤上下의 差別을 職制化, 規範化함으로써 君臣 상하 간의 각자의 지위에 따른 位階秩序를 확립할 수 있었다. 宗法制와 世襲制에 입각한 봉건사회의 신분상의 차별을 인정함으로써, 통치권의 근거를 제공해 주는 정치적인 의미로 이용되었다.

주나라는 크게 지배 계층인 天子, 諸侯, 卿大夫, 士와 피지배 계층인 평민과 노예로 구성된다. 평민은 庶人이라고 부르는데, 농업이나 공, 상업에 주로 종사했으며, 최하층은 전쟁포로나 죄인으로 구성된 노예들이다. 각 신분은 세습되며, 제후와 卿大夫는 채읍(采邑)을 받았지만 공물을 바칠 의무가 있었다. 또한 대부들은 士라고 불리는 일족 중의 남자들로 군대를 구성하여 제후의 명령에 따라 전쟁에 참여해야 할 의무가 있었다. 따라서 전투의 양상도 지배 계층들 간의 마차 전투 중심의 양상을 띠고 있었다.

공자(BC551~BC479)는 춘추 말기에 활동하였으며, 춘추 시대는 西周(BC1066~)가 지금의 西安에서 동쪽으로 쫓겨나와 낙양으로 천도한 후(BC770~)를 말한다. 춘추 시대는 왕실의 권위가 무너지고, 제후국들은 각자의 이익 확보에 전념하여 주나라 초기에 주공이 수립한 『周禮』를 기반으로 하는 봉건 신분질서가 붕괴되어가는 혼란한 시기였다.

신분 질서의 붕괴에 따라 각자의 신분과 계급에 따른 분수를 지키지 않고, 제후가 천자를 능멸하고, 대부가 제후에게 반기를 드는 등 禮治가 사라지고 힘에 의한 패권 정치, 刑罰을 앞세운 폭압 정치가 자행되었다.

공자는 무도한 사회질서를 바로잡기 위한 지도자의 이상형으로서 군자를 설정했다. 그들이 현실정치에 참여하여, 요순(堯舜)의 太平聖歲를 구현하는 것을 목표로 사설 학원을 개설하여 인재를 양성하기 시작했다

3. 공자 사상 개요

殷代에는 사람들이 귀신을 숭배하여 모든 행위는 신의 뜻을 물어서 신의 뜻에 따라 이루어졌다. 주 나라에 들어오면서 인간은 인간의 주체성을 인식하게 되고 인간의 주체적인 판단에 따라서 행위를 하게 되었다. 인간에게 憂患意識이 생기게 되고 그것을 스스로 해결해야

할 책임을 지게 되었다.

『禮記』〈表記〉 殷人尊神 率民以事神 先鬼而後禮 ~ 周人尊禮尙施 事鬼敬神而遠之
〈先進 11〉 季路問事鬼神 子曰 未能事人 焉能事鬼 曰 敢問死 曰 未知生 焉知死

따라서 무엇이 옳고 그른가를 판단하고 백성을 옳은 방향으로 이끄는 역할은 신에서 인간인 지도자에게 옮겨졌고, 殷代의 귀신 숭배 사상에서 초래되는 弊害에 빠지지 않기 위해서는 귀신은 공경하기는 하되 멀리해야 하는 존재가 되었다.

〈雍也 20〉 樊遲問知 子曰 務民之義 敬鬼神而遠之 可謂知矣

天이나 절대자에 대한 崇拜 혹은 禁忌의 儀式으로부터 시작되었던 禮는 周代에 이르러 정치적인 측면에서 귀족 계층 사이의 관계 질서를 나타내는 禮制로 확립되기에 이른다.

『周禮』는 周 나라의 국가 형성에 기본이 되는 계층과 계층간 貴賤上下의 差別을 전제로 주공에 의해 수립되었으며, 이에 의해 周의 禮樂文物이 전반적으로 정비되었다. 宗法制度와 世卿世祿制에 입각한 신분상의 구분과 계층 간의 차별을 인정함으로써 位階秩序가 형성되었으며, 통치권의 근거를 제공해 주는 정치적인 의미로 이용되었다.

신분상의 차별을 인정하는 『周禮』는 주로 통치 계층의 행동양식을 규정하는 것이었으며 庶人들을 위한 禮는 별도로 제정되어 있지 않았다.

『禮記』〈曲禮上〉 禮不下庶人 刑不上大夫

따라서 당시에 禮의 습득은 바로 支配 階層으로서의 권위를 인정받을 수 있는 것이었다.

〈堯曰 3〉 子曰 不知禮 無以立也

공자가 살던 춘추 시대에는 주 왕실의 권위는 이미 추락되고 제후국들은 각자의 이익 확보에 전념하여 차별적 사회질서인 禮制는 붕괴되었다. 공자는 당시를 禮樂征伐이 제후로부터 나오는 無道한 사회로 규정했다.

〈季氏 2〉 孔子曰 天下有道 則禮樂征伐自天子出 天下無道 則禮樂征伐自諸侯出

공자는 당시의 혼란을 극복하기 위하여 그 기준을 西周의 禮制에서 모색했다.

〈八佾 14〉 子曰 周監於二代 郁郁乎 文哉 吾從周

공자는 『周禮』의 행위 준칙을 법도로 삼아 계급적 차등이나 신분적 차등을 정당화하고 있다.

〈八佾 13〉 王孫賈問曰 與其媚於奧 寧媚於竈 何謂也 子曰 不然 獲罪

於天 無所禱也

〈八佾 22〉 然則管仲 知禮乎 曰邦君 樹塞門 管氏亦樹塞門 邦君 爲兩君之好 有反坫 管氏亦有反坫 管氏而知禮 孰不知禮

공자는 당시 사람들이 禮에 따라 행하지 않는 까닭을 모두가 그들 자신의 욕구를 만족시키려고 자신의 욕구에 따라 행하기 때문이라고 여겼다. 따라서 "예를 실천(復禮)"하려면 반드시 "극기(克己)"해야 한다. "克己"는 "禮"로 자기의 욕구와 싸워 이기려는 것으로서, "극기" 할 수 있다면 "예를 실천"할 수 있게 된다.

〈顔淵 1〉 克己復禮

그런데 개인의 욕구를 극복하고 공자가 돌아가고 싶었던 최종 목표는 신분과 계급적 차별을 기초로 한 『周禮』가 지배하는 사회가 아니었다. 공자는 모든 사람들이 서로 사랑하는 인한 세상을 구현하고자 하는 윤리적 이상을 품고 있었다.

〈顔淵 1〉 顔淵問仁 子曰 克己復禮爲仁 一日克己復禮 天下歸仁焉

공자는 부유함(富)과 고귀함(貴)을 인간이 바라는 마음(欲心)이라고 말한다. 富는 의식주 등 물질적인 풍요를 말하고, 貴는 신분과 계급의 상승을 의미한다.

그러나 공자는 부귀빈천은 인간의 행복과는 본질적으로 무관하며 부귀빈천에 의해 지배당하지 않는 인간상을 추구한다. 가치관의 변경을 의미한다.

〈里仁 5〉 子曰 富與貴 是人之所欲也 不以其道得之 不處也 貧與賤 是人之所惡也 不以其道得之 不去也
〈述而 15〉 子曰 飯疏食飲水 曲肱而枕之 樂亦在其中矣 不義而富且貴 於我如浮雲

인간의 욕심을 물질로 채워주는 데는 한계가 있고 이를 극복하기 위해서는 인간의 도덕성이 욕심을 억제할 수 있어야 한다고 생각한 것이다.

〈里仁 16〉 子曰 君子 喩於義 小人 喩於利

공자는 禮에 仁이라는 본질적인 의미를 부여함으로써 전통적인 禮가 지닌 差等의 原理를 身分의 差別이 아닌 道德性의 有無로 인한 道德的 差別을 규정하는 개념으로 확장하여 禮는 사람이 공동생활을 영위하는 도덕적인 행동규범으로서 보편성과 윤리성을 띤 개념으로 확장될 수 있었다.

〈陽貨 11〉 子曰 禮云禮云 玉帛云乎哉 樂云樂云 鐘鼓云乎哉
〈八佾 3〉 子曰 人而不仁 如禮何 人而不仁 如樂何

형식적인 禮制나 禮法에 관한 이론적 정당성을 제공하는 원리로서 공자는 禮의 본질은 행위자의 마음속에 존재하는 윤리적 태도에 있다고 본다. 禮란 그 행위적 形式을 통해 그 마음을 표현하기 위한 수단이라는 것이다. 따라서 진실한 마음이 바탕이 되지 않는 형식적인 禮는 虛禮가 된다.

〈八佾 26〉 爲禮不敬
〈子罕 3〉 子曰 麻冕 禮也 今也純 儉 吾從衆 拜下 禮也 今拜乎上 泰也 雖違衆 吾從下
〈八佾 4〉 林放問禮之本 子曰 禮與其奢也 寧儉 喪與其易也寧戚

공자가 禮를 서주 시대의 제도화 규범화된 신분 질서의 틀로부터 모든 인간에게 적용되는 보편적인 윤리 도덕적인 개념으로 확대시킴으로써 禮의 습득은 이제 道德 君子로서의 권위를 인정받을 수 있는 필요조건이 되었다.

공자는 인의 기초가 인간의 참된 마음과 진실한 감정이라고 여겼다. 그러나 참된 마음이 곧 仁은 아니다(近仁). 그것은 인의 필요조건이지만 충분조건은 아니다.

〈學而 3〉 子曰 巧言令色鮮矣仁
〈子路 27〉 子曰 剛毅木訥 近仁

참된 마음이 밖으로 드러나는 경우, 그 행위는 도덕적으로 義로워야 하고 그 내용은 善해야 하며 그 형식은 禮에 어긋나지 않아야 하는 것이다.

〈衛靈公 17〉 君子義以爲質 禮以行之
〈述而 21〉 子曰 三人行 必有我師焉 擇其善者而從之 其不善者而改之
〈衛靈公 32〉 動之不以禮 未善也

참된 마음의 발로는 남을 사랑하는 것이며, 따라서 仁의 본질은 사랑이고 그것은 사람에 관한 것이다.

〈顔淵 22〉 樊遲問仁 子曰 愛人

인간관계의 기본은 부모 자식을 위시한 가족 관계가 된다. 우리는 부모와 자식 그리고 형제간의 사랑을 孝, 慈, 弟라고 이름 붙였고, 따라서 孝弟는 인간관계에서 나타나는 仁(사랑)을 구현하는 첫 번째(根本) 덕목이 된다.

〈學而 2〉 孝弟也者 其爲仁之本與

공자는 이러한 가족의 孝悌의 윤리를, 사회 전체의 윤리 덕목으로 확대시키고자 했다. 즉 모든 사람들이 서로 사랑하는 인한 세상을 구현하고자 하는 윤리적 이상을 품고 있었다. 공자는 인을 사회 전체로 확대시키기 위한 실천 덕목을 忠이라고 했으며 "孝慈則忠"이나 "惟孝友于兄弟 施於有政"을 통하여 그러한 공자의 의도를 읽을 수 있다.

〈爲政 20〉 孝慈則忠
〈爲政 21〉 或謂孔子 曰 子奚不爲政 子曰 書云 孝乎 惟孝 友于兄弟

施於有政 是亦爲政 奚其爲爲政
〈顔淵 23〉 子貢問友 子曰 忠告而善道之

가족 관계는 혈연으로 형성된 관계이고 사회적 관계인 군신 관계나 붕우 관계는 계약 관계로서 믿음을 기반으로 형성되는 관계이다. 따라서 군신 관계나 붕우 관계는 믿음이 없어지면 그 존립 기반을 잃게 되는 것이다.

〈爲政 22〉 子曰 人而無信 不知其可也 大車無輗 小車無軏 其何以行之哉
〈子張 10〉 子夏曰 君子 信而後勞其民 未信則以爲厲己也 信而後諫 未信則以爲謗己也
〈顔淵 7〉 子貢問政 子曰 足食 足兵 民信之矣 ~ 民無信不立
〈學而 4〉 與朋友交而不信乎

孝는 일방적이고 무조건적인 가족 간의 윤리로서 옳고 그름의 윤리가 아니다.

〈爲政 5〉 孟懿子問孝 子曰 無違
〈里仁 18〉 子曰 事父母 幾諫 見志不從 又敬不違 勞而不怨

그러나 조건적이고 쌍무적인 사회적 관계의 윤리인 忠信에는 무엇이 옳고 무엇이 그른 것인가의 가치 판단이 필요하게 되고 그것을 공자는 義라고 했다. 따라서 義롭지 않은 忠信은 도덕성을 상실하게 된다.

〈陽貨 23〉 君子義以爲上
〈里仁 10〉 子曰 君子之於天下也 無適也 無莫也 義之與比
〈顔淵 10〉 子曰 主忠信 徙義 崇德也

공자는 義를 사회적 관계에서 仁을 실천하는 가치 판단의 기준으로 삼고 사회적 당위의 범주 내에서 인의 실천 덕목들에 대한 본질적인 도덕 개념으로 규정한 것이다.

한편, 공자는 仁과 義는 禮의 형식을 통해서(以禮 = according to = ~따라 = ~에 어긋나지 않게 = 無違, 不畔) 실현된다고 하는 이론 체계를 구축했다.

〈顔淵 1〉 克己復禮爲仁
〈衛靈公 17〉 君子義以爲質 禮以行之

즉, 禮는 仁, 義가 포괄하는 모든 德目들을 現實에서 中庸에 맞게 調節하는 역할을 함으로써, 仁, 義의 道德的 本質과 그 實現 德目들 사이에 어긋남이 없도록(無違, 不畔) 하는 것이다.

〈雍也 25〉 子曰 君子 博學於文 約之以禮 亦可以不畔矣夫
〈泰伯 2〉 子曰 恭而無禮則勞
〈雍也 27〉 子曰 中庸之爲德也 其至矣乎 民鮮久矣

공자가 추구하는 정치적 이상은 춘추 시대에 들어와 붕괴된 사회질서를 회복하고 외부의 침략에 의한 생명의 위협과 빈곤의 공포로부터 백성을 보호하고, 그들을 敎化하여 굳게 믿고 따르게 함으로써 물질적, 정신적으로 편안하게 살아가게 하는 것이었다.

〈子路 9〉 子適衛 冉有僕 子曰 庶矣哉 冉有曰 旣庶矣 又何加焉 曰 富之 曰 旣富矣 又何加焉 曰 敎之
〈顔淵 7〉 子貢問政 子曰 足食 足兵 民信之矣 ~ 民無信不立
〈季氏 1〉 丘也聞有國有家者 ~ 夫如是 故遠人不服 則修文德以來之 旣來之 則安之

공자는 이를 달성하기 위한 통치 방법으로 德治를 제시한다. 정책을 실시함에 있어서 무지한 백성들로 하여금 그 도리를 다 이해시킬 수는 없고, 백성이 믿고 따라오게 해야 한다고 판단했다.

〈泰伯 9〉 子曰 民可使由之 不可使知之

德治는 지도자의 솔선수범에 의한 백성의 자발적 복종을 유도하고, 禮治는 욕망의 한계를 설정해 줌으로써 각자의 위치에서 자신의 本分을 지키도록 하는 것이다.

〈爲政 1〉 子曰 爲政以德 譬如北辰 居其所而衆星共之

법률로 이끌고 형벌로 다스리면, 백성들은 형벌을 면하려고만 하고, 부끄러움을 느끼지 못한다. 지도자가 솔선하여 덕으로 이끌고 예로써 다스리면, 백성은 敎化되어 옳지 않은 일에 대해서는 부끄러움을 느끼게 되고 스스로 잘못을 바로잡아 올바른 길로 나아가게 되어 사회질서가 확립된다는 것이다.

〈爲政 3〉 子曰 道之以政 齊之以刑 民免而無恥 道之以德 齊之以禮 有恥且格
〈顔淵 17〉 政者正也 子帥以正 孰敢不正

통치자의 솔선수범을 우선시하는 德治는 지도자의 자격으로 도덕성과 통치 능력이 전제된다. 공자는 당시의 무도한 세상을 유도한 사회로 변혁시킬 德治의 실현 주체로 군자를 상정했다.

〈憲問 45〉 子路問君子 子曰 修己以敬 曰 如斯而已乎 曰 修己以安人 曰 如斯而已乎 曰 修己以安百姓 修己以安百姓 堯舜其猶病諸

공자는 『周易』을 해설하면서 군자는 "敬으로써 안(마음)을 곧게 하고, 義로써 밖(행동)을 바르게 한다."고 하여 敬이 내면적 윤리관을 확립하는 기초임을 밝히고 있다. 공자가 "敬으로써 자기를 닦는다."고 한 것도 내면적 성실성에 기초한 자기 수양을 의미하는 것이다.

『周易』〈坤卦 文言傳〉 直 其正也 方 其義也 君子 敬以直內 義以方外

군자는 인을 추구하는 사람이다. 말로만 추구하는 것이 아니고 실천으로 추구하는 삶이다.

〈里仁 5〉 君子去仁 惡乎成名 君子 無終食之間違仁 造次必於是 顚沛必於是

無道한 세상을 有道한 세상으로 만들려면 무너진 사회질서를 어떻게 회복할 수 있는가를 공부하여야 한다. 현실을 개혁하려면 그럴 만한 능력을 갖추어야 하기 때문이다.

고전은 옛사람들이 이미 시행착오를 겪으면서 행한 어떤 일에 대해 정리한 결과물이다. 똑같은 실수를 반복하지 않고 새로운 사태에 대한 해결 능력을 갖추는 데 필수적이다.

공자는 개인적인 도덕성과 정치, 문화적인 개혁의 근거를 옛것에서 찾았다.

〈述而 19〉 子曰 我非生而知之者 好古敏以求之者也
〈八佾 14〉 子曰 周監於二代 郁郁乎文哉 吾從周

군자가 되고자 하는 자는 고전(文)을 통해서 선왕의 修己治人之道의 原理를 배운다.

〈子罕 5〉 子畏於匡 曰 文王旣沒 文不在茲乎 天之將喪斯文也 後死者不得與於斯文也 天之未喪斯文也
匡人其如予何
蔡沈 〈書傳序文〉 然 二帝三王之治 本於道 二帝三王之道 本於心 得其心 則道與治 固可得而言矣 後世人主 有志於二帝三王之治 不可不求其道 有志於二帝三王之道 不可不求其心 求心之要 舍是書 何以哉

그러나 공자는 군자가 배우는 것에 머물러서는 안되며 군자의 도를 몸소 실천해야 하고(躬行君子), 도에서 벗어나지 않도록 자신을 바로잡기 위해 끊임없이 비판적 성찰을 하도록 요구했다. 그것을 好學이라고 일컬을 수 있다고 말했다. "실천"과 "비판적 성찰"이 수반되어야 好學인 것이다(就有道而正焉 可謂好學也已).

〈學而 14〉 子曰 君子食無求飽 居無求安 敏於事而愼於言 就有道而正焉 可謂好學也已

결국 학문을 하는 목적은 求道와 인격 완성에 있다.

인간이 태어날 때부터 하늘로부터 받은 것을 공자는 明德(또는 仁)이라고 했고『中庸』에서는 天性이라고 말한다. 따라서 道는 天이 부여한 인간의 明德을 밝히는 길, 다시 말해서 본성을 좇아서 찾아가는 길이라고 이해할 수 있다. 인간이 인간으로서 당연히 가야 할 방향을 말한다.

『大學』〈經〉 大學之道 在明明德
『中庸』〈제1장〉 天命之謂性 率性之謂道

공자가 말했다. "증삼아! 나의 道는 처음부터 끝까지 하나로써 관통되어 있다."라고 하자 증자가 예 하고 대답했다. 공자가 나가자 문인들이 물었다. "무엇을 말씀하시는 것입니까?" 증자가 말했다. "선생님의 도는 忠恕일 뿐이다."

〈里仁 15〉 子曰 參乎 吾道一以貫之 曾子曰 唯 子出 門人問曰 何謂也 曾子曰 夫子之道 忠恕而已矣

공자의 道는 처음부터 끝까지 仁을 추구하는 것이라는 말이다.

〈學而 2〉 孝弟也者 其爲仁之本與
〈爲政 20〉 孝慈則忠
〈顔淵 2〉 仲弓問仁 子曰 ~ 己所不欲 勿施於人
〈衛靈公 23〉 子貢問曰 有一言而可以終身行之者乎 子曰 其恕乎 己所不欲 勿施於人

공자가 말했다. "사람이 도를 넓힐 수 있는 것이지 도가 사람을 넓혀 주는 것이 아니다."

〈衛靈公 28〉 子曰 人能弘道 非道弘人

여기에서 우리는 공자가 말하는 도는 어디까지나 인간다운 인간이 되려는 군자의 도를 지칭하는 것이지 인간을 초월해서 스스로 존재하고 활동하는 우주적인 도가 아니라는 것을 알 수 있다. 이런 면에서 공자가 말하는 도는 만물의 근원이며 모든 현상 세계의 원리를 지칭하는 것은 아니라 할 수 있다. 『論語』에 보이는 공자의 도는 仁, 곧 인간성을 완성하는 실천적 길이다.

공자는 당시의 현실을 무도한 난세로 인식하면서도 有道의 理想으로 나아가기 위한 기회로 파악하였으며, 자신의 역사적 사명으로 인식하고 있었다.

〈微子 6〉 夫子憮然曰 鳥獸 不可與同群 吾非斯人之徒與 而誰與 天下有道 丘不與易也

〈子罕 5〉 子畏於匡 曰 文王旣沒 文不在茲乎 天之將喪斯文也 後死者不得與於斯文也 天之未喪斯文也

匡人其如予何

공자는 하늘이 무도한 세상을 有道한 세상으로 변혁시키는데 필요한 덕을 자신에게 부여했다는 사명감을 가지고 있었다.

〈述而 22〉 子曰 天生德於予 桓魋其如予何

그러나 공자는 도를 실천하는 것은 인간이 해야 할 일이지만 천하에 도가 행해지거나 행해지지 않게 하는 것은 인간이 결정할 수 있는 것이 아니라는 생각을 가지고 있었다.

〈憲問 38〉 子曰 道之將行也與 命也 道之將廢也與 命也

경찰제복의 역사

김중겸*

같음과 다름

중세. 물건 만드는 장인과 상품 파는 상인. 우리는 같고 너희는 우리와 다르다고 표시하고 싶었다.

유니폼 만들 돈은 없었다. 우선 배지badge 휘장을 달았다. 소속·신분·계급의 표시다. 신분증이다. 그러다가 통일된 옷을 만들어 입었다. 동류성과 정당성을 알렸다. 자격증이다.

고귀하신 왕후장상王侯將相은 관복을 입었다. 디자인과 색상은 독점이다. 무자격자 시정잡배市井雜輩가 입으면 당장 잡아들였다.

주인과 하인도 옷이 달랐다. 수하手下 잡것들이 내 옷 흉내 내서 입는다고? 고것들 별짓 다 하네. 이참에 아예 제복livery 만들어 입히세.

산업전사 - 병사 - 혁명투사

산업혁명 진척됐다. 공장노동자 관리방책이 현안으로 떠올랐다. 어떻게 해야 더 부려 먹지? 옳거니 군복 모방하자. 작업복 입혀 일사불

---

* 전 충남지방경찰청장, 경찰청 수사국장, 국제형사경찰기구(인터폴) 부총재

란하게 일 시켰다.

볼셰비키Bolshevik. 한정된 디자인과 컬러의, 꼭 유니폼 같은 의류를 국영상점에서 판매→배급했다. 모스크바에서도, 시베리아에서도 같은 드레스를 입고 다녔다.

유럽 중세의 장인과 상인: 직종마다 조합 guild를 만들었다. 물론 이를 나타내는 휘장도 사용했다. 한눈에 취급 품목이 구별된다.

모택동毛澤東마오쩌둥. 자신이 입고 있는 인민복Mao suit 입기를 강제→패션쇼도 열었다→혁명 의식을 제고시켜→계급 평등→나아가 계급 없는 사회를 만들려고 애썼다. 성공?

beauty는 ideology의 적?

자신을 옷으로도 표현하고 싶은 욕구. 막지 못했다. 천편일률monotony에서 탈피하려고 수선했다. 저항이 아니다. 아름다움의 추구였다. 그때 참고한 정보. 동서유럽 가로질렀다는 이념장막Iron Curtain의 바퀴벌레cockroach나 다닐 구멍으로 들어온 서쪽 소식이었다.

파리 점령한 나치. 파시스트 냄새나는 옷을 권장했다. 이건 되고 저건 안 된다고 겁줬다. 그런다고 순순히 따르는가.

프랑스 여인들 왈; You can occupy us, but you can't take our

style. 니들이 점령군이라고 해서 우리들 스타일까지 좌지우지하는 건 아니다!

통굽구두platform shoe 신기 운동 전개! 개인의 표현행동에 대한 강탈robbing과 신체통제body control에 대한 비토였다.

철의 장막이라고들 하지만: 사람의 왕래를 제외하고는 문물이 다 드나들었다. 서구와 동양의 지성인은 공산주의 이념을 동경했다. 소비에트연방의 청소년은 US fashion에 빠졌다.

제2차 세계대전 나치의 파리 점령기: 유행을 추구하는 파리 여성이 통굽 구두를 신음으로써 나치의 유니폼화 정책을 무산시켰다.

런던에 경찰이 필요하지만!

18세기 후반. 1백20만이 사는 런던의 치안. 야경night watch夜警이 맡았다. 근대 경찰의 필요성이 논의는 됐다. 성사는 쉽게 되지 않았다.

왜? 프랑스 경찰의 정치 염탐 활동을 들여올 우려 때문이었다. 파리시민 셋 중 하나가 경찰 끄나풀이라니!

우리 영국도 그런 짓 할 거잖아. 아냐! 그럴 리 있나! 그만큼 국민에 대한 spy 활동은 공포의 대상이었다.

그러던 차에 1780년 6월 8일. 런던에 고든폭동Gordon Riots 터졌다.

약탈과 방화 횡행→급기야 군 동원으로 겨우 불 껐다.

1819년 8월 11일. 맨체스터 세인트 피터광장 정치집회. 기병대가 난입, 총검 휘둘렀다. 남녀노소 15명이 사망했다. 부상자는 6백이 넘었다. 피털루 학살Peterloo Massacre이다.

군인과는 다르게 만들자

군에 대한 국민반감이 극에 이르렀다. 반면 군인들은 볼멘소리 냈다. 왜 우리가 폭동진압 악역 맡아야 하느냐!

군 고위층으로부터도 더 이상 치안 활동을 하지 않겠다. 경찰 만들라고 압력을 가했다. 국민 여론도 경찰 창설 쪽으로 돌아섰다.

1829년. 이런 기류 타고 근대 경찰의 효시 런던경찰청이 드디어 고고呱呱의 소리 냈다. 제복에 특히 신경 썼다.

데모 진압한다고 국민 살상한 군대의 붉은 색 유니폼과는 달라야 했다. 감청navy blue紺靑 색깔로 경찰복 만들었다.

1780년 Gordon Riots : 경찰이 없었다. 군이 폭동진압에 나섰다. 국문들은 유혈 강경진압을 비난했고 군의 위신과 사기는 떨어졌다.

군복과 차이 나게
navy blue를 선택

uniform for special profession

복장으로 집단사고 키우고 집단행동 보장해야 하는 직업군群이 있다. 의사, 간호사, 군인, 교도관, 소방관, 경찰관! 교사?

오늘날 경찰 제복은 런던 경찰이 그 모델이다. 1829년 창설부터 1839년까지 청남색의 연미복swallowtail coat 걸쳤다.

깃은 당시 빈발했던 목 조르는 강도에 대비하여 목 감싸는 높은 깃high collar으로 했다. 여름에는 흰 바지 입었다.

1863년. 연미복을 몸에 딱 붙는 재킷tunic으로 변경했다. 1948년. 셔츠 깃을 풀어 놓은 open-neck style이 됐다.

모자는 실크해트silk hat. 난로 연통 같은 모자stovepipe hat 또는 top hat이라고도 불렸다. 나중에 custodian helmet으로 바꿨다.

유니폼은 스파이 의혹 없애려고 상시 착용. 근무 시에는 완장duty band을 찼다. 일이 끝나면 완장 뺀 후 제복 차림 그대로 집으로 갔다.

1968년이 되어서야 완장 없앴다. 초창기에는 기율이 엄했다. 민간인과의 식사는 꿈도 꾸지 못했다. 뇌물로 징계!

영국 경찰 유니폼의 변천

1840~1850년대 1870년대 1950~1960년대

독일/ 프랑스/ 영국 경찰 (1890년대)

독일	프랑스	영국
Schutzmann 꼭대기에 꼬챙이 달린 helmet pickelhaube	gendarmerie 이각 또는 삼각모 cocked hat	bobby custodian

결혼? 서로 사랑하면 오케이? 천만의 말씀! 일단 상사에게 보고→배우자 및 그 가족 신원조사 실시→적정하면 허가. 전과자 집안? 불허!

총은 휴대하지 않았다. 지원요청용으로 딸랑딸랑 딸랑이rattle를 들고 다녔다. 나무로 만든 경찰봉a wooden truncheon은 코트 안 호주머니에 넣어 숨겼다.

미국

정치 성향은 중앙집권–하나로 통일–을 혐오한다. 지방분권–주민 마음대로 제각각–을 선호한다. 그렇다면 경찰 유니폼도 각양각색! 아니다!

1845년 미국에서 처음으로 도시경찰인 뉴욕자치경찰New York City Municipal Police 탄생했다. 사복 차림에 배지만 달았다.

제복 도입하자→안 된다. 제복 입으면 범죄자들의 공격표적이 된다. 기피했다. 1854년. 안 입으면 재임용 않겠다고 엄포 놓았다. 비로소 착용→보스턴과 시카고 경찰이 뒤따랐다.

1968년 Menro Park 경찰국에서 종래의 청색 제복을 버리고 녹색 콤비 스타일의 유니폼을 도입했다.
배지는 금속에서→ 헝겊 자수로 만들고 권총과 수갑은 옷 속에 숨겼다.
호칭도 경사는 manager, 경위는 dire-tor로 변경. 군대 냄새를 제거→주민밀착을 위한 개혁이었다.

New York City Metropolitan police in uniform, 1871.
런던 경찰과 별 차이가 없다.
1865년, 남북전쟁이 끝났다. 북군 군복 blue uniform이 잉여물자가 됐다. 각 경찰국에서 이를 헌 군복 가져다 입기 cast-off, 물려입기 hand-me-down으로 구입, 경찰관에게 입혔다.

미네소타주 번스빌 경찰은 여객기 승무원 차림의 제복으로 바꿨다

남북전쟁 종전: 푸른색 북군 군복이 남아돌았다. 로스앤젤레스를 선두로 경찰관서들이 이를 유니폼으로 입었다. 여기도 저기도 blue였다. 시골의 치안관sheriff's deputy. 배지만 덜렁 차고 근무했다. 1955년이 되어서야 모두 녹색이나 갈색 또는 카키색 제복 착용했다.

중고차 판매원?

1960년대 미국은 흑인민권운동과 월남전반대 데모로 몸살 앓았다. 민경民警 관계는 불편했다. 타개책으로 제복의 사복화私服化를 꾀했다.

캘리포니아주 멘로파크Menro Park 경찰국이 첫 타자였다. 1968년, navy blue의 제복 버렸다. 블레이저blazer 콤비 상의 채택했다.

4백여 경찰국이 참여했다. 그렇게 고쳤다고 해서 경찰공격이 줄어들지 않았다. 범죄도 증가일로 걸었다.

8년이 지난 1977년 멘로파크 경찰국이 원래의 유니폼으로 돌아갔다. 모두 손들었다. 옛날로 복귀했다.

공산주의에 계급이 필요 있나

칼 마르크스의 가르침에 따라 계급 없는 평등사회로 나아갔다. 군과 경찰은 주 대상이었다.

유니폼 입지 않았다. 계급도 없었다. 그렇다면 호칭은? 군은 분대장→소대장→중대장→사단장 식으로, 경찰은 반장→계장→과장→서장→국장→청장으로 불렀다. 직책명칭이다.

장교officer라는 말은 황제 시대에 썼던 반동反動 용어가 됐다. 동지comrade로 대체됐다. 서원 동무도 동지, 서장 동무도 동지다.

평등이야 좋다. 그러나 너도나도 동지요, 동무니 말발 서지 않았다.

이거, 어디, 이런 조직 있나. 원활하게 돌아가지 않았다. 제복과 계급 제도 다시 들여왔다.

중국: 1927년 인민해방군 창설 때 계급 없앴다. 통솔이 제대로 되지 않았다. 1955년 부활→1965년 폐지→1988년 재도입해 유지하고 있다.

군? 경찰?

경찰의 범인제압 도구는 경찰봉과 수갑과 권총이다. 권총은 휴대하느냐 마느냐로 의견과 제도가 갈린다.

군: 상대는 적군이다. 적을 총으로 쏴서 죽여야 내가 살고 조국 방위가 달성된다.

우리: 타자他者와의 전투다. 좋은 무기가 필요하다.

경찰: 상대는 국민이다. 죽여야 할 대상이 아니다. 우리 속의 우리다. 함께 살아야 한다. 살상 무기가 굳이 필요하지 않다.

계급 없애려는 공산주의 사회에 계급장?

계급장이 없는 내무인민위원회

'NKVD 민경Militsiya' 民警 요원

1923년까지 소비에트연방의 군과 경찰은 제복이 없었다.

1924년부터 제복을 입기 시작했으나 계급은 없었다.

1935년 군이→1936년에는 경찰이 계급제도를 도입했다.

경찰이 군인이 되어갔다

경찰은 범죄를 척결한다. crime-fighter가 전통이다. 그런데 미국에서 이 일에 전쟁war라는 용어가 침투해 들어갔다.

1965년 존슨 대통령의 범죄와의 전쟁War on Crime, 1971년 닉슨 대통령의 마약과의 전쟁War on Drugs, 2001년 부시 대통령의 테러와의 전쟁War on Terror이다.

민생民生 전쟁하는 경찰 전사戰士

전쟁을 하다 보니까 전사warrior가 되어 갔다. 연방정부에서는 전사에게 걸맞은 군용 무기와 장비를 판매했다. 이라크와 아프가니스탄 전선에서 사용한, 남아도는 고성능 최신 제품이다.

전투 장비로 완전무장한 전사로 변신, 데모 진압한다. 시민을 폭도로 보고 고무총알 – 최루탄 – 물대포 – 소리대포 동원, 무차별 공격한다. 결과는 시민들의 War on Police다.

영국의 총기사용 전문경찰관: 1966년 도입한 영국의 총기사용 전문경찰관 전 경찰의 1.3%인 1만9천60명이 근무 중이다. 이 경찰관들만 총기를 휴대-사용할 자격이 있다. 매월 30시간의 보충훈련을 받아야 한다

무기 휴대

런던 경찰. 1829년 출범 당시 시민들의 경찰에 대한 반감은 굉장했다. 완화대책으로 무기를 소지하지 않겠다고 천명했다.

1950년대부터 총기 사용 범죄가 증가, 순직과 부상자 늘어났다. 1966년. 총기 사용 전문경찰관을 선발→교육훈련→배치→정기 훈련 및 테스트→현장 근무 재배치 제도를 채택했다.

경찰관이 총기를 휴대하는 국가 및 지역은 232곳. 영국, 아일랜드, 아이슬란드, 노르웨이, 뉴질랜드의 5개국은 휴대하지 않는다.

duty belt

휴대할 무기와 장비를 넣은 다음 바지 허리띠에 겹쳐서 매는 근무용 허리띠다. 일명 서비스벨트service belt, 장비벨트kit belt다.

오른손잡이의 경우 제일 왼쪽에 권총, 정면 중앙에 수갑, 오른쪽으로 가면서 최루가스 스프레이→탄환 15발들이 탄창 2개→테이저건→경찰봉 순으로 장착한다.

수갑 열쇠, 회중전등, 주머니칼, 응급처치세트, 지혈대, 증거수집용 장갑도 갖춘다. 제복 착용하면 생명장비生命裝備 방호복도 같이 입는 uniform is on, vest is on이다.

변심change of heart: 색채 심리학자들에 의하면 blue color가 신뢰-안전-편안한 색이라 한다. 경찰에게는 안성맞춤 아닌가. 물론 power and authority의 컬러이기도 하다.

곤란한 상황에 처했다면 blue uniform을 스캔하라. 그가 곧 police officer다. 당신의 수호자your guardian이다. 원래 경찰은 그런 일 하려고 태어났다. 20세기 되자 적enemy of citizen 敵으로 돌변했다.

특별무기전술팀SWAT

Special Weapons and Tactics team; 다용도 전천후 특별기동대다 1964년 필라델피아 시경에서 출범시킨 이래 세계 의 거의 모든 경찰이 운용하고 있다.

While taking a routine vandalism report at an elementary school,
an officer was interrupted by a little boy about six years old. Looking up
and down at his uniform, he asked, "Are you a cop?"
"Yes." he replied and continued writing the report.
"My mother said if I ever needed help I should ask the police. Is that right"
"Yes, that's right." he told him.
"We, then." he said as, he extended his foot towards the officer "would you please tie my s…"

guardian에서 → enemy로

old soldier

England, 1981

England, 1991

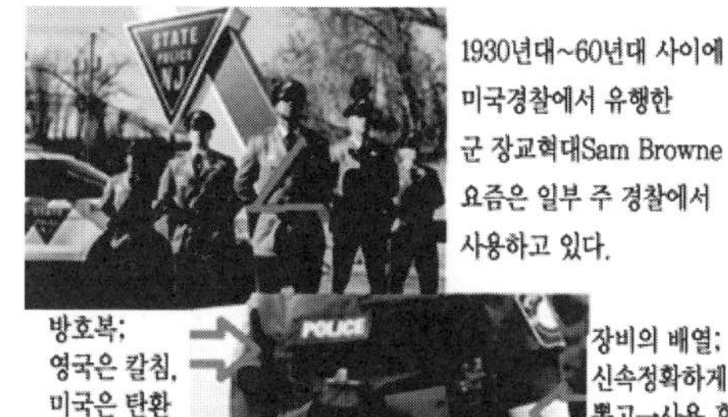

현대에 이르러 영장제시도 없는 England,
1991 no-knock warrant상태로 압수수색이 이루어진다

미국, 이런 war 저런 war로 인해 경찰관이 병졸兵卒이 됐다. 영국, 광부파업을 진압한 뒤부터 전사戰士로 변했다.

경찰은 컬러로 일심동체

세계의 경찰 유니폼이 다 같은 스타일에, 같은 색깔은 아니다. 그러나 대개는 blue 계통이다. 그래서인가. 경찰이라는 직업의 색깔이다.

파랑은 영국에서 군의 빨강과 차별을 기도한 색이었다. 미국으로 건너가 정착, 영어를 따라서 세계로 퍼져나갔다. international이다.

실제상의 이유도 있다. dark navy color는 얼룩이나 때가 묻어도 눈에 안 띈다. 세탁의 번거로움 덜어준다. 범죄자의 공격에 노출되는 야간에 식별이 잘 안 된다. 그만큼 안전하다. 부모와 선생님, 아이들에게 경찰관a person in the BLUE police uniform을 보게 되면 존경하라고, 만약에 무슨 일 생기면 믿고 의지할 분이라고 가르친다.

몇 년 후면 근대경찰 탄생 2백 주년 맞게 된다. 그동안의 경과가 다윈의 진화론과 같은 길만을 밟아오지는 않았다.

현재의 경찰은 당초의 설계 의도에서 많이 벗어났다. 폭력을 폭력으로 제어하는 습관에 너무 젖어 들었다. 비무장非武裝 – 비폭력非暴力은 무색해졌다.

이쯤에서 2백 년 전의 원점을 회고해야 하지 않을까? 초지일관(初志一貫)은 구태의연한 행위일까? 혼란스러울 때에는 원점과 기본이 한 방편이다.

인간 본성의 재탐구
–랭던 길키의 ≪산둥 수용소≫를 읽고서

장수만*

1. 들어가면서

신학대학원 MDiv 과정 때에 읽었던 랭던 길키(Langdon Gilkey, 1919~2004)의 ≪산둥 수용소≫를 통해서 인간 본성의 문제를 다시 생각해본다. 이 책의 영문판 원제는 Shantung Compound: The Story of Men and Women Under Pressure로서 1966년에 출간되었고 우리 말 번역본은 2013년에 나왔다. 저자 랭던 길키는 1939년 Harvard 대학 철학과를 졸업하고 1940년 중국 북경의 연경대학에서 영어를 가르치고 있었다. 1941년 12월 일본의 진주만 공격 이후 랭던 길키는 일본군에 의해 1943년 3월부터 1945년 9월까지 북경, 천진, 청도 등에 있던 미국, 영국, 네델란드 등의 민간인 거류민들과 함께 산둥에 있는 포로수용소에 수감 되었다.

본서는 이년 반 동안 외부와 상당 수준 격리된 담장 안 수용소 사람들의 생활을 그리고 있다. 마치 거대한 사회적 실험실인 것처럼 수용소 안의 사람들은 본래의 자기 삶과 전혀 다른 상황에 맞추어 새로운

---

* 전 국방부 차관, 방위사업청장, 조달청장, 개신교 목사

삶의 양태를 나타낸다. 어떤 면에서는 본래적 인간과 사회의 본성이 그대로 지속되는 경우도 있고 어떤 면에서는 본래적 본성이 전혀 다르게 나타나는 경우도 발생하게 된다. 이러한 전체 삶의 흐름 속에서 우리는 어떤 일관된 행동 법칙을 찾아볼 수도 있다. 그리고 이런 행동 법칙의 변화를 인간과 사회의 진정한 본성 탐구에 빗대어 볼 수도 있을 것이다. 실제로 저자는 바로 이런 측면에서 비록 온건한 어투이긴 하지만 많은 논점들을 아주 견고한 가설들로 제시하고 있다. 그리고 그 가설들은 최종적으로 기독교 복음의 메시지로 정리되어 우리에게 전달되고 있다.

그러나 본서를 읽고 이해함에 있어서는 주의해야 할 사항이 있다. 대개의 실험실 결과가 그러하듯이 실제 상황에 적용하기 어려운 경우가 많다. 인간의 심리, 사회 군중의 행태 변화 등의 문제는 더욱더 그러하다. 수용소의 상황과 그 안에 있는 사람들의 심리 및 행태 변화를 관찰하는 저자의 모습은 마치 경제학 원론에서 이야기하는 ceteris paribus(여타 모든 조건이 동일하다면)라는 관용구의 상황과 흡사하다는 느낌을 갖게 한다. 경제학자 Alfred Marshall이 처음 도입한 이 개념은 어떤 실험적 상황에서 구하고자 하는 변수만을 움직이게 하고 나머지는 모두 동일하다고 가정하는 것을 말한다. 이런 설정을 함으로써 가상의 모형 속에서 우리는 경제학의 기본적인 개념들인 수요공급의 법칙, 가격의 결정 원리, 한계효용체감의 법칙 등을 정의할 수 있게 된다. 그리고 그런 정의에서 출발하여 복잡한 현상의 세계를 모형의 틀 안에서 정리하고 변수들의 영향을 분석하고 바람직한 대안을 모색하고 이를 정책 대안으로 제시하게 된다. 그런데 이런 정책 대안들은 어떤 경우에는 효과를 보는 때도 있으나 많은 경우에는 그것이

효과가 있는지 정확하게 가려내기가 어렵게 된다. 왜냐하면 현실 세계에서는 ceteris paribus 법칙이 성립되지 않기 때문이다. 이럴 때에 정책 담당자들은 현실을 감안하여 정책대안의 개별 정책변수들에 대해 끝없는 fine tuning을 함으로써 정책효과를 관리하려고 한다. 본서에서 저자가 관찰하고 일반화하려는 가설들이 혹시나 경제학 모델의 이야기 같은 것은 아닐까 하는 의구심이 든다. 본서에서 저자는 수용소 내의 통제된 상황에서 나온 가설들을 마음에 담고 이것을 다시 완전한 비통제의 미국 사회로 가져와서 적용하고 점검하면서 최종적인 결론을 내고 있다. 저자의 흥미로운 방법론과 결론 등의 유효성을 판정하기 위해서는 저자가 제시한 여러 가지 가설들에 대해 면밀한 검토를 하는 것이 필요하다고 생각된다.

2. 수용소 생활 및 미국 귀국 후 생활 등에서 관찰한 여러 가설들

저자는 산둥 수용소에서 여러 가지 리더십의 위치에서 많은 지도 및 봉사활동을 하였다. 그는 이 과정에서 수용된 사람들의 생각과 행동을 보고 이를 필요시에는 조정하려는 노력도 하면서 인간과 사회의 여러 특이한 행태들을 접하게 된다. 이를 통해 그는 많은 생각을 하고 사람들의 의식과 행동에 대한 가설들의 일반화를 시도하는 단계로까지 나아간다. 저자가 수용소 생활에서 얻은 여러 관찰들은 몇 가지로 구분할 수 있다. 먼저는 마치 ceteris paribus처럼 실험실에서만 얻을 수 있는 가설들이 있다. 둘째는 일반사회에서도 발생하지만 수용소처럼 통제된 상황에서 더 명확하게 드러나는 현상들도 있다. 셋째로는 어떤 것들은 일반사회든 수용소든 구분 없이 인간사회에 공통적으로 나타나는 현상들도 있다. 마지막으로 저자가 수용소 생활을 마치고 미국으로 돌아가서 부딪치는 현실들도 그에게는 새로운 관찰 거리가 되었다. 그래서 통제 사회에 있다가 다시 비통제 사회로 나갔을 때 부딪치는 사항들과 여기서 나오는 가설들을 종합하여 제시하게 된다.

(1) 통제된 상황하에서만 발생하는 현실에 대한 관찰들

산둥 수용소는 완전히 통제된 장소는 아니지만 그래도 사회에서의 모든 재산, 명예, 지위가 다 사라져버린 새로운 차원의 장소이다. 식량과 의복, 잠자리 등이 모두 배급체계에 의해 주어지는 곳이어서 처음에는 무척 낯설고 불편하지만 시간이 지나면서 사람들은 그 체제에 익숙해져 간다. 그러나 기본적인 물자와 이동의 자유가 통제되고 정상적인 사회관계가 단절됨으로 인해 수용소 내의 사람들은 그 통제된 상황하에서만 나타날 수 있는 특별한 행동들을 하게 된다. 이에 대하여 저자는 다음과 같은 가설들을 제시한다.

1) 소유 수단의 평준화가 이루어지는 사회에서는 인간의 학력이나 경력보다 사회성과 협동성 등 인간적 가치가 공동체에서 더 소중한 요인으로 등장한다.

2) 그냥 갇힌 통제 사회에서는 사람들의 관심은 일상적 삶에 집중하게 된다.

3) 수용소에서의 의사결정 체제는 민주적 절차에 의한 통치제도를 갖지만, 생산과 분배에 있어서는 사회주의 방식에 따르게 된다.

(2) 일반 상황에서도 발생하지만 통제된 상황에서 더 선명히 드러나는 현실에 대한 가설들

인간들의 활동은 통제된 수용소 내에서도 발생하게 되는데 일부 활동과 사고의 경우 통제된 상황에 영향을 받지만, 많은 경우에는 근본적인 영향을 받지 않고 인간사회 속에서 지속적으로 발생하는 형태를 띠게 된다. 다만 통제된 환경으로 인하여 그런 인간적 특성들이 더욱 선명히 드러나게 되는 것 같다.

1) 종교와 이웃 섬김은 어려운 상황에서는 성립되기 어려워진다.
2) 이성과 도덕성은 어려운 상황에서는 사라지고 인간의 악한 본성이 나온다.
3) 이성과 도덕성이 약화되는 상황에 처한 인간들은 비열하게 변화한다.
4) 최상의 도덕적 행위란 이웃의 복지에 대한 관심을 행동으로 표현하는 것이다.
5) 크든 작든 통치를 담당하는 조직은 책임과 동시에 권력을 행사하고 그 권력을 뒷받침하는 장치가 마련되어 있어야 한다.
6) 문명은 도덕적 기반에 근거한다.
7) 종교는 인간의 교만과 하나님의 은혜가 충돌하는 장소이며 야망은 그가 붙드는 가치가 나타날 수 있을 경우에만 생긴다.

(3) 일반적인 인간/ 사회 현상에 대한 관찰 및 가설들

저자가 수용소 생활하면서 관찰한 사항들을 기록한 것 중에서 가장 많은 부분을 차지한 것은 수용소 안에서든 수용소 밖 일반사회에서든 인간들의 모임에서 항상 발생할 수 있는 사항들이다. 앞서 보았듯이 수용소 안에서만 발생할 수 있는 사항은 그렇게 많지 않았으며, 둘째로 수용소 안에 있음으로 해서 조금 더 현저하게 나타나는 사항들은 오히려 수용소 안에서만 발생할 수 있는 사건들보다 훨씬 더 많았다. 그런데 그보다도 더 덜한 것, 즉 일반사회에서나 수용소에서나 항상 공통적으로 나타나는 일이 훨씬 더 많이 관찰되었다는 것은 주목할만 한 일이다. 이런 관찰들의 가설은 다음과 같다.

1) 기본적 문제 해결을 위한 리더십의 발휘는 어느 상황에서든 이루어진다.
2) 새로운 환경에 사람들은 재빨리 적응하는 놀라운 능력을 발휘한다.
3) 사람들은 일을 해서 만족감을 얻는다.
4) 공동의 작업, 특히 궂은 일을 대하는 사람들의 태도는 그 사람의 출신배경에 따라 다르게 나타난다.
5) 저자는 신학적 종교적 관점에서 인본주의 관점으로, 다시 인본주의 관점이 맞지 않음을 깨닫게 된다.
6) 도덕적 결함은 공동체 존속을 위협하고 사람들은 도덕성보다는 자기에게 유리한 점을 찾아 행동한다.
7) 개인의 존재가 위협받으면 지성은 객관적 도구의 역할을 못한다.
8) 인간들의 이기심이나 자기 보호 본능은 안전에 대한 두려움과 이의 대비에 따른 것이다.
9) 우리가 갖는 원죄 사상의 핵심은 우리의 이기심이다.

(4) 비 통제된 사회에서의 종합적인 관찰과 이에 대한 가설들

미국으로 돌아온 저자는 이제 본격적으로 수용소 생활의 여러 관찰을 정리하고 이것을 미국 사회에 견주어서 새로운 가설들을 확립하려고 한다. 저자는 특히 이 과정에서 도덕성의 필요성과 억제하기 힘든 이기심의 모순 문제가 모든 현상의 가장 핵심 요인이라고 파악한다. 그리고 마침내 이런 모든 모순 문제를 해결하기 위해서는 우리는 선하신 하나님의 존재를 받아들여야만 한다고 역설하면서 기독교의 구원관을 제시하게 된다.

1) 어떤 상황에서나 인간에게는 항상 같은 도덕적 문제가 발생한다.
2) 물질이 풍부한 사회에서 많은 사람들은 위선적인 자세를 갖는 경향이 있다.
3) 인간의 도덕성과 관련한 딜레마는 인본주의적 방식으로도 경건주의적 방식으로도 해결될 수 없다.
4) 인간은 창조적이지만 압박에 처하면 어느 때보다도 자신을 더욱 사랑하게 된다.
5) 인간의 도덕성과 비도덕성은 우리들의 영적 중심(궁극적 관심)에서 나온다.
6) 인간의 도덕성은 종교의 문제이며, 이기심은 종교적 의미에서의 죄다.
7) 하나님 안에서 진정한 중심을 발견해야 한다.
8) 우리는 하나님이 필요하다.

3. 본서에서 나타나는 저자의 주요 사상 재점검

우리는 본서를 통해서 인간과 사회에 대한 저자의 생각이 크게 바뀌어져 가는 과정을 보았다. 기독교 사상에서 혼란스런 상태로(세속주의화), 인본주의자로 그리곤 다시 혼란스러운 상태에 빠졌다가 온전한 기독교 신앙으로 회귀하게 된다. 이러한 생각의 변화는 어쩌면 저자가 처한 환경의 변화와 밀접한 관계가 있는 것일 수도 있다. 이하 저자의 생각의 변화 과정에서 나타나는 주요한 포인트들에 대하여 다시 점검하면서 의미를 정리해보도록 하겠다.

(1) 수용소 생활이 저자 생각의 변화/발전 과정에 반드시 필수적인 것인가?

수용소 생활이 이 책의 모티브이고 그로부터 많은 논지가 개진되고 있으므로 수용소 생활이 저자의 생각의 변화와 나아가서 이 책에서 저자가 주장하는 모든 논거에 필수적인 것인가 하는 질문을 제기할 수 있다. 사실 이러한 논의는 어쩌면 우리의 모든 논리적 사고에 있어서 어떤 착안점 내지는 고통의 과정이 반드시 꼭 필요한 것인가 하는 문제로까지 비화시킬 수 있는 사항이라고 하겠다. 수용소 거주 경험은 이 책의 주요 논지를 펴는데 있어서 반드시 필수적이다 라고 할 수도 있고 반드시 그런 것은 아니다 라고 답할 수 있는 성질의 것 같다.

수용소 경험이 반드시 필요한 것은 아니었다고 주장하는 논거는 다음과 같다. 저자의 수용소 경험의 특이성은 인정되지만 수용소 생활 자체가 논의의 중심점을 차지한다고 보기는 어려운 점이 있다는 것이다. 저자의 가설들 중에서 보면 수용소에서만 경험할 수 있고 그럼으로써 새로운 가설을 만들 수 있는 이야기들은 사실은 그렇게 많지 않다. 그러나 수용소 경험을 통해서 저자가 얻을 수 있었던 이런 가설들은 사실은 우리 인간사회에서 흔히 접할 수 있는 사항들이다. 우리가 만약 간접 체험을 하거나 아니면 논리적 사고만을 통해서도 저자가 논증하는 대부분의 가설들은 어느 정도는 추론할 수 있을 것이다. 이것은 결국 수용소 생활의 특이성과 그로 인한 여러 관찰 및 가설들은 수용소 안에서 만이기 때문에 특별한 상황이라고 정의하기가 매우 어려운 것이 될 것이라는 추론을 할 수 있게 한다.

수용소 경험이 반드시 필요한 것이었다고 인정되는 논거도 들 수 있다. 그러나 이것은 주로 저자 생각의 변천을 일으킨 요소로 작용하였다는 점에서 그러하다고 할 수 있다. 대표적으로 인간과 사회에 대한 일반적 신뢰와 온건한 기독교 정신을 신봉하던 저자가 세속주의와 인본주의를 거쳐 다시 온전한 기독교 신앙으로 회귀하는 과정을 들 수 있다. 이러한 생각의 변화는 수용소 생활의 경험이 반드시 있어야만 했던 사항이다. 그렇게 본다면 수용소 경험은 개인적 사고의 폭을 넓혀 주는 역할만 했다라고까지 주장할 수 있게 된다. 그러나 개인적 사고의 폭을 넓힌 것을 결코 가볍게 보아서는 안 된다. 저자와 같은 개인의 경험이 결국 이런 훌륭한 책을 만들어 내게 하였다는 점을 생각한다면 어떻든 간에 수용소의 경험은 좋은 책과 좋은 관점을 정리하게 하였고 그것이 우리 모두를 유익하게 하고 있다고 규정할 수 있는 것이다. 수용소 경험을 통해 저자가 우리에게 좋은 생각과 책을 제공해주는 것은 어찌 보면 광야의 고난을 통해 사람의 신앙이 성숙해져가는 모습을 연상하게 한다고도 볼 수 있다. 수용소든 무엇이든 사람은 그가 겪는 큰 고난을 슬기롭게 극복해 나가면 그를 통해 깊은 것을 깨닫고 얻을 수 있음을 여기서 다시 한번 확인하게 해주는 것이다.

(2) 저자의 신앙이 변화되어가는 과정을 보면서 이러한 신앙변화 패턴이 일반화될 수 있는 것으로 볼 수 있을까?

우리는 본서를 통해 저자의 신앙에 대한 생각들이 큰 변화의 과정을 겪는 것을 보게 된다. 저자는 관용적이면서도 아주 열렬하게 자유주의적 입장을 고수하는 집안에서 성장하였다. 그래서 그는 어려서부터 집안의 신앙이 강조하는 윤리적 이상주의와 삶의 물질적이고 감각적인 측면을 경시하는 성향을 그대로 받아들이고 있었다. 그러다가 대학에서 철학 공부하면서 어설픈 이상주의자가 되어 어린 시절 신앙 환경에서는 윤리적인 강조점만 취하고 나머지 종교적인 부분들은 다 버리고 지냈다. 그후 히틀러가 권력을 잡는 것을 보고 자연주의적 이상주의가 순진하고 무력한 것임을 자각하고는 라인홀드 니버의 저서를 통해서 하나님에 대한 믿음에 근거하여 냉소적이지 않은 현실주의, 순진하지 않은 이상주의의 생각을 갖게 되었다. 그는 기독교적 가치관을 통해서 우리가 사는 세상을 이해하고 윤리적 결정을 내렸다. 그러나 갑자기 수용소에 갇히면서 모든 것이 바뀌게 되었다. ① 수용소 생활 초기 단계에서 그의 기독교 신앙은 인본주의적 생각으로 변화한다. ② 그러나 수용소 사람들의 여러 가지 행태에 실망한 그는 인본주의와 결별하게 된다. ③ 미국의 구호품이 전달되자 미국인들이 다른 나라 사람들과 나누려고 하지 않는 것을 보고 사람들의 행태에서 그는 원죄 사상으로 회귀한다. ④ 그러나 삶에서의 도덕성의 역할과 도덕성의 딜레마에 대한 인식, 그리고 이를 해결하기 위해서는 인간 자체의 변화 필요성을 크게 인식하게 된다. ⑤ 개신교 선교사들과의 교제에서 그들 중 일부가 보여준 행태, 즉 스스로 경건하다고 생각하고 경건하지 않은 사람들과는 장벽을 만드는 율법주의적 위선에 대한 환멸을 갖게 된다. ⑥ 인간의 삶의 의미, 동기부여 필요성 및 도덕성의 근원인 영적 중심에 대한 인식을 새롭게 하게 된다. ⑦ 올바른 영적 중심으로서의 하나님에 대한 믿음을 강화한다. ⑧ 올바른 신앙은 개인과 사회의 도덕성과 조화를 이룰 뿐만 아니라 전체 역사 흐름까지도 옳은 방향으로 가고 있음을 확인하게 된다. 저자의 이러한 신앙관의 변화 과정은 상당히 인상적이다. 이상을 좇고 동시에 현실을 꿰뚫으면서 이상이 현실에 적용되는가를 항상 주시하면서 자신의 이상을 재조정해 나가고 있다. 많은 사람들이 저자와 같은 과정을 거치면서 신앙관의 변화와 성숙을 경험하게 되는 것 같다. 다만 각 개인이 처한 상황이 너무 달라 그 변화의 과정을 일반화하기는 어렵겠지만, 확실한 것은 신실하게 살아가면서 생각하는 사람들은 그 신앙관 역시 성숙 발전한다고 말할 수 있을 것이다.

(3) 저자가 "인간은 하나님을 필요로 한다."라고 외치는 것은 지극히 인간 중심적인 신론이라고 봐야하지 않는가?

저자가 본서의 말미에 외치는 "인간은 하나님을 필요로 한다"라는 말은 저자 자신의 이성주의적인 논증의 결과라고도 할 수 있다. 그리고 그것은 우리 인간들과 인간사회의 움직임을 살펴보고 얻어낸 결론이다. 우리가 제대로 살아가려면 도덕성, 다시 말하자면 이타성이 필요하고 그것은 하나님에 대한 신앙심 안에서 우러나올 수 있기 때문이라고 보는 것이다. 그 점에서는 저자가 말하는 하나님은 사실 인간이 필요로 하는 하나님이라고 할 수도 있다. 그것은 이 책이 신학서적이라기 보다 인간론에 관한 서적이기 때문일 수도 있다. 사실 하나님의 존재는 우리가 뭐라고 하든 상관없이 계시는 분이시다. 신학적 논증이라면 아마도 인간론에서 출발한 하나님의 필요성과 함께 하나님의 존재로부터 시작된 하나님의 이야기가 나올 수 있을 것이다. 우리는 다만 이런 모든 것을 통합해서 저 무한한 하나님의 모습을 느끼고 받아들이면 될 것이라고 본다.

(4) 영적 중심을 하나님 중심으로 삼아야 하고 그리해야만 올바른 도덕심이 발로되고 사회가 온전해진다는 주장은 문제가 너무 많지 않은가?

이 문제는 사실상 신학적 논쟁이 된다. 우선 ① 지난 1,500여 년간 영적 중심을 하나님으로 삼아온 유럽 사회가 과연 온전한 사회를 이루었는가 하는 질문이 생긴다. 동시에 ② 오랜 역사의 비기독교 국가들이 상당 수준의 도덕적 사회를 만들었던 경험은 어떻게 설명할 수 있을 것인가? 오랜 세월 유럽 국가가 하나님을 영적 중심으로 삼았음에도 온전한 도덕 사회를 형성하지 못한 것은 인간의 약점 때문이었다 라고 할 수 있을 것이다. 그러나 저자는 우리는 여전히 그런 방향으로 지향해 나가야 함을 말한 것이라 할 것이다. 동시에 이런 대답은 왜 비기독교 국가들이 상당한 수준의 도덕 사회를 만들었는가 하는 데에 대한 대답도 될 수 있을 것이다. 비기독교 국가들에서도 여러 가지 종교 도덕적 사상으로 도덕 사회를 이루는데 진전을 보일 수 있을 것이다. 그러나 그런 사회에서는 결코 완전한 도덕 사회로 나갈 수는 없을 것이다. 그것은 하나님 같은 온전한 믿음, 의지의 대상을 지향점으로 삼고 있지 않기 때문이다. 그러나 그러함에도 여전히 유럽 사회가 실패한 이유에 대한 더 철저한 논증이 필요하다. 그것은 다시금 우리들의 인성과 사회성에 대한 더 깊은 재분석이 필요한 작업일 것이다. 그리고 바로 이 부분이 저자 논점의 가장 약점이라고도 할 것이다.

(5) 저자가 주장하는 이웃 사랑의 개념이 얼마나 보편적인 것인가? 저자가 말하는 이웃 사랑이란 단순히 눈앞에 전개된 것들에 대한 사랑을 말하는 것은 아닌가?

본서의 이야기 전개 과정을 보면 저자의 서구중심주의 사상이 알게 모르게 많이 나타나고 있다. 이런 생각은 식민지 상태의 중국에 살고 있던 서구인들이 중국인(동양인 및 모든 비서구인 포함)에 대하여 당연히 가졌을 듯한 우월감을 반영하고 있다. 수용소 들어가기 전에는 저자는 중국인들의 온갖 자질구레한 서비스를 받으면서 일상을 사는 데 아무런 불편함이 없었다. 수용소 들어간 뒤로는 이런 서비스를 받지 못해 불편해하면서, 대신 가끔씩 수용소 다른 서구인 동료들이 수용소 담장 너머의 중국인들—너무나 못살고 미개한 듯이 보이는 사람들—과 암거래를 하는 데서부터 얻게 되는 이익을 누리게 된다. 그런데 이때 저자나 많은 서구인들은 중국인들을 하대하는 듯한 분위기가 퍼져 있음을 느끼게 한다. 뿐만 아니다. 수용소 내의 건물들도 그런 분위기를 더욱 조장하고 있다. 애초 개신교 선교본부였던 수용소 시설은 백인 선교사들과 중국인들 간의 현격한 생활 수준 격차를 적나라하게 보여주고 있다. 큰 저택으로 된 선교사들의 숙소와 중국인 학생들이 거하는 열악한 환경의 기숙사 등은 바로 이런 우월감을 더욱 조장하게 하였을 것이다.

그렇다면 과연 저자가 말하는 이웃 사랑은 서구인들 사이의 이웃 사랑을 말하는 것인가? 아니면 하대해도 괜찮은 중국인들까지 포함하여 이웃 사랑을 하자고 하는 것인가? 이 문제는 사실 저자뿐만 아니라 우리 모든 사람들, 인간관계에 있어서 항상 수평적인 관계에만 있지 않고 어떤 경우이든 수직적 관계를 맺고 있는 모든 사람에게 물어야 하는 질문이라 할 것이다.

(6) 수용소를 접수하기 위하여 하늘에서 낙하산 타고 내려온 미군들은 마치 성경에서 종말 때 예수님 재림하시는 것이나 천사들이 하강하는 모습인 것처럼 착각하게 한다. 이 현상이 저자 생각의 변화에 영향을 주었을까?

비행기에서 낙하산 타고 내려온 일곱 미군들의 모습은 수용소 사람들에게는 참으로 재림 예수까지는 아닐지라도 천사의 하강처럼 보였을 것이다. 그렇기 때문에 그들은 구원자들(군인들)을 어깨에 태우고 환호하며 수용소로 들어갔다. 저자의 말처럼 이것은 주님 오셔서 호산나 외치는 군중들과 마찬가지였다. 물론 이것이 사실은 디오니소스 축제에서 미쳐 날뛰며 노래 부르는 사람들의 모습일 수도 있었다. 그러나 어떻든 간에 구원자들이 하늘로부터 내려왔고 이들이 옴으로써 모든 족쇄가 풀렸던 사실은 한편의 종말 구원의 모습 패러디라고도 할만하다. 그리고 이런 상황에서 저자나 많은 사람은 성경의 말씀들을 떠올리고 재림이 이런 식으로 이루어지겠구나 하는 생각들을 하였을 것이다. 그리고 그것은 동시에 이들에게 기독교적인 생각을 조금 더 많이 받아들이도록 하였을 것이라고 추정할 수 있겠다.

(7) 저자가 수용소 생활의 초창기와 마지막 단계에서 강하게 느꼈던 일상화의 현상은 우리들에게 무엇을 말하는가?

이것은 두 가지 문제로 제시된다. ① 인간들이 당할 수 있는 고난에 대한 수용 능력이 무한대임을 의미하는가? ② 역으로 인간들은 제공되는 기쁨에 결코 만족할 수 없는 것인가?

저자의 관찰은, 고통은 고통대로, 기쁨은 기쁨대로 일정 수준 지속되면 그것이 일상화되어버리고 우리의 감정과 몸이 거기에 적응하여서 그것들을 그냥 덤덤하게 받아들인다는 것이다. 실제로 그들은 수용소 초기의 엄청난 고통과 불편을 얼마간의 기간이 지난 다음에는 일상화시켰다. 그리고 그런 자질 덕분에 인류는 그 숱한 역사적 비극 속에서도 평정심을 잃지 않고 살아남을 수 있었다고 본다. 그래서 저자는 뭐든지 일상으로 만들어버리는 인간의 성향을 인간에게 주어진 축복이라고 결론 내린다. 상황이 바뀌어 미군들이 수용소를 접수하고 자유를 얻고 물자가 풍부해졌을 때에 수용소 사람들은 기쁨에 열광하였다. 그러나 새롭게 찾은 기쁨도 잠시 일뿐 며칠 지나서부터는 그것을 당연히 여기게 되고 더 큰 만족을 위해 사치품을 원하게 되었다. 그리고 그 사치품도 결코 만족할 수 없는 그 무엇인 것이었다. 이 정도가 되면 일상화의 능력은 축복이 아니라 오히려 저주라고도 할 수 있을 것이다.

성경의 여러 곳에는 지옥 이야기가 나오는데 꺼지지 않는 불 못이 타고 거기에 죄인들이 들어간다고 하였다. 그리고 천국의 묘사도 나오는데 반대쪽의 좋은 이야기가 나온다. 만약 인간이 지금의 상태로 지옥이나 천국에 들어간다면 지옥의 고통이나 천국의 기쁨도 일상화되어버리게 되고 그러면 지옥이나 천국의 의미가 없어질지도 모를 일이다. 이렇게 본다면 전능하신 하나님께서는 지옥이나 천국의 고통과 기쁨을 달리 설계 하셨거나 아니면 우리 인간이 지옥이나 천국에 가서는 매 순간순간 끊임없이 옛일을 생각하고 상기함으로써 과거의 고통과 기쁨의 크기를 증폭하여 느끼게 하는 방식으로 바꾸실지도 모를 일이다. 그래서 일상화의 논리를 더 연장해서 볼 경우에는 저자의 모든 논지는 허물어져 버릴지도 모르겠다. 아무튼 인간의 일상화의 능력은 더 깊이 검토하고 묵상해 봐야 할 사안이다.

4. 맺는말

랭던 길키의 산둥 수용소는 참으로 특이한 책이다. 이처럼 대규모적인 사회실험을 통해 하나님 나라의 건설을 주장한 책은 별로 많지 않을 것이다. 많은 부분에서 저자의 날카로운 그러나 따뜻한 시선을 느끼고 인간의 행태와 저 바탕에 깔려있는 본성의 맨얼굴을 마주하게 된다. 그리고 그를 통해 우리는 더욱더 하나님에의 신앙과 이에 기초한 도덕성 즉 이타성의 확립이 필요함을 느끼게 된다. 그러나 동시에 이 책 자체가 갖는 여러 한계와 문제점들은 우리들로 하여금 더욱더 인간에 대한 사색과 사회 그리고 하나님에 대한 묵상을 더 깊이 하게끔 유도하고 있다.

다윗 조각상과 할례

미켈란젤로의 다윗상은 르네상스 시대의 대표적인 조각품이다. 현재 피렌체의 갤러리아 델 아카데미아에 소장되어 있지만 복제품과 사진을 통해 일반 대중에게 널리 알려져 있고 많은 사랑을 받고 있다. 대리석 조각품에 표현된 다윗의 수려한 용모, 활기찬 곱슬머리, 탄탄한 육체는 보는 이로 하여금 감탄을 자아내게 한다.

그러나 정작 다윗의 후손인 이스라엘 사람, 유대인들은 결코 이 조각상을 기쁘게 바라보지 않을 것으로 생각된다. 여러 가지 이유가 있을 것이다. 우선 얼굴 용모가 전형적인 백인의 모습이다. 셈족에 속하는 유대인들의 본래 모습과는 거리가 있다. 물론 현재의 유대인들은 2천 년 이상 세계 각지를 떠돌면서 여러 종족과 피가 섞이어 유대인 고유의 모습은 거의 사라져버렸고 일반 서양인들과 구분하기 어렵게 되긴 하였다. 그리고 유대인들의 영웅을 나체로 만들어 놓은 것도 그들은 용납하기 힘들 것이다.

그런데 가장 결정적인 문제는 할례에 있다. 미켈란젤로의 다윗은 할례를 받지 않아 음경의 끝에 표피가 그대로 남아 있다. 유대인들이 보기에는 기겁을 할 사안이다. 다윗이 할례와 관련하여 발언한 유명한 말이 있다. 거인 골리앗을 가리켜 하는 말인데, "이 할례 받지 않은 블레셋 사람이 누구이기에 살아 계시는 하나님의 군대를 모욕하겠느

미켈란젤로의 〈다윗상〉

냐?”(사무엘상 17:26). 유대인들은 그들의 조상 아브라함 이래로 남자아이는 생후 팔일 만에 할례를 행하여 음경 귀두 부분 표피를 다 베어내 버렸다. 이것은 하나님 백성의 징표이며 하나님께서 반드시 행하도록 명령하신 것이다. 따라서 할례받지 않은 자는 유대인이 아니며 하나님의 백성도 아니고 개, 돼지와 같은 족속으로 치부되었었다. 그런 다윗을 할례받지 않은 사람으로 조각을 만들었으니 유대인들이 이를 받아들일 수가 없는 것이다.

그러면 미켈란젤로는 왜 다윗 조각상을 할례받지 않은 다윗으로 만들었을까? 바로 여기에 그레코로만(Greco-Roman) 문화와 히브리(Hebrew) 문화의 근원적 차이점이 나타나며 또한 이것이 서구인들의 유대인 혐오 풍조의 시발점이며 동시에 기독교를 서구 중심적으로 해석함에 따른 결과라 할 수 있다. 할례를 하나님의 선민임을 나타내는 징표로 생각하며 이를 무엇보다도 귀중하게 여기는 유대인들과 달리 그리스인과 로마제국 사람들은 할례에 대해 전혀 다른

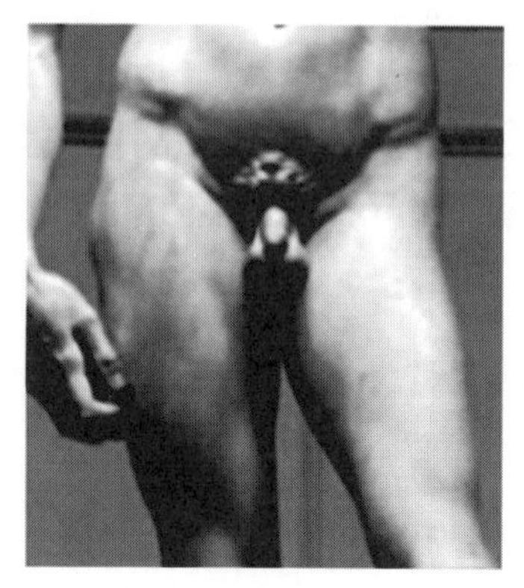
〈다윗상〉의 음경 부분

생각을 갖고 있었다. 태어날 때부터 귀두의 표피가 벗어진 유아의 경우 이를 중대한 선천적인 신체적 장애로 여겼으며, 성인의 음경에서 표피가 벗어진 것을 매우 외설스럽고 불경하며 수치스러운 것으로 받아들였다.

따라서 그들은 성인이 되어서도 음경에 표피가 달려 있는 상태로 지내는 것을 당연한 것으로 생각하였으며, 아기 때부터 표피가 벗어진 상태로 난 사람들은 어릴 때나 성인이 되었을 때나 표피를 늘리는 외과 수술(Epispasm)을 받는 사람들이 많았다. 그런데 그레코로만 문화의 특징 중에 하나는 남자들이 나체 노출을 즐겨 하였다는 점이다. 이들은 체육관, Gymnasium에 모여서 레슬링을 하거나 권투 등 여러 스포츠를 즐겼는데 이때 모두 나체로 경기를 하였다. 또한 공중 목욕탕 문화가 매우 발달되어 있었는데 여기서도 당연히 나체로 모여서 목욕을 하면서 사교 활동을 하였다. 미켈란젤로는 물론 그레코로만 시대로부터 무려 천년 이상 후세의 사람이지만 그레코로만 문화의 영향이 그대로 이어져 내려온 사회에서 살았기에 다윗을 나체로, 그리고 할례받지 않은 사람으로 조각하였던 것이다. 말하자면 미켈란젤로의 다윗은 역사적 실체의 다윗이 아니라 그레코로만 문화의 영향 아래 자라난 세대가 유대인인 다윗을 유대인이 아니라 단지 성경에서의 주요 인물로서 받아들여 자기 방식대로 조각한 것이라고 하겠다.

나체 경기와 목욕탕 문화로 대변되는 그레코로만 문화 세계에 할례로 인하여 제대로 적응하기 어려운 엄청난 핸디캡을 갖는 유대인들이 어떻게 살아갈 수 있었는가 하는 것은 매우 흥미로운 일이다. 유대인들은 팔레스타인 땅에서만 살았다면 그곳에는 유대인들이 다수를 점하니까 그나마 문제가 덜 심각했을 것이다. 그러나 다수의 유대인들은 주전 6~8세기 북이스라엘과 남유다가 각각 멸망하고 난 뒤 중동 및 지중해 연안 전 지역에 걸쳐 강제로 또는 자발적으로 이주하여 살게 되었고, 이들을 디아스포라라고 불렀다. 그레코로만 문화는 주전 4세기 알렉산더 대왕의 중동 지역 정복 이후부터 주후 5세기 서로마제국의 멸망 때까지 천년 이상 중동과 지중해 전 지역을 지배하였다. 할례받은 유대인들은 일종의 지옥과 같은 생활을 하였을 것이다. 그들은 정상적인 사회생활을 할 수가 없었다. 김나지움과 공중목욕탕에 가서 사교 활동을 해야 하는데, 그러면 나체가 되어야 하고 할례받은 음경이 그대로 드러나면 모든 이의 시선이 여기에 집중되었다. 그레코로만 문화의 사람들은 이들 할례받은 사람들을 불구자 또는 외설자로 취급하여 경멸과 비웃음, 조롱의 대상으로 삼았다. 따라서 김나지움과 공중목욕탕 출입을 할 수가 없었고 그래서 더욱 사회에서 소외되게 되었다.

그뿐만 아니었다. 그레코로만 행정부 차원에서의 압제 또한 엄청났었다. 다신제와 황제 숭배 및 인본주의 등으로 특징지어지는 그레코로만 문화와는 달리 유일신 제도와 신본주의 및 별도의 식문화와 자기들만의 절기를 철저히 지키는 유대인들에 대해 그레코로만 통치자들은 유대인들의 고유한 전통을 말살하고 그레코로만 문화에 동화되도록 강제하는 시책을 수시로 시행하였다. 유별나고 혐오스러운 것의 대표격으로 할

그레코 로만 시대의 목욕탕 사진

례가 지목되었는데, 할례받은 사람에게는 세금을 중과하거나 시민권을 박탈하기도 하였다. 가장 극심한 탄압으로는, 주전 160년경 알렉산더 대왕 이후 분파된 4개 왕국의 하나였던 셀루키드(Celucid) 왕국의 안티오쿠스 4세 황제가 벌인 충격적 시책이었다. 그는 예루살렘 성전에 돼지 피로 제사를 드려 하나님을 능멸하였으며 동시에 할례받은 아기들과 그 어머니들을 성벽 위에서 아래 땅으로 던져서 죽이는 일까지 자행하였다. 이처럼 심각한 압제로 인해 상당수의 유대인들은 그레코로만 문화에 스스로 동화되고자 하는 사람들도 생겨났다. 이들은 아기가 태어나면 할례를 하지 않거나 하더라도 귀두 표피를 완전히 제거하지 않고 반만 제거하기도 하였다. 이미 할례받은 성인들도 귀두의 표피를 늘리는 온갖 형태의 외과수술(Epispasm)을 받는 사람도 출현하였다.

그러나 이런 탄압 가운데서도 다수의 유대인들은 그들의 상징 할례를 끝까지 고집하였다. 실로 엄청난 고통이 따르는 선택이었다. 그레코로만 지배가 천년이었지만 문제는 거기에서 끝나지 않았다. 그레코로만 문명이 게르만족 대이동으로 무너져 내린 후 새롭게 탄생한 유럽 각국들은 천둥벌거숭이 상태로 태어난 문명들이라 찬란한 그레코로만 문화를 거의 그대로 이어받았다. 할례에 대한 의식도 그대로 전해졌다. 디아스포라 유대인들은 이제는 중동과 지중해 연안을 벗어나 유럽 전역에 퍼지게 되었다. 그리고 새로 옮겨간 곳에서도 마찬가지로 기피 당하는 처지를 벗어나지 못하였다. 이렇게 된 것은 기독교를 받아들인 유럽 각국 사람들이 유대인들은 그리스도를 십자가에 못 박은 저주받은 종족이라는 관념이 큰 요인이었고, 할례는 그런 유대인들을 식별해 내는 가장 효과적인 징표였었다.

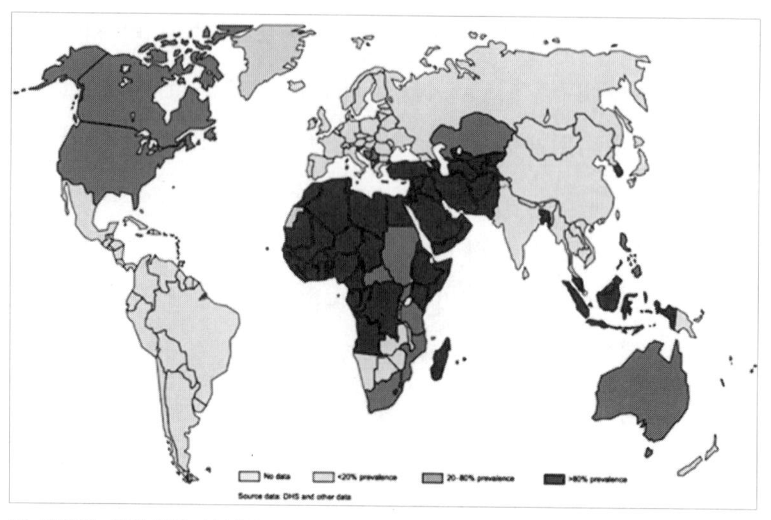

전 세계의 할례 비율 분포도

사실 할례는 유대인에게만 독특한 풍습은 아니다. 고대 중동 지역에서는 할례가 널리 행하여졌다. 이는 주전 30세기 것으로 추정되는 시리아 지역에서의 고대 전사 발굴품과 주전 23세기 것으로 추정되는 이집트의 할례 시행 상형문자 등을 통해 입증되고 있다. 유대인들의 할례는 창세기 17장에 하나님의 명령으로 시행하는 것으로 되어 있다. 물론 유대인의 완전 할례는 이집트의 부분 할례와는 형태상 다르기는 하지만 대체적인 할례 전통은 유사하게 시행된 것으로 보인다. 지금도 세계적으로 할례는 중동 지역과 아프리카의 유대교 및 이슬람교를 믿는 지역에서 높은 할례 시술 비율을 보이고 있으며, 유대인의 영향을 많이 받은 미국도 높은 편이며, 그 영향권에 속한 우리나라도 할례 비율이 높다. 그러나 유럽 각국은 할례 시술 비율이 매우 낮다. 미국에서도 최근에는 반 할례 운동이 벌어지는 등 할례 시술 비율이 점차 낮아지는 추세에 있다.

아무튼 그레코로만 탄압 이래로 이미 2천 수백 년이 흘렀지만 아직도 할례는 유대인들의 상징으로 작용한다. 온갖 수난과 멸시 고통 박해를 뚫고서 그것을 지켜 왔다. 무엇이 그들을 그처럼 지극 정성으로 할례를 지키도록 하였을까? 하나님과의 약속이다. 할례를 한 사람만이 하나님의 백성으로 인정받는다는 신앙의 힘이다. 그 믿음의 힘으로 모든 고난을 이겨내었다. 그것도 단지 10년 20년이 아니라 2천 년이 넘는 기간을 그렇게 견디어 내었다. 바로 이런 점 때문에 신약성경에서 보면 유대인들의 할례가 큰 문제로 등장하기도 하였다. 골수 유대인들은 그리스도를 믿더라도 할례만은 반드시 지켜야 한다고 생각했다. 그러나 이방인들은 전혀 그렇지 않았다. 그리하여 바울 사도에 의해 이방인들에게는 할례를 받지 않고 그리스도에 대한 믿음만으로 구원을 받는다는 교리가 생겨나고 이로써 기독교가 유대교의 그늘에서 벗어나 세계의 종교로 성장하게 되었다. 그럼에도 어쨌든 할례는 유대인들의 National Badge로서 굳건히 그들을 지켜내고 있다.

이 부분에 있어 우리는 일제시대 우리가 당했던 고통과 비교하게 된다. 일제 말기 창씨개명과 신사참배가 강제될 때 우리 민족은 어떻게 했는가? 그런 강제조치는 길어야 10년을 넘지 않는 기간 이루어졌다. 우리 민족은 일제의 강압에 얼마큼 저항하였던가? 알려진 바로는 극소수의 사람들만이 창씨개명과 신사참배에 저항하였던 것으로 전해진다. 민족의 정통성을 뿌리째 바꾸어버리는 조치였는데 우리는 왜 큰 저항을 하지 않았을까? 우리 정체성은 지킬만한 가치가 없는 것이었을까? 유대인들의 할례 압박은 무려 천년을 넘어 이천 년 이상 지속되었다. 그들이 누릴 수 있는 모든 혜택을 포기하고서라도 그들은 자신들의 가장 기본적인 정체성을 지켜나갔다. 그들의 고난 극복과 자기 지킴은 지금 온 세계를 사실상 지배하는 민족으로 성장 발전하는 밑거름이 되지 않았을까? 그런데, 유대인들은 하는데 우리는 왜 하지 않았을까? 희생을 감내하고서라도 지켜야 할 가치가 있는 그 무엇이 없어서인가? 만약 그렇다면 앞으로 무슨 일이 어떻게 닥쳐올지 모르는 상황에서 우리의 밝은 미래를 어떻게 항상 보장받을 수 있을 것인가? 정체성이 흔들려서 불행한 사태가 벌어질 것이라면 이를 방지하기 위하여 우리는 지금 과연 무슨 일을 어떻게 해 나가야 할 것인가? 미켈란젤로의 다윗상을 보면서 우리의 정체성까지 더듬어보는 생각의 나래를 펼쳐 보았다. 자기의 정체성을 지키는 것이 자신의 유지 발전에 가장 핵심적인 사항이라고 한다면, 그 정체성을 확실히 지키기 위해 우리가 아니라면 우리 후손대에서라도 무언가 제대로 된 것이 이루어지기를 기도합니다.

참고 문헌

1. Hall, R. G. 1992. "Circumcision." ABD1: 1025–31.
2. Lieu, Judith M. 2004. Christian Identity in the Jewish and Graeco-Roman World (Oxford: Oxford University Press).
3. Marcus, Joel. 1989. "The Circumcision and the Uncircumcision in Rome." AYS 35: 67–81.
4. Martin, T. W. 2003. "The Covenant of Circumcision (Genesis 17:9–14) and the Situational Antitheses in Galatians 3:28." JBL 122/1: 111–125.
5. Sasson, J. M. 1966. "Circumcision in the Ancient Near East." JBL 85: 473-76.

한국인보다 더 한국을 사랑한 헐버트

황현탁*

헐버트(Homer B. Hulbert)의 한국과의 인연

1884년 조선(고종 22년)은 서양식 교육을 실시하는 공립학교인 육영공원(育英公院) 설립을 결정하고 미국 공사관을 통해 교사 3인의 파견을 요청한다. 그러나 갑신정변으로 학교설립계획이 보류되자 교사 파송은 연기되었으며, 1885년 설립계획이 부활 되자 당초에 선발되었던 헐버트(Homer B. Hulbert, 1863~1949)와 파견을 취소했던 길모어(George. W. Gilmore), 새로 선발된 벙커(Dalzell A. Bunker) 등 3인은 1886년 7월 5일 제물포에 도착한다. 걸어서 한양까지 온 이들은 1년 전 한국에 온 선교사 언더우드(Horace G. Underwood)의 안내를 받아 정동의 외국인 전용 숙소에 여정을 풀었다.

헐버트는 2년 계약기간이 끝난 후 1888년 9월 결혼(May B. Hanna)식을 위해 미국을 방문하였으며, 다시 3년 계약이 끝난 후인 1891년 12월 육영공원을 사직하고 미국으로 귀환할 때까지 육영공원에서 학생들을 가르쳤다. 교사들은 초기에 영어 읽기, 쓰기, 철자법에 집중하였으나 영어 실력이 향상되자 개교 3개월 후부터 벙커는 영어

---

* 전 주일한국대사관 홍보공사, 한국도박문제예방치유원장, 수필가
저서 ≪세상 구경≫ 외 다수

문법, 길모어는 지리, 헐버트는 수학을 담당하여 가르쳤다고 한다.

헐버트는 한국말을 배워 한국인들과 소통함은 물론, 한글을 익혀 한글 세계지리 교과서 격인 ≪사민필지(士民必知)≫를 펴내기도 했다. 그는 〈뉴욕 트리뷴〉지에 '한글'의 우수성을 기고할 정도로, 말뿐만 아니라 한글의 원리에 대해서도 상당한 지식을 습득하였다.

헐버트는 1893년 감리교 선교사로 다시 한국을 찾아 동대문교회의 담임목사로 시무하며, 배재학당 교사, 배재학당에서 운영하던 삼문(영어, 한글, 한자) 출판사의 책임자로도 일한다. 1907년 헤이그 만국평화회의에 고종의 특사로 참석하여 일본의 불법성을 폭로한 조선인에 대해 일본은 궐석재판을 열어 사형(정사 이상설), 무기징역(자결한 이준과 이위종)을 선고하고, 헐버트에게는 강제퇴거명령을 내려 귀국하지 못하고 매사추세츠주 스프링필드에 정착한다. 1909년 미국 정부의 보호 아래 가사정리를 위해 잠시 한국을 방문한 바 있으나, 매사추세츠에 거주하면서도 한국의 독립, 한국문화와 역사 소개, 한국인의 단결 호소 등 열정적으로 한국과 한국인에 대한 애정을 쏟아부었다.

1948년 광복절에 개최된 정부수립 기념식에 초청받았으나 부인의 병세 악화로 참석하지 못한다.(1948.9.25. 별세) 다음 해인 1949년 광복절 행사에 참석하기 위해 7월 29일 한국에 도착하였으나, 고령(86세)과 여행에 지쳐 병원에 입원해 있다가 8월 5일 운명한다. 장례식은 우리나라 외국인 최초의 사회장으로 치러졌는데, 영결식은 8월 11일 부민관(현재 서울시의회)에서 거행되었다. 한국출발에 앞서 AP 통신과의 회견에서 헐버트는 "나는 웨스터민스터 사원보다 한국 땅에 묻히기를 원합니다."라는 방한 소회를 밝혔는데, 소원대로 양화진에 안장된다.

한국 정부는 헐버트에게 1950년 3월 1일 3.1절에 건국공로훈장 태극장을, 2014년 문화의 날(10.9)에 금관문화훈장을 추서하였다. 1886년 한국 땅을 밟은 후 1949년 생을 마감할 때까지 63년간 한국에 애정을 쏟아부었던 그의 행적을 기록한 '헐버트박사기념사업회' 회장 김동진의 ≪헐버트의 꿈 조선은 피어나리!≫를 읽고 그의 흔적을 찾고 되돌아본다.

헐버트는 23세 때인 1886년 7월 5일 육영공원의 교사로 초빙되어 한국에 입국한 후 계약기간이 끝나자 1891년 12월 귀국하며, 1893년 10월 1일 감리교 선교사로 다시 한국으로 와 배재학당 교사, 삼문 출판사 책임자, 동대문교회 담임목사로 시무하였다. 1897년에는 한성사범학교 책임 교관, 1900년 관립중학교(현 경기고등학교) 교관을 역임하였다.

한국사랑 흔적을 찾아

≪헐버트의 꿈 조선은 피어나리!≫를 읽으면서 그가 근무·시무·방문했던 육영공원, 배재학당, 동대문교회(흥인지문 옆 한양도성의 옛 교회 터 및 분당의 이전교회), 노량진교회, 상동교회, 초기에 설립된 새문안교회, 인사동의 종로교회(기독교대한감리회 중앙교회), 그가 살았던 집이 있던 정동·소공동·회현동, 그의 묘소가 있는 양화진 외국인선교사묘원, 장례식이 열렸던 부민관(서울시의회), 그의 기념비나 업적 언급이 있는 주시경 마당, 문경의 아리랑 기념비, 국립중앙박물관, 홍릉수목원, 이회영 기념관 등을 찾았다. 책에서 언급된 곳, 관련이 있는 곳 중 국내에 있는 흔적들은 거의 찾은 것 같다.

고종의 특사로 참석하였던 헤이그만국평화회의, 한일합방에 따른 도움을 얻고자 미국을 방문했던 시기의 활동, 고종의 독일은행 예치개인 명의 예금(내탕금)반환 활동 등 세 차례의 특사·밀사 활동은 일본의 방해 공작, 미·일간의 밀약, 미국(인)의 일본 눈치 보기로 성과를 낼 수 없었다. 헐버트의 능력 부족이나 불성실함 때문이 아닌 국제정세, 특히 강대국 간의 이해타산에 따라 운명이 결정되는 국제관계의 냉엄함이 바탕에 깔려 있다. 그 현장들은 한국 밖에 있고 개인적 한계로 탐방이 어려워 책으로 대신했다.

고종의 내탕금 242,500엔(510,000마르크)은 1904년 대한제국 총세입 1천4백만 원의 3.5% 정도에 해당하는 금액으로, 6.25를 겪으면서 흐지부지되고 말았다. 김동진 씨는 침략국의 강탈행위이고, 고종과 헐버트의 한을 풀기 위해서라도 꼭 돌려받아야 하며, 한일합방 이전의 채권이므로 1965년 한일청구권협정의 범위 밖이어서 구상권을 행사할 수 있다고 주장한다.

1942년 80세 나이의 헐버트는 '고종황제 예치금 진상 보고서'를 작성하여 관련 서류와 함께 한국 독립운동을 하던 변호사에게 넘겨 자신의 죽음에 대비하였다. 정부가 수립된 후 1948년 12월 22일 자 이승만 대통령에게 보내는 편지에서 그는 대통령 취임 축하와 함께 고종의 내탕금을 반환받기 위해 주한미국대사관과 협의할 것을 제시한 바 있다.

육영공원, 주거지와 음택(묘지)

헐버트는 육영공원 교사 모집에 응하여 한국에 오게 되었는데, 육영공원은 현재 서울시립미술관으로 사용되고 있는 덕수궁 옆 중구 서소문동에 있었다. 그곳에는 육영공원 터(1886~1891), 독일영사관 터

(1891~1902), 독립신문사 터(1896~1899)였음을 알리는 표지석이 세워져 있으며, 미술관 입구 바닥에는 1928~1995 기간에는 '일제와 독재 시대에 다수의 인권침해판결을 내렸던 사법부 자리'라는 내용이 씌어진 〈대법원 터〉 동판이 묻혀있다. 육영공원은 1891년 이후 종로구 수송동 82번지 연합뉴스 사옥 옆 수송공원에 있었던 독일인 외교고문 묄렌도르프 거처로 이전하였으나, 1894년 영어학교로 교명을 바꾼 후 명맥이 끊기고 말았다.

서울에 도착한 헐버트는 처음에 정동의 외국인숙소에 머물렀다. 그 후 미혼이었던 헐버트와 벙커는 초기에 정동의 언더우드 집에서 생활하였다. 1888년 결혼 후 도착하여서는 외국인이 밀집하여 살았던 덕수궁 옆 정동에 신혼집을 차렸다고 한다. 숭례문에서 사직공원까지 한양도성이 흔적도 없이 사라졌을 정도로 도시화가 진전되어 당시의 약도를 보고는 거주지를 찾을 수 없었다. 2018년 12월 6일 60년 만에 새로 연결된 영국공사관(현 영국대사관) 옆에서 러시아공사관까지 이르는 탐방로를 따라 걸어 보았으나 당시 헐버트의 숙소를 가늠할 수 없었다. 탐방로에 과거 지도를 코팅해 전시하고 있으나 도로가 달라지고 지도 제작 시점 차이 때문인지 현재와 상당한 차이가 있었다.

헐버트는 그 후 소공동에 2층 벽돌집을 지어 생활하였다. 1898년 대한제국이 영빈관으로 사용하겠다고 하여 매각, 대관정(大觀亭)이 되었으며, 1899년에는 독일의 하인리히 황태자가 이곳에 투숙하였다. 1904년 일본주차군사령관 관저로 사용되다가, 1927년에는 경성부립 도서관, 해방 후 서울시립 남대문도서관, 1961년 민주공화당사로 사용되다가 1970년에 철거된 후 주차장 부지로 이용되었다. 현재에는 그곳에 부영호텔 공사가 진행 중이다.

이후 그는 신세계백화점 맞은편 우리은행 본점 자리인 회현동2가 78에 살았는데, 1903년 벨기에 영사관에 매각하였고 벨기에는 인근 부지를 매입하여 1905년 지하 1층 지상 2층의 영사관 건물을 신축, 완공한다. 조선의 외교권이 박탈되자 그 건물은 일본회사, 기생조합, 일본해군이 사용했으며, 해방 후에는 군이 사용하다가 1970년부터 상업은행(현 우리은행)이 사용하였는데, 1977년 '현대여명기 서양식 건물'로 문화재로 지정된다. 회현동이 재개발지구로 지정됨에 따라 동 건물을 해체하여 1982년 관악구 남현동으로 이전, 사료관으로 이용되어 오다가 2004년부터 서울시립 남서울미술관으로 이용되고 있다.

헐버트의 묘소는 마포구 양화진길 46(합정동 144번지) '양화진외국인선교사묘원' B-07구역에 위치한다. 묘비는 영결식 날 세워졌고 이승만 대통령께서 묘비명을 쓰기로 예정되었으나 건국 초기 어려움으로 새겨 넣지 못하다가 그의 50주기를 맞이하여 김대중 대통령의 휘호를 받아 새겨 넣었다. 묘비 뒷면에 그 사실이 새겨져 있다. 바로 옆 A구역에는 역시 독립유공자로 대한매일신보 사장을 역임한 배설(Ernest Thomas Bethell), 벙커 부부, B구역에는 아펜젤러(가족은 C구역), F구역에는 언더우드와 가족의 묘가 각각 위치하고 있다. 묘원 전체에는 15개국 417명이 안장되어 있으며, 그중 선교사는 6개국 145명이다.

복음화 운동 흔적들

1893년에는 흥인지문 인근의 동대문교회 제2대 담임목사로 부임하였는데, 2013년에는 그 동대문교회가 서울시의 한양도성 공원화 사업으로 강제 수용되어 분당의 새롬교회와 합병하여 2017년 성전을 이전하게 된다. 분당의 교회에는 동대문교회 3대 담임목사 벙커가 기증하였던 '자유의 종'(Liberty Bell)이 옮겨져 교회 앞 도로변에 설치되어 있다. 마을버스의 정류장 표시는 종전의 '새롬교회'가 아직도 그대로 쓰여 있으나 방송 안내는 '동대문교회'로 공지되고 있었으며, 교회 간판에도 '새롬'이 아닌 '동대문'이란 명칭을 쓰고 있다. 교회는 서현역에서 출발하는 마을버스가 회차하는 지점에 소재하고 있는데, 마을버스(3-2) 안에는 새롬이든 동대문이든 정류장 표시가 없었다.(2022년 6월 방문 당시)

헐버트는 1901년 한국 YMCA 창립 준비 위원장에 선출되며, '교육, 계몽, 선교'가 YMCA의 목적이 되어야 한다고 강조한다. 1903년 그는 창립총회 의장으로서 YMCA를 출범시켰으며, 11월 11일 인사동 태화궁 자리에 회관을 정한다. 현재 그 자리에는 태화빌딩이 들어서 있으며, 3.1독립선언서가 발표되었던 역사적 의미를 기리는 '3.1독립선언 광장'이 3.1운동 100주년을 기념하여 빌딩 주변에 조성되어 있다. 광장에는 3.1을 상징하는 소나무 세 그루, 느티나무 한 그루, 독립선언서 첫 구절이 각자 된 돌기둥과 기념비 등이 설치되어 있다. 바로 옆에는 1890년 아펜젤러가 창립한 종로교회(기독교대한감리회 중앙교회) 터에 하나로빌딩이 들어서 있다. 종로2가의 현재 YMCA회관은 1908년에 완공되었으나 6.25로 소실되어 1961년 다시 건립되었다.

1889년 스크랜턴 선교사가 세운 남대문 상동교회는 을사늑약이 체결된 후 독립운동의 중심으로 부상하였으며, 비밀결사체인 신민회의 본거지로 주시경, 남궁억, 이동녕, 이회영, 이승만, 김구 등의 활동무대가 된다. 이들은 1907년 헐버트가 한국을 떠나기 전까지 긴밀히 연락하며 독립운동에 매진한다. 한편, 1906년 헐버트는 노량진교회의 설립인도 예배를 주관하였으며, 교회 연혁에도 기록되어 있다.(언더우드, 알렌 선교사들의 협조가 있었음도 병기)

헐버트의 한글사랑

헐버트는 육영공원의 교사로 초빙되어 1886년 7월 5일 한국에 도착하자마자 '학생들을 잘 가르쳐야겠다는 책임감'에서 한글 개인교사를 세 번씩이나 바꿔가면서 한글 공부를 하였으며, 4년 반 만에 ≪사민필지≫란 최초의 한글 인문지리 교과서까지 출간한다. 그는 "한글로 교육하여야 모든 백성의 지식이 넓어져 반상 타파와 남녀평등을 이룰 수 있다."며, 한국사회의 개혁을 위해 한글사용이 필수적임을 인식하였다.

그는 육영공원 교사로 재직하는 동안 미국인 선교사들과 어울리고 협력하였지만 직접 선교활동을 하지는 않았는데, 〈세계선교평론〉이란 잡지의 1890년 7월호 〈선교기술〉이란 기고문에서 "언어적 재능 또는 언어를 습득하는 능력은 성공적인 선교와 밀접한 관련이 있다." 고 언급하고 있다. 나아가 선교사는 '자신이 가기로 한 나라의 지리, 역사, 문헌 등에 대해 특별히 공부, 전문가가 되어야 한다.'고 하여, 감리교 선교사(동대문교회 담임목사)로 두 번째로 한국 땅을 밟은 1893년부터는 아리랑 채보, 한글 신문인 〈독립신문〉 창간 지원, 한국 YMCA 창설 등으로 한국·한글 사랑에 혼신의 노력을 다한다.

헐버트는 배재학당의 교사직도 함께 수행하면서 한글의 우수성과 세종대왕의 위대성을 설파하고, 한국인들이 결국 한자를 버릴 것이라고 예측하거나, 훈민정음 서문 영역과 한글 자모 분석 등 한글의 언어학적 고찰과 관련되는 글들을 발표하였다. 〈한국소식〉 1896년 6월호에서 "한글은 현존하는 문자 중 가장 단순하고 가장 이해하기 쉬운, 가장 완벽한 문자(the most perfect because the most simple and comprehensive alphabet that can be found)"라고 우수성과 실용성을 강조했다. 헐버트는 1904년 〈한글맞춤법 개정〉이라는 논문을 발표하여 이후 발표된 지석영의 ≪신정국문≫(1905), 주시경의 ≪대한국어문법≫(1906)에도 영향을 미쳤을 것이다.

헐버트와 주시경은 배재학당에서 사제지간으로 만났으며, 주시경은 가정형편이 어려워 헐버트가 책임자로 있던 삼문출판사에서 아르바이트를 하였다. 또 헐버트는 〈독립신문〉을 발행하던 서재필에게 주시경을 추천해 그는 회계 겸 교보원으로 일했다. 〈독립신문〉에서 일하던 주시경은 1896년 5월 '국문동식회'를 조직하여 국문법의 공동연구를 시작하였으며, 〈독립신문〉의 발행은 한글 띄어쓰기와 점찍기를 정착시키는 계기가 되었다.

1902년 3월에는 헐버트, 김가진, 지석영, 주시경, 오성근 등과 함께 '국문학교' 설립을 추진하였으나 재정 사정으로 진행하지 못하였는데, 1907년 고종황제가 한글 보급을 목적으로 정부에 '국문연구소'를 설립, 그들의 노력이 결실을 맺게 되었다. 주시경과 헐버트는 감리교 상동교회의 상동 청년학원에서도 함께 교사로 활동하였는데, 주시경은 한글을, 헐버트는 역사를 가르쳤다. ≪헐버트의 꿈 조선은 피어나리!≫의 저자 김동진은 헐버트와 주시경이 함께 활동한 이력과 한글에 대한 공통인식을 바탕으로 "헐버트가 훈민정음의 가치를 인식시켰다면, 주시경은 한글의 전문적 이론연구와 후진 양성으로 한글 대중화의 토대를 닦았다."고 말한다.

서울특별시는 2013년 12월 종로구 당주동 108번지에 '주시경 마당'이라는 소규모 공원을 만들어 주시경, 헐버트 두 분의 한글 관련 업적과 인물상, 상징조형물을 설치하였다. 세종로의 세종대왕 동상, 세종로공원의 한글 글자마당, 세종문화회관 지하의 세종이야기관 등과 함께 한글 창제의 의미를 되새겨볼 수 있는 또 하나의 공간이 탄생하였다.

명성황후 시해와 일제에 항거, 독립운동

1895년 '10월 8일 고종의 비인 명성황후가 일본 자객에 의해 경복궁 건청궁 옥호루에서 시해되었으며(을미사변), 시신은 불태워졌다.' 헐버트는 왕비가 시해된 직후 선교사였던 언더우드, 에비슨과 함께 고종 침전에서 불침번을 서며 고종을 지켰다. 그는 자신이 공동편집인으로 있는 〈조선소식〉 10월호에 〈왕비의 시해〉라는 제목으로 사건을 소상히 보도하면서, 주한일본공사 미우라(三浦梧樓)가 총연출자로 일본 정부에 책임이 있다고 주장하였다.

경복궁 후원에 있는 건청궁(乾淸宮)은 1873년 조선왕조 역대 임금의 초상화인 어진(御眞) 등을 보관할 목적으로 지어졌다가 명성황후 시해 사건인 을미사변이 있기까지 고종과 명성황후의 거처로 사용되었다. 을미사변 이듬해인 1896년 고종이 러시아 공관으로 거처를 옮긴 후 일제는 1909년 건청궁을 철거하고 그 자리에 조선총독부 미술관을 지었는데, 이 미술관은 해방 후 한동안 국립현대미술관으로 사용되다가 1998년에 철거됐다. 2007년 일제가 철거한 건청궁이 복원돼 일반인에게 공개됐다.

명성황후의 장례식은 김홍집 내각의 붕괴, 고종의 아관파천 등으로 시해 후 2년이 지나 경운궁으로 환궁하여 대한제국을 선포(1897년 10

월 12일)한 후인 그해 11월 21~22일 치러졌다. 헐버트는 고종의 초청을 받아 고종과 상주 일행의 뒤를 따라 장례식을 참관하였으며, 〈샌프란시스코 크로니클〉 1898년 1월 9일 자에 〈동양 황후의 장례〉란 제목으로 보도되었다. 장지는 현재의 동대문구 청량리로, 홍릉(洪陵)이라는 능호로 조성하였다. 1919년 고종 승하 후 고종과 합장하기 위해 이장한 후인 1922년 8월 일제는 그곳에 임업시험장을 설치해 오늘에 이르고 있다.

국립산림과학관으로 명칭이 바뀐 경내에는 '천장산 산줄기 아래 22년간 매장되었다가 1919년 고종 승하 후 경기 남양주 금곡동 현 홍릉으로 합장되었다.'는 안내문이 설치되어 있으며, '홍릉(洪陵) 터'라는 작은 표지석만 소나무 옆에 세워져 있다. 이장한 터 주위에는 줄을 둘러놓았다.

헐버트는 고종의 특사로 '일본의 야욕을 지적하고 주권 상실을 우려하면서 도움을 요청하는 루스벨트 대통령에게 보내는 고종의 친서'를 전달하기 위해 1905년 10월 21일 출국한다. '제3국의 침략(불공경모, 不公輕侮)이 있으면 상호 돕는다.'는 수호통상조약을 체결하고 있던 미국이라면 도와줄 수 있을 것이란 판단에서다. 헐버트가 미국 공사관과 상의하는 과정에서 일본 측에 정보가 누설되어, 일본은 조선의 외교권을 박탈하는 '을사늑약'을 11월 17일 서둘러 체결한다.

워싱턴에 도착한 헐버트는 황제의 친서를 들고 11월 19일 백악관을 방문하였으나 면담도 거절되고 친서 수령도 거부되었으며, 을사늑약 체결 사실이 공표된 후 미국은 서울의 공사관마저 철수를 결정한다. 헐버트는 12월 11일 고종으로부터 '을사보호조약이 강박에 의해 처리되었으므로 무효'라는 중국 옌타이 발 전보를 받아들고 국무부를 방문하였는데, 국무차관은 "모든 상황은 끝났소. 파일만 해 놓겠소."란 답만 듣고 돌아 나와야만 했다.

미국과 일본 사이에는 1905년 7월 29일 '일본은 미국의 필리핀 통치를 양해하고, 미국은 일본의 한국 보호 통치를 지지한다.'는 태프트-가쓰라 밀약(Taft-Katsura agreement)이 있었음이 20년 뒤에 밝혀지자, 당시 미국 정부가 고종의 친서를 처리한 내막이 만천하에 드러나게 된다. 2023년 9월 25일 복원·개관한 덕수궁 '돈덕전'은 1903년 고종의 외교공간 및 영빈관으로 사용되다가 1920년대에 헐렸다. 복원된 공간에는 헐버트의 외교적 노력이 기술되어 있으며, 그의 얼굴과 자료사진 영상도 송출되고 있다.

1906년 5월 한국으로 돌아온 헐버트는 일본군 주둔지로 수용된 용산기지로부터 강제 퇴거 된 조선인을 대신하여 보상을 요구하거나, 언더우드 집에서 일하는 조선인을 강제로 데려가겠다고 행패를 부리는 것을 저지하고자 카빈총을 들고 찾아갔고, 일본인의 헐값 토지강탈을 막기 위한 방편으로 조선인들의 농토를 자신 명의로 이전하였다가 나중에 되돌려 주는 일까지 했다고 한다.

1904년 2월 체결된 '한일의정서'에는 '일본군이 대한제국의 방위를 위한 외교사절로 주둔'할 수 있는 근거 조항이 들어가 있다. 그해 4월부터 일본군은 단순히 러일전쟁을 위한 주둔군이 아닌 대한제국 황실의 안위를 보위하는 주차군(駐箚軍)으로 주둔하게 된다. 8월에는 용산 일대 300만 평을 수용하고, 1906년부터는 가옥, 분묘 등을 철거하고 공사에 들어가 1908년에 병영과 병원을 완공한다. 부지는 118만평으로 최종 확정했다.

용산 일본 주둔군 사령부는 일제강점기 조선총독부와 함께 무단 식민지 지배의 양대축으로, 한반도 지배와 대륙침략의 거점 역할을 했다. 사령부 건물은 용산기지 14번 게이트 북쪽 전방 100m 지점에 있었으며, 예하에 2개 사단이 상주하였다. 당초 사령부는 현재 남산한옥마을에 있었으나 1908년 10월 용산으로 이전하였다. 해방과 더불어 일본군이 철수하자 미군정 시작과 함께 미 7사단 사령부로 바뀌었으며, 1948년 정부수립과 함께 미군이 철수하자 국방부와 육군본부가 그곳으로 이전하였고, 6.25 전쟁 중에 폭격을 맞아 사령부 건물은 사라졌다. 윤석열 정부 출범 후 용산기지 일부를 시범 공개 기간을 거쳐 제한적으로 공개하고 있다. 용산기지 경내 수송부였던 자리에는 일제가 건설한 건물이 남아 있다.

한국문화와 역사 소개

헐버트는 스스로 학생들을 잘 가르치고자 한국말과 글을 익혔으며, 〈선교 기술〉이란 기고문에서 밝혔듯이 지리, 역사, 문헌 등을 특별히 공부하여 한국 전문가가 되었다. 헐버트는 1890년 아버지에게 보낸 편지에서 “저는 조선의 역사를 사랑합니다. 중국 출처의 근거 없는 역사는 수정되어야 합니다. 조선 역사를 열심히 공부하여 가장 신뢰받는 조선 역사학자가 되고 싶습니다.”라고 포부를 밝혔다. 그는 결국 한국에 체류하는 동안 ≪대동기년≫(1903), ≪한국사≫(1905), ≪대한제국 멸망사≫(1906)라는 한국을 소개하는 역사책을 출간하는 열정을 보여줬다.

그는 한자로 된 역사서를 독해할 정도로 한문도 공부하여 한국의 역사책을 저술할 수 있었다. 그의 한문 실력을 가늠할 수 있는 글들이 다수 있는데, 〈조선의 속담〉이란 기고문에는 조화모락(朝華暮落, 아침에 핀 꽃이 정오에 시든다), 파경난합(破鏡難合, 먼지 낀 거울은 쓸모가 없다), 정장면이립(正牆面而立, 벽 뒤에 선 사람은 벽 외에는 볼 수가 없다) 등 124개 속담 중에 한자에서 연유한 것을 여럿 포함시키고 있다. 또 한시를 바탕으로 서양 시 형식으로 나름대로 재창작한 것도 있어 한문 독해 실력이 상당한 수준에 이른 것으로 보인다.

뿐만 아니라 상하이에서 발행되는 잡지에 캐나다 선교사 게일(James S. Gale)의 "한국은 소설이 없는 나라다"라는 내용의 글이 게재된 것에 대한 반론 글에서, 최치원의 ≪곤륜산기≫ ≪계원필경≫, 김암의 ≪하도기≫, 김부식의 ≪북장성≫ 등 한문 소설과 김만중의 ≪구운몽≫ ≪사씨남정기≫ 등을 열거하면서, "소설은 다른 문학 부문보다 낮은 위치에 있었고 대신 시와 역사가 한국문학의 중추를 이뤘다."고 반론을 펴고 있다. 그리고 게일의 ≪동국통감≫ 번역에 오류가 있음을 지적하는 글도 있다. 이처럼 헐버트는 반론을 펴거나 의역을 할 정도의 한문 실력을 갖추었음을 알 수 있다.

용산 국립중앙박물관 상설전시관 1층에는 국보 제86호인 북한 황해도 개풍의 경천사에 있던 '경천사 십층석탑'이 옮겨져 있다. 고려 충목왕 4년(1348년)에 만들어진 대리석 탑으로, 탑 아래쪽 3단 기단부에는 당나라 현장법사와 손오공 등이 인도에서 경전을 구해오는 험난한 여정이 조각되어 있고, 그 위 탑신(1~4층)에는 여러 장면의 법회(法會)를 새긴 현판을 달았으며, 상층부(5~10층)에는 부처를 새겼다.

1907년 1월 황태자 순종 결혼식에 참석한 일본 궁내부 대신 다나까(田中光顯)가 고종에게 이 탑을 선물로 줄 것을 요청하였으나 거절하였음에도 그는 무장 인력을 경천사로 보내 탑을 해체하여 일본으로 반출하였다. 영국인 배설이 발행하던 〈대한매일신보〉와 자매 영자지

〈코리아데일리뉴스〉는 1907년 3월 7일 자에서 다나까를 거명하여 약탈 사실을 보도한다. 이 보도에 대해 일본 정부 대변지 〈재팬메일〉이 석탑 약탈 사실을 부인하는 기사를 보도한다.

석탑 약탈 사실에 분노한 헐버트는 약탈 현장을 방문, 현장 목격 주민들의 증언, 현장 사진 등을 확보하여 고베에서 발행되던 〈재팬크로니클〉지에 보내, 1907년 4월 4일 자에 〈한국에서의 만행〉이라는 제목의 헐버트 기고문이 게재된다. 그는 유물을 제자리에 돌려놓고 다나까를 평민으로 강등시키라고 주장하였다. 〈재팬크로니클〉은 별도의 해설기사에서 "헐버트의 진술과 사진을 볼 때 사건이 충분히 설명되며, 일본 정부는 석탑을 되돌리는 조치를 취해야 한다."고 일본 정부를 공격하였다. 만국평화회의 참석차 헤이그에 머물던 헐버트는 1907년 7월 10일 평화클럽 연설에서도 이 사건을 설명, 7월 11일 〈만국평화회의보〉가 보도하자 〈뉴욕포스트〉 〈뉴욕타임스〉 등도 관련 내용을 보도하게 된다.

국제적인 비난 여론이 들끓자 한국주재 일본 외교관들이 본국에 반환을 건의하게 되며, 1918년에 한국으로 돌아오게 된다. 이후 조선총독부 창고에 보관하였다가 중앙청 옆 경복궁에 조립, 공개되다가 2005년 중앙박물관으로 이전되었다. 헐버트는 '언젠가 석탑이 원래 자리인 경천사에 원형대로 복원되어야 한다.'는 희망을 피력하였다. 국립중앙박물관의 탑 옆 벽과 증강현실관에서는 경천사 탑신에 얽힌 이야기와 부조에 대한 해설 영상이 반복하여 상영되고 있다.

2023년 1월에는 송파책박물관에서 〈웰컴 투 조선〉이란 기획전시를 하고 있는데, 16세기 네덜란드의 상인 하멜의 ≪하멜표류기≫에서부터 20세기 전반기 미국 학자 카펜터의 ≪한국 어머니 이야기≫에 이르기까지 외국인에 의해 소개된 한국 관련 책을 소개하고 있는데, 10월 말까지 계속되었다.

여러 필자 중에는 단연 호머 헐버트의 한국 소개 노력이 돋보이며, ≪대한제국 멸망사≫ ≪마법사 엄지≫ ≪안개 속의 얼굴≫ 등 저서와 영국왕립 아시아학회 한국지회 창립회원으로서의 활동도 소개되고 있다. 특히 ≪대한제국멸망사≫에 언급되고 있는 책 읽기와 학문을 좋아하는 한국인, 한국 고전문학의 특질, 한국의 놀이와 황소를 이용한 농촌풍습 등도 함께 소개되고 있다.

한국음악 서양 소개, 서양식 음계 한국 소개

헐버트는 구전으로 전해오던 아리랑을 서양식 악보에 채보하여 누이동생에게 보내는 편지에 동봉하였다. 그가 누이동생에게 보낸 1886년 10월 20일 자 편지에는 옆집 아이들이 부르는 '아리랑' 노래를 뜻도 모르면서 악보를 그려 넣었다. 한국어에 익숙하지 않은 그의 귀에는 'A-ri-rang'이 'A-ra-rang'으로 들렸든지, 편지에는 'A-ra-rang'으로 적혀있다. 김동진은 "이 악보가 조선 최초의 서양 악보이자 아리랑 연구의 출발점이다."라고 말한다.

헐버트는 시조 〈청산아〉, 민요 〈군밤타령〉도 음계를 붙여 소개한다. 〈조선소식〉 1896년 2월호에 게재된 〈조선의 성악〉이란 제목으로 '시조창'과 '아리랑'을 서양음악과 비교하면서 해설하는 내용의 논설도 발표한다.

경상북도 문경시는 헐버트의 아리랑 노랫말 채보에 '얼싸 배 띄워라 문경새재 박달나무 홍두깨 방망이 다 나간다'라는 지명이 포함되어 있는 점에 착안하여 문경새재에 '헐버트 아리랑 기념비'를 세운다. 문경새재에는 모두 세 곳에 기념비가 있는데, 문경새재관리사무소 맞은편에는 후렴구가 새겨진 기념돌과 함께 정선, 밀양, 진도, 문경 아리랑 가사가 적혀있는 기념석도 세워져 있다. 2015년에 세웠다. 물론 그곳에도 '헐버트'에 대한 헌사 문구가 포함되어 있다.

제2 관문을 지나 제3 관문 쪽으로 300여m를 더 올라가면 '문경새재아리랑'비가 있다. 뒷면에 1999년에 세웠다는 글이 새겨져 있다. 서양식 음계와 영문 아리랑 가사가 함께 새겨진 헌정비는 '옛길박물관' 뜰에 있다. 2013년 8월 15일에 세웠다. (사)서울아리랑페스티벌은 2015년 헐버트에게 제1회 아리랑상을 추서하였다.

헐버트 박사의 인재 육성 흔적들

1) 배재학당

배재학당은 1885년 미국인 선교사 아펜젤러가 의사 윌리엄 스크랜턴의 병원을 교실로 개조하여 시작되었으며, 선교사가 설립한 우리나라 최초의 근대 사학이다. '배재학당(培材學堂)'이라는 이름은 1886년 고종이 설립을 재가하면서 하사한 이름으로, 인재를 기르는 집이라는 의미이다. 헐버트는 1893년 두 번째로 한국에 근무할 때에 배재학교의 교사직을 수행하면서, 동대문교회 담임목사, 삼문출판사 책임자도 겸임하였다.

배재학당은 1984년 중구 정동에서 강동구 고덕동으로 이전하였으며, 그 자리에는 1916년에 건립된 교사인 동관과 이후 건립된 배재정동빌딩, 그리고 배재공원이 조성되어 있다. 배재학당박물관으로 이용되고 있는 동관은 서울시 기념물로 지정되어 있으며, 공원에는 설립자인 아펜젤러 동상이 세워져 있다.

배재학당총동창회 홈페이지의 '역사와 함께한 배재인' 중에는 초대 대통령을 역임한 우남 이승만 박사, 제2대 세브란스 의학전문학교 교장을 지낸 오긍선, 소설가 나도향, 독립운동가 서재필, 한글학자 주시경, 시인 김소월, 이화여고 교장 신봉조, 독립협회 제2대 회장 윤치호, 독립운동가 김진호, 독립운동가 지청천 등이 등재되어 있다. 이승만, 서재필, 주시경은 헐버트와 함께 조선의 개화와 독립을 위해 많은 일을 했다.

2) 우당 이회영기념관

남산 1호 터널 입구, 전 중앙정보부 터에 서울시 소방재난본부가 위치하고 있는데 그 앞쪽 예장공원에 2021년 6월 10일 '이회영기념관'이 개관하였다. 이회영의 6형제들은 모두 독립운동에 투신하였으며, 다섯 형제는 독립운동 과정에서 세상을 떠났고, 다섯째 이시영만 귀국하여 부통령이 된다. 이시영은 이회영의 바로 밑 동생이다.

우당 이회영 연보에는 21세 때인 1888년에 '정부의 고문격인 헐버트와 처음 인사'라고 기록되어 있다. "상동교회 뒷방에는 전덕기 목사를 중심으로 이회영, 이상설, 이준 등 지사들이 수시로 모여 국사를 논하였으며", "이회영과 헐버트의 만남은 1888년 저동에 있는 이상설의 서재에서 이상설, 이회영, 이준, 이시영 등이 정치, 사회, 경제 등을 토론할 때 시작되어 이후 친분을 이어갔다."고 적고 있다. 이처럼 헐버트와 이회영도 이후 독립운동 동지로서 활동하였을 것으로 생각된다.

3) 덕성여대 설립자 차미리사와의 인연

김동진의 ≪헐버트의 꿈 조선은 피어나리!≫에는 "헐버트는 여성들의 꿈을 키우는데도 적극적이었다. 덕성여자대학교 설립자인 차미리사(車美理士)는 남대문 안 감리교 상동교회에 다녔으며, (중략) 차미리사는 헐버트의 도움을 받아 1901년 중국 상하이로, 1905년 미국으로 건너가 공부하였다."고 적고 있다.

덕성여대 홈페이지를 검색해 보았으나 유학 간 사실은 확인되나, '헐버트'의 도움을 받은 사실은 기록되어 있지 않다. 김동진의 책에 기술된 내용은, 1957년 학교법인 덕성학원에서 펴낸 ≪씨 뿌리는 여인 –차미리사의 생애≫라는 자료에서 인용한 것이므로 틀림없는 사실일 것이다. 1955년 설립자 사망 후 발간된 책자로, 이후 단과대학, 야간대학, 주간대학, 주 캠퍼스 건설(도봉구 쌍문동) 등 변화·확장 과정에서 설립자 부분이 고쳐졌을 것이며, 지금 시점에서 '헐버트의 조력 사실 언급'이 그리 중요하지 않다고 판단했을 수도 있다.

오래된 운니동 캠퍼스에 설립자 동상, 기념돌, 연혁비 같은 것이 있느냐고 경비원, 대학홍보실, 박물관 등에 전화로 문의하였으나 모른다고 하면서, 본교의 박물관에 와서 확인해보라는 답변을 들었을 뿐이다.

한국인보다 더 한국을 사랑한 헐버트

열정과 지성, 행동하는 양심으로 한국을 도왔던 헐버트와 달리 독립운동을 방해하거나 한국인을 비하한 미국인도 있었다. '일본의 추천'으로 대한제국의 외교 고문이 되어 일본 편에서 일한 스티븐스(Durham W. Stevens)라는 작자는 헤이그 만국평화회의에 한국 특사들이 들어가지 못하도록 막았고, '한국인 대부분이 일본 통치를 환영하고 있다.'고 발언하여, 이에 분노한 장인환, 전명운이 1908년 3월

23일 샌프란시스코에서 그를 저격하였다.

또 한 사람은 예일대의 래드(George T. Ladd) 교수로 그는 '한국인은 게으르고 신용을 지킬 줄 모르는 사람들'이라고 하거나, '이토 히로부미가 한국을 병합하지 않는다고 선언했다', '을사늑약은 정당한 조약이다'는 등 일본의 한국 보호 통치를 지지하였다.

헐버트가 한국에 머문 기간은 1차 부임 시 5년 반, 2차 부임 시 13년 10개월 도합 19년 4개월 정도다. 그는 '내한 초기 20대에는 한민족의 말·글을 배우고, 30대를 전후해서는 역사·문화를 탐구하고, 40대 이후에는 일본의 침략주의에 맞서 싸우면서 한국의 주권 수호와 독립을 위해 온몸을 바쳤다.' 그는 한국에 있을 때뿐만 아니라 떠난 후에도 평생을 한국과 한국민을 위해 '한국인보다 한국을 더 사랑하였다.'

헐버트는 1909년 12월 한 강연에서 "나는 언제나 한국인들을 위해 싸울 것이다. 그들은 모든 권리와 재산을 빼앗겼다. 나는 죽을 때까지 그들을 대변할 것이다"라면서 한국을 위한 결연한 의지를 밝히기도 하였다.

헐버트 박사의 영원한 안식을 기원한다. 그리고 더 많은 한국인이 헐버트의 행적을 배우고 기리기를 기대한다. 우리 국민 개개인은 미국인 헐버트가 한국을 위해 몸 바쳐 애썼듯이 조국 대한민국의 영광과 발전을 위해 분골쇄신했으면 좋겠다.

시사 평론

권오규 김성진

김용달 문형남

서동원 이상열

이 선 이완구

이병현/이병인*

우리가 지향하는 자본주의

권오규*

자본주의는 나라마다 다 다르다. 우리가 지향하는 자본주의는 어떠한 자본주의가 되어야 할 것인가. 지난 몇 번의 선거에서 경제민주화가 승패를 결정짓는 화두로 등장한 바 있는데 그렇다면 경제민주화가 우리가 지향하는 자본주의일까? '경제'는 돈 1원이 1표가 되는데 '민주'는 사람 하나가 1표가 되는 것이므로 경제민주화는 상호 모순된 것을 한 단어로 만든 셈이다. 우리 헌법 제119조에는 제1항에서 '대한민국의 경제질서는 개인과 기업의 경제상의 자유와 창의를 존중함을 기본으로 한다.'라고 규정함으로써 사유재산제와 자유시장 경제 질서를 기본으로 하면서도 제2항에서 '국가는 균형 있는 국민경제의 성장 및 안정과 적정한 소득의 분배를 유지하고, 시장의 지배와 경제력의 남용을 방지하며, 경제 주체 간의 조화를 통한 경제의 민주화를 위하여 경제에 관한 규제와 조정을 할 수 있다.'라고 규정함으로써 경제민주화를 언급하고 있다. 이에 대한 해석에 대해 헌재 판례는 '자유시장 경제 질서에 수반되는 갖가지 모순을 제거하고 사회복지, 사회 정의를 실현하기 위하여 국가적 규제와 조정을 용인하는 사회적 시장경제

---

* 부총리 겸 재정경제부 장관, 대통령비서실 정책실장,
주 OECD 대사, KAIST 금융전문대학원 교수

질서로서의 성격을 띠고 있다.'고 판시하였다. (헌재 판례 2006년 헌바 112)

그러나 경제민주화가 어떠한 시스템인지에 대해서는 어느 누구도 명확히 언급한 적이 없었다고 생각된다. 판례에서 '사회적 시장경제'라는 언급이 있었던 점에 비추어 아마도 독일식의 사회적 시장경제(Social Market Economy) 시스템을 염두에 둔 것은 아닌지 추측해 볼 수 있다. 독일의 사회적 시장경제는 2차 대전 후 패망한 독일에서 아데나워가 수상으로 재직할 때 경제부 장관인 에르하르트(후일 아데나워의 후임 수상)가 제안한 시스템이다. 영미식의 자유시장경제 원리를 중심으로 하면서도 사회적 약자를 위해 필요한 범위 내에서 국가가 적극적으로 개입하는 것을 추구하는 모델이다. 독일의 사회적 시장경제 모델의 구체적 작동 방식은 대략 세 가지 핵심 요소를 포함하고 있는 듯하다.

첫째는 공동의사결정제도로 기업의 이사회에 노조와 경영진이 50:50으로 참여하는 시스템으로 노조는 기업경영의 정보를 획득함으로써 노사협력을 이끌어내는 장점이 있다는 것이다. 이 방식은 2차 대전 직후 영국이 방산 연계 방지목적으로 루르 지방에 적용하였던 것인데 이를 서독 전역에 채택한 것이다.

둘째는 stakeholder capitalism이다. 이는 주거래은행이 stakeholder 전체의 의견을 반영하여 투표하는 consensus voting, 소수 주주를 대표하여 투표하는 proxy voting, 노조, 경영진, 금융기관, 산별 노련이 정보를 공유하는 시스템, 은행과 기업이 상호이사를 파견하는 interlocking 시스템, 은행이 국가기관에 기업을 대표하여 참석하는 방식을 포함하고 있다.

셋째는 도제식 인력양성 시스템이다. 독일은 초등학교 4년을 마치고 인문계 학교(Gymnasium)와 직업학교 진학을 결정하는데 30%가 인문계, 직업학교가 70%를 차지한다. 최근에는 early selection system에 대한 반발로 이를 60%로 낮추고 중간영역에 어느 쪽으로나 진학할 수 있는 부분을 10% 도입하였다. 직업학교에서는 도제식 인력 훈련시스템을 채택한 바, 점진주의적인 cumulative innovation에 강점이 있다. 즉 기존의 잘 확립된 기술 기반 위에 진입장벽을 쌓기 쉬운 기계, 화학, 자동차 등 medium tech 분야에서 도제식 훈련이 강점을 갖고 있다는 것이다. 반면 게임 체인저로 창조적 파괴를 가져오는 하이텍 분야에서는 약점이 노정되고 있다는 분석이다.

독일식 사회적 시장경제 시스템 중에서 우리가 채택 가능한 것이 있을까? 먼저 강력한 노조가 있는 한국에서 공동의사결정제도를 채택하는 것은 기업인 입장에서 찬성하기 어려울 것이다. stakeholder capitalism 역시 미국식의 stockholder capitalism이 깊숙이 자리잡은 우리에게 잘 작동할 가능성은 적다. 끝으로 초등 4년에 일반계와 직업학교를 나누는 시스템은 더더구나 한국에서 절대로 채택 불가능할 것이다. 결국 독일식 사회적 시장경제모델은 우리에겐 거의 불가능한 모델이라 아니할 수 없다. 심지어 독일 스스로가 사회적 시장경제모델에 근원적 개혁 처방을 내리고 있지 않은가.

이는 통독 이후 2000년대까지 독일 경제가 부진을 면치 못한데 그 원인이 있다. 영국의 Economist 잡지가 독일을 'real sick man of Europe'이라 표현하였다. 그 이유로 먼저 공동의사결정 제도의 한계가 노정되었다는 것이다. 기업의 의사결정(M&A, 해외투자 결정 등 전략적 의사결정)이 지체되고 저실업과 고용증대를 노사 공동의 책임으로 하는 협력적 노사관계가 더 이상 작동하지 않게 되었으며 기업은 해외 이전이나 자동화 등 고용을 줄이는 쪽을 선택하게 되었다. 또 과도한 사회안전망은 고령화의 급속한 진전으로 연금부담, 건강보험 부담, 장기요양보험 부담을 증가시켰으며 여기에 막대한 통독 부담까지 가세함으로써 재정적자를 더욱 확대시켰다.

반면 절반의 부담을 지는 노동자도 생활의 질이 저하되었다. 또 stakeholder capitalism도 globalization으로 인해 주주 중심주의 자본주의에 비해 취약성을 노정하게 되었다. 급속한 기술혁신에 대응이 부족하고 자본시장과 금융기관의 취약성이 노정되어 주주에 대한 책임성, 투명성 부족이 드러나 German discount의 요인이 되기도 하였다. 끝으로 early selection system이 학습 동기 저하, 전체 교육체제의 효율성 저하, 대학까지의 학습 기간 장기화, 높은 탈락률(대학의 탈락률 30% 이상), 직업학교 출신의 대학입학 제한, 대학평가 체제 미비, 대학의 학생선발권, 학생의 학교선택권 미비 등으로 고등교육 체제의 취약성이 노정되었다.

이에 따라 2002년 좌파(사민당, SPD) 슈뢰더 정부는 90년대 이후 지속되어온 대량실업 해소 등을 해결하기 위해 하르츠 위원회를 설치하고 노동시장 개혁방안을 마련하였다. 좌파 정부가 마련한 것이지만 이후 우파 메르켈 정부가 이를 계속 이어받아 하르츠 I, II, III, IV 개혁을 10년 이상 꾸준히 추진해 경쟁력을 회복할 수 있었다. 메르켈 대연정은 좌파의 정책과 우파의 정책을 절묘하게 조합하여 세제개혁, 노동시장 개혁, 연금개혁, 건보개혁, 저출산고령화 대책, 성장과 일자리 확충정책을 성공적으로 추진하였다. 세제개혁의 경우 부가세 인상은 좌파, 실업 보험료 인하는 우파, 고소득자 소득세율 인상은 좌파,

법인세 인하는 우파 등 좌우 조합을 보이고 있다.

결론적으로 독일은 globalization과 노령화(aging)라는 환경변화에 대응하여 사회적 시장경제 체제를 수정하였다. 경쟁력을 잃으면 일자리(성장)와 복지 모두 상실한다는 점을 인식하고 친기업정책과 노동시장 개혁 정책을 추진하였으며 재정의 지속가능성을 중시하는 쪽으로 변신에 성공하였다고 하겠다. 최근에는 수출시장의 지나친 중국 의존, 에너지의 러시아 의존, 내연기관 중심의 자동차산업 의존 등으로 또다시 어려움에 봉착하였다.

그밖에 검토 가능한 자본주의로 스웨덴의 사민주의(social democracy), 영국 신노동당의 제3의 길(the third way), 미국 민주당의 Hamilton report 등을 검토해 볼 수 있는데 어느 경우에든 4차 산업혁명이라는 기술혁신과 aging으로 인해 경제정책에 있어서는 효율성과 경쟁력 요구가 높아질 수밖에 없고 양극화에 따라 사회 정의와 배려를 요구하는 목소리도 커지고 있다는 것이다. 결국 시장과 사회의 균형, 경제 효율을 중시하면서도 사회적 정의와 연대를 함께 고려해야 하는 것이 중요하며 이념에 치우친 좌우 대립보다 어떠한 자본주의가 우리에게 최선이 될 것인지를 생각하는 실용주의적 접근이 중요할 것이다.

우리가 앞으로 경제발전을 어떻게 이룩해 나갈 것인지에 대해 경제발전사적 관점에서 짚어볼 필요가 있다고 생각된다. 경제발전을 가져오는 것은 세 가지 요소에 의해 결정된다고 본다.

첫째, 생산성을 어떻게 올릴 것인가의 문제이다. 생산성은 자본의 양과 노동의 양적 질적 수준, 그리고 자본과 노동의 결합 방식인 총요소생산성에 의존한다. 즉 총요소생산성=f(자본, 노동, 혁신)으로 표시된다. 자본을 늘리는 방법은 규제개혁으로 투자의 물꼬를 트는 것이 핵심이다. 규제개혁을 그동안 열심히 해 왔다고는 하나 인도의 모디 수상이 채택한 정책만큼의 과감한 접근이 필요하다. 모디의 캐치프레이즈는 Make in India, Smart City, Digital India이고 정책 방향은 친기업, 고성장, 민간투자 활성화이다. 외국인 투자유치로 세계 2위의 per capita GDP(2023년 99,000불)를 이룩한 아일랜드의 사례도 참고할 만하다. 노동의 경우 우리는 인구가 줄어드는 단계로 진입하고 있어 이민 문호를 넓히는 양적 확대도 의미가 있겠지만 보다 근원적으로 질적 향상이 핵심이고 이는 결국 교육에 달려 있는 문제라고 하겠다. 예를 들어 교육이 수월성 위주로 진행되는 것도 문제이지만 보편성에 치우칠 경우 하향평준화의 위험이 있으므로 양자 사이에 어떻게 균형을 맞출 것인가가 과제가 될 것이다. 이 점에서 정부의 자립형 사립고 폐지처분을 법원이 무효화시킨 결정은 의미가 크다.

그리고 총요소생산성을 올리는 것이 혁신인데 정부가 추진하고 있는 AI, 빅데이터, 네트워크 등 소위 첨단산업 지원 정책만으로는 한계가 있다. 왜냐하면 혁신경제를 이룩하려면 초등교육부터 혁신 교육시스템이 정착되어야 하기 때문이다. 즉 대학 단계에서 AI 대학원 몇 개 만든다고 혁신경제가 이루어지는 것은 아닐 것이기 때문이다. 이 점에서 스웨덴의 혁신경제를 참조할 필요가 있다. 스웨덴의 혁신경제는 초등교육부터 주입식 교육이 아니라 그룹으로 아이디어를 창조하고 문제를 해결하는 능력, 현실을 파악하고 보완해 나가는 능력, 창업가 정신의 함양, 아이디어를 사업화시키는 인큐베이팅 시스템, 사회안전망의 확립을 통해 실패해도 다시 일어설 수 있는 시스템 등을 갖추고 있어서 가능했다고 생각된다. 우리나라의 초저출산 문제의 원인 중 하나가 자녀들의 학교생활이 세계에서 가장 불행한 나라로 꼽히는 데 있다고 본다면 초중고 학생의 행복도가 세계 1위인 네델란드의 교육시스템도 참고할 만하다고 생각된다.

둘째, 창조적 파괴가 가능하도록 해야 한다. 지난 1-3차 산업혁명 때처럼 지금 4차 산업혁명이 진행 중인데 이 과정에서 모든 경제활동의 프레임이 뒤엎어지고 생산성의 돌풍을 가져오게 된다. 이러한 창조적 파괴가 경제를 이끌어 갈 수 있도록 하려면 무엇보다도 재산권의 확고한 보장과 계약이 강제될 수 있는 시스템이 확립되어야 한다. 한때 비난받았던 '빨리빨리' 문화가 우리의 앞선 IT 혁명을 이끌어낸 원동력이 되었듯이 한국은 창조적 파괴를 만들어 낼 가능성이 높은 나라이다. 이를 더욱 고취하기 위해서는 창업을 하고 돈을 버는 것이 사회적으로 높은 평가를 받는 문화가 필요한데 역으로 잘 산다고 재산권을 소급적으로 제약한다든지 정부 정책을 계속 바꾸어 신뢰성을 잃게 하는 것은 우려할 만한 일이다.

셋째, 창조적 파괴는 승패 우열을 초래하고 이로 인해 도덕적 분노와 저항을 불러오게 된다. 이는 프랑스의 노랑조끼 운동 등 세계적으로 공통적으로 나타나는 현상이다. 정치체제가 이를 잘 조정할 수 있어야 하는데 포퓰리즘으로 이를 조장하거나 경제원리에 어긋나는 방향으로 가게 된다면 지속적 경제발전을 이룩하기 어렵게 된다. 미국이 오늘날과 같이 세계 최고의 선진국으로 올라서게 된 것은 미국 건국의 초석을 놓은 국부들이 시민에게 빼앗을 수 없는 권리를 부여하고 정치 권력을 제한함으로써 정치적 간섭으로부터 경제를 보호할 수 있었기 때문이다.

결국 문제는 정치체제로 귀결되는데 과연 4차 산업혁명과 기후변화

대응, 잠재 성장률 하락과 aging 및 양극화, 신냉전체제와 한반도를 둘러싼 geopolitics의 급변 상황에 대처하여 우리나라의 역동성을 지속적으로 살려 나갈 수 있을 것인가가 관건이 될 것이다. 윤 정부가 제시한 연금개혁, 교육개혁, 노동개혁의 3대 과제는 이점에서 잘 선택된 핵심 과제임에 틀림이 없으나 연금개혁안을 20개 이상 제시한다든지 노랑봉투법에 거부권을 행사하는 수준의 노동개혁이라면 심각한 여소야대 여건하에서 과연 개혁을 추진할 수 있는 동력이 있는지 의구심을 불러일으킨다고 할 것이다.

한국의 복지와 재정건전성

김성진*

1. 서론

경제란 나라를 다스리고 백성을 구제하는 일이다. 국민이 잘살게 하고 삶의 질을 더 높게 올리는 일은 복지정책이다. 복지란 좋은 건강, 윤택한 생활, 안락한 환경들이 어우러져 행복을 누릴 수 있는 상태를 말한다. 한편 과도한 복지는 국민의 근로의욕을 저하하고 저소득층의 의타심을 조장한다. 소위 '복지병'의 부작용을 완화하기 위하여 '생산적 복지'라는 개념이 도입되고 복지의 새로운 논의가 주목을 받게 되었다. 사회복지의 시행은 재정과 국민의 부담을 가중한다. 즉 경제학에서 "공짜 점심은 없다"라는 평범한 진리가 적용된다. 증가하는 복지지출은 재정 운용상 태풍의 눈이며 재원 조달방안은 가장 핵심적인 요소이다. 증세 없는 복지, 즉 아무도 비용을 부담하지 않는 복지란 실현 가능성이 없다는 것이 인류의 공통된 인식이다.

우리의 경제 사회적 여건을 고려할 때 복지지출은 빠르게 증가할 것으로 예상된다. 중장기적으로 저출산, 고령화를 비롯한 미래 사회

---

* 전 해양수산부장관, 중소기업청장, 국립 한경대학교 총장
서울대 경제학부 초빙교수

의 위험에 대비하여 지속 가능한 복지제도를 확충하지 못한다면 재정 건전성도 위협받고 성장 활력도 저하되는 악순환이 발생할 우려가 크다. 미래 글로벌 트렌드에 비추어 볼 때 저출산–고령화로 대표되는 인구구조의 변화는 성장, 복지, 재정건전성 등을 위협한다. 적절한 대책을 마련하지 못하면 미래의 모습은 끔찍하다. 지금부터 잘 대비하면 위기를 기회로 바꿀 가능성은 크게 열려 있다.

본고에서는 '향후의 복지 지출수요에 대비하여 어떻게 재정건전성을 조화롭게 유지할 수 있을까?'에 초점을 맞추어 적절한 정책 대안을 모색해 보려고 한다.

먼저, 재정의 역할에 대한 전통적인 견해를 살펴보고, 시대별 우리나라 재정 운용 기조, 재정의 현황, 특징 및 재원 배분의 중점을 조망한다.

두 번째 아직 우리의 복지재정은 저부담–저복지 수준에 머물고 있으나, 앞으로 고부담–고복지 수준으로 변화해나갈 것임을 파악한다. 이 과정에서 우리 재정이 맞닥뜨리게 될 위험요인을 살펴보고, 재정의 지속가능성을 확보하기 위한 복지정책 방향을 살펴본다.

세 번째 우리 재정이 처해 있는 중장기적 구조와 위험요인을 중점적으로 살펴본다. 경제성장의 둔화, 저출산–고령화 및 통일과 사회구조적 측면까지 확장하여 재정 여건을 파악한다.

네 번째 이러한 여건을 바탕으로 재정의 본래 기능을 강화하고 복지지출도 지속으로 확대하면서 재정건전성을 유지할 수 있는 당면 추진 과제들을 살펴본다. '선택과 집중'이라는 전략적인 재원 배분과 함께 '세입 확충 대책', '전면적 재정지출 혁신'을 검토해본다.

마지막 정책제언으로서 복지확충 및 재정건전성이라는 두 마리 토끼를 동시에 잡아야 하는 현실과 전망 속에서 가장 필요한 것은 무엇인지 살펴본다. 이를 위해 부가가치세율의 인상 및 세출 구조조정뿐 아니라 재정 운용에 대한 국민적 합의가 필수적임을 제언한다.

2. 우리 재정의 현황과 특징

재정의 역할은 시대에 따라 변천을 거듭해왔다. 지난 60년 동안 산업화와 민주화를 거치는 과정에서 재정 운용 기조는 시대 상황에 맞추어 다양하게 발전하였다. 재정 운영의 흐름을 살펴보면 국가안보, 경제개발, 경제 안정화, 세계화와 위기 대응, 선진화와 복지확충으로 대별 할 수 있다. 이러한 흐름은 선진형 구조의 발전 형태라고 볼 수 있는데, 재원 배분의 중점이 국방에서 경제발전 그리고 복지 분야로 변천하였음을 알 수 있다.

3. 복지재정의 과제

세계 11위의 경제 강국 대한민국이지만 복지 부문에서는 OECD 국가 중 하위권을 면하지 못하고 있다. 이미 2006년 국가 장기발전계획인 '비전 2030'에서 복지지출 확대 계획을 발표하였다. 그러나 아직도 복지안전망이 부족하고 총체적인 복지 수준은 선진국에 비교해 상당히 미흡한 실정이다. 앞으로 소득수준이 더 높아지더라도 소득격차가 줄어든다는 보장은 없다. 또한 저출산, 고령화로 생산가능 인구는 줄어들고 복지 수혜 세대는 증가하면서 최근 복지지출은 빠른 속도의 증가추세를 보인다. 전반적으로 복지정책을 확대해야 하지만 장기적인 재정의 건전성 확보와 복지재정의 지속가능성에 대한 우려도 제기된다.

현재 우리의 복지 유형은 저 부담-저 복지의 수준에 머물고 있다. 복지재정 지출 규모는 어느 수준에 이르며, 저성장, 저출산, 고령화가 지속되는 경우 재정에 미치는 영향은 어떠하며 무슨 대책이 필요할 것인가? 적절한 복지지출 수준과 함께 재원 마련을 위한 대안을 모색하고 국민적 동의를 얻을 수 있는 지혜를 모아야만 한다. 복지지출의 증대에는 반드시 부담의 증가도 동시에 이루어져야 한다는 인식의 확산이 중요하다. 또한 정부의 투명성과 신뢰의 확보가 우선되어야만 할 것이다.

3.1 복지지출 전망

중장기 복지재정 지출 규모에 대한 전망을 살펴보면, 먼저 한국보건사회연구원(2014)의 사회보장지출 추계에 의하면 2013년 GDP 대비 9.8%에서 급격하게 증가하여 2045년에는 2009년 OECD 평균 수준인 22.1%를 넘어 2060년에는 GDP 대비 27.8%까지 증가할 전망이다. 한편 기획재정부는 2016~2060 장기 전망에서 총지출 대비 복지지출 비율은 2016년 31.8%에서, 2060년에는 48.3%로 전망하였다. 2016년부터 2060년까지 연평균 증가율은 5.4%로, 같은 기간 동안 총수입 증가율 3.8%, 총지출 증가율 4.4%를 뛰어넘을 것으로 예측하였다.

또한 사회보장위원회의 「중장기 사회보장 재정추계」에 따르면 공공사회복지 지출은 2015년 GDP의 10.6%에서 2060년에는 25.8%로 2.4배 증가하고, 2040년대 중반에는 2011년 OECD 평균인 21.4%에

도달할 전망이다. 가장 최근 한국경제연구원은 우리나라 GDP 대비 복지지출 비중은 2020년 13.1%에서 2030년 20.4%를 넘어 2060년에는 33.7%까지 높아질 것으로 추정했다.

3.2 향후 복지재정의 위험요인

향후 복지지출과 관련된 위험요인은 크게 구조적이고 자연적인 측면과 관리적인 측면으로 나누어 볼 수 있다. 먼저 구조적인 측면에서, 잠재 빈곤층의 증가 및 고령화와 더불어 노인 관련 복지지출 규모의 빠른 증가가 예상된다. 다음 관리적인 측면에서 복지행정과 전달체계의 효율성 향상을 위한 제도 개선 방안이 마련되어야 한다. 무상복지는 서비스가 공짜라는 인식을 확산시켜 과다 서비스 이용을 유발하고 행정 비용도 증가시킨다. 한편, 복지재정의 누수 현상도 심각한 문제로 제기된다. 수급자의 선정 및 관리 미흡, 허위 신고와 부정 수급 등 재정 누수가 발생한다. 보험료를 내지 않고 버티며 징수권 소멸을 악용하는 도덕적 해이 사례도 빈번하다. 아울러 복지지출은 소득재분배 효과가 큰 사회복지서비스 분야에 집중투자 해야 한다. 서비스의 수혜자에게 일차 혜택이 가지만 서비스 제공자에게는 일자리가 제공되고, 서비스 대상자의 가족에게는 경제활동의 기회가 제공된다는 점에서 일석삼조의 효과가 있다.

3.3 복지재정의 지속가능성 확보

복지 시책과 복지재정은 한번 지출되면 중단하거나 축소하기가 거의 불가능한 속성(불가역성)을 지니고 있어 지출의 지속가능성 여부가 핵심적 과제이다. 복지재정의 지속가능성을 확보하기 위해서는 중장기 계획과 전망을 근거로 재원 조달방안을 마련하여야 한다. 지출의 증가가 지속되는 경우 국가채무는 급속히 증가할 것이다. 재정건전성을 유지하려면 증세를 포함한 적정 수준의 조세부담 등 세입 확보 대책이 요구된다. 4대 보험도 보험 확대에 부응하면서 보험재정의 건전성을 유지하기 위해 보험료 인상을 포함한 총괄적인 검토가 필요하다.

3.4 향후의 복지정책 방향

우선 복지지출에 대한 인식의 전환이 필요하다. 시혜적, 낭비적 지출이라는 단선적인 시각을 벗어나 사회투자로 인식해야 경제성장과 복지의 상호 관계를 올바로 파악할 수 있다.

두 번째, 인구구조, 저출산, 고령화, 성장률 저하 등 경제 사회적 요인을 반영한 중장기 대책 마련하고, 중 부담 – 중 복지로 정책 기조를 바꾸고 재정의 지속가능성도 확보해야 한다.

세 번째, 복지제도는 크게 공공부조 – 사회보험 – 사회서비스로 분류된다. 공공부조는 사회공동체가 최소한의 존재의의를 확보하기 위한 기본적인 복지제도이다. 최저 보장선은 국민경제 발전단계에 맞추어 조정하며, 공공부조 사각지대를 해소하기 위하여 부양의무자 기준을 여건 변화에 맞추어 축소, 폐지해야 한다. 사회보험의 보장 수준을 높여 연금은 연금답게 기능하고, 의료비 부담에 대한 걱정이 낮아져야 소비를 활성화하고 경제활동에 적극 참여 한다. 보험 재정의 지속가능성을 확보하기 위하여 적정 수준의 보험료 인상이 병행되어야 한다. 사회서비스가 건전하고 질 높은 일자리가 되기 위해 사회서비스의 임금도 높아야 한다.

네 번째, 보편적 복지와 선별적 복지가 조화를 이루는 것이다. 무상

보육, 교육 등 보편적 복지 영역과 기초생활보장 등 선별적 복지 영역을 구분하여 양자가 조화를 이루는 제도를 설계하여 동행이 가능한 복지 기반을 구축해야 한다.

다섯 번째, 복지재정의 누수를 최소화하고 효율성을 높여야 한다. 복지 전달체계의 체감도를 개선하고 통합 관리망을 강화하여 중복수혜와 사각지대를 최소화하는 방안도 강구 한다.

여섯 번째, 복지지원 기준을 단순화하고 민간투자를 유인하기 위한 여건을 조성한다. 현재 복지 지원기준이 복잡한 제도를 단순화하고 복지 분야 기부 활성화 방안도 마련하여야 한다.

아울러 복지를 위해서는 모든 경제사회 정책이 융합적으로 이루어져야 한다. 예를 들어, 비정규직 문제의 해결과 일자리 확충 등 관련 정책을 확대하고, 예방적 투자도 중요한 복지이다. 특히 소상공인의 특성을 고려한 적극적인 소상공인 대책이야말로 가장 근원적인 서민복지 대책이 된다. 소상공인 정책은 큰 틀에서 복지정책으로 접근하는 생각의 전환이 필요하다.

4. 재정의 중장기 여건

중장기적으로 재정이 처해 있는 구조와 위험요인에 대한 명확한 인식이 필요하다. 재정의 구조적인 위험요인은 경제성장률 저하, 저출산, 고령화, 신규 복지지출 급증, 재정건전성 악화, 통일 대비 비용, 포퓰리즘의 가속화로 대별 해 볼 수 있다. 우리의 보편적 정서를 고려하면 신규복지지출은 증가하고 한번 도입된 복지제도는 후퇴 불가능할 뿐만 아니라 실업, 빈곤, 장애, 질병, 노령 등 구시대 위험에 대비하기 위한 선진형 복지지출도 증가할 것이다. 최근 국가채무 증가와 재정수지의 악화는 반복되는 양상을 보인다. 2013년 이후 재정적자와 국가채무 증가 속도는 빠르게 진행되어 각별한 주의가 필요하다. 그러나 상대적으로 국가채무 비율이 낮다는 착시 현상에 빠져 '상당 기간 국가채무가 조금씩 증가해도 될 것이다'라는 유혹은 아주 위험하다. Pork-barrel, Log-rolling, 떼쓰기의 심화와 같은 전형적인 포퓰리즘 현상도 위험하다. 특정 이익에 영합하여 국가 차원에서 우선순위 설정을 어렵게 하고, 개혁과제를 지연시키고, 고통 분담이 요구되는 상황에서도 허리띠 졸라매기를 주저하게 만드는 요인으로 작용한다.

5. 우리 재정의 과제 : 복지와 건전성의 조화

5.1 재정 본연의 역할: 경기 대응 역할과 재정건전성 유지의 조화

'재정 본연의 기능과 경기 대응 역할'을 착실하게 수행하면서 중장기적으로는 '재정건전성의 유지'도 놓칠 수 없는 중요 과제이다. 재정건전성을 유지하고 장기적으로 균형재정을 운영하여야 경제성장 및 안정에 도움이 되고 정부의 위기 대처 능력을 키울 수 있기 때문이다. 재정건전성이 훼손되면 한 세대의 문제로 그치지 않고 다음 세대로 이어지기 때문에 세대 간 수혜와 비용 분담의 측면에서도 건전성을 유지하는 게 중요하다. 재정의 지속가능성은 장기적 재정수지와 국가채무의 관계로부터 검정 가능하므로 이 문제를 충분히 고려해야 한다.

5.2 전략적인 재원 배분

명확한 비전과 정책을 수립하고 이에 기초한 투자 우선순위가 설정되고 전략적 재원 배분이 이루어져야 한다. 시급하면서 중장기 미래와 관련된 곳에 집중하기 위한 선택과 집중이 필수이다. 사회 분야에 재원 배분을 증대시키고 경제 분야는 감축 및 전략적 배분이 필요하다.

5.3 세입 확충 대책

복지재원 조달과 관련하여 많은 연구와 정책 대안이 제시되었다. 무엇보다 증세만큼 어렵고 위험부담이 큰 정책도 찾아보기 쉽지 않다. 가장 이상적인 대답은 국민 모두 능력에 따라 조금씩이라도 부담해야 한다는 소위 십시일반의 보편적 증세이다. '낮은 세율, 넓은 세원' 원칙에 따라 보편적 공평과세가 되도록 조정해야 한다. 우선 세부담 여력이 있고 공평하게 받아들이기 쉬운 소득세의 누진 체계를 세분화하고 종합소득 세제를 확립한다. 그리고 간접세가 지닌 역진성을 완화하여 소비세의 세원 확충 노력도 필요하다, 특히 부가가치세율 인상에 대한 국민적 동의를 구해야 한다. 최광(2013)이 제시한 재원 조달방안을 재정리해 보았다.

총론 측면에서 OECD 평균 수준에 훨씬 못 미치는 조세 부담률을 높여야 한다. 현재 19.6% 수준에서 OECD 평균인 25%를 향해 최소 22%를 목표로 매년 0.1%p 라도 높여야 한다.

첫째, 개인소득세를 강화하고 금융소득 과세의 개선이 필요하다. 또한 면세범위가 너무 넓고 실효 과세율이 낮으므로 현행 면세범위를 조정하여 소액이라도 세금을 내는 보편적 담세 체계를 확립한다. 물가 연동 세제 도입 등 실효 과세율 조정방안도 검토 과제이다. 돈을 버는 만큼 세금을 더 내도록 과표를 세분화한다. 아울러 근로·이자·배당·임대·양도·상속 등 소득을 종합 과세표준에 넣고, 각종 공제와 비용·자본손실을 제외한 소득에 대해 누진과세 한다.

둘째, 최근 법인소득 비중은 늘어나고 개인소득 비중은 줄어들고 있다. 법인소득과 개인소득의 균형도 필요하나 시장분배 후 법인 과세의 강화를 통해서 사후 조정도 이루어져야 한다.

셋째, 재산 세제를 합리화하고 부동산 보유과세를 강화하여 이전과세와 보유과세의 불균형, 보유 자산간 불균형을 조정하여 보유 행태를 건전하게 유도하고 세입도 증대할 수 있다.

넷째, 소득수준 향상, 소비 형태 변화 및 디지털 경제 등 환경변화에 부응하여 부가가치세를 포함한 소비세의 개선방안도 검토한다. 부가세 세율은 1977년 도입된 후 10%가 유지되고, OECD 평균 대비 상당히 낮으므로 인상 여력이 있다. 물론 조세저항이 크고 소득재분배에 역행한다는 주장도 있지만, 광범위한 분포와 세수 증대 효과 등을 고려 세율 인상이 필요하다.

마지막으로, 세수 증대와 복지지출을 연동하는 목적세로서 '사회복지세' 도입이다. 민주정책연구원(2014)과 오건호(2015)는 소득, 법인, 상속증여, 종합부동산세 등에 10~30%의 누진세율을 적용하는 증세 방식의 '시민 참여 누진 복지 증세' 도입을 제안하였다.

이러한 세수 확보 노력과 더불어 건강보험, 국민연금 등 사회보험도 적정부담 – 적정급여체계로 전환과 사회보험료 인상이 불가피하다. 아울러 정부 보유주식 매각, 국유자산 처분 및 임대 등 세외수입의 증대 노력도 지속되어야 한다.

세출 조정도 동시에 이뤄져야 한다. 세출예산 동결을 포함한 제로베이스 예산과 함께 재량적 지출만 억제해도 상당한 재원이 확보될 수 있다. 민간의 영역에 맡길 수 있는 분야는 과감히 이양하고 규제 완화를 통하여 민간투자를 활성화하면서, 재정은 마중물 역할을 맡아야 한다. 또한 중앙 – 지방정부의 제자리 찾기도 중요하다. 실례로 현

<table>
<tr><td rowspan="10">세입
증대</td><td rowspan="5">1) 조세
확보</td><td>▪ 기존 조세의 세원 확대 및 강화</td><td>i) 개인소득세 강화
ii) 재산세제 합리화와 부동산 보유과세 강화
iii)부가가치세 세율 인상과 매입자 납부제도 도입
iv)외부불경제 유발 재화에 대한 개별소비세 강화
v) 금융소득 과세 강화
vi) 법인세율조정</td></tr>
<tr><td colspan="2">▪ 새로운 세목의 신설 (목적세)</td></tr>
<tr><td colspan="2">▪ 조세지출(조세감면)의 축소</td></tr>
<tr><td colspan="2">▪ 지하경제 양성화</td></tr>
<tr><td colspan="2">▪ 조세 행정 효율성 증대</td></tr>
<tr><td rowspan="5">2) 기타
세외
수입
확보</td><td colspan="2">▪ 공기업 및 정부 서비스 민영화</td></tr>
<tr><td colspan="2">▪ 정부 보유 자산의 매각</td></tr>
<tr><td colspan="2">▪ 각종 부담금과 보험료 인상</td></tr>
<tr><td colspan="2">▪ 수익자부담 확대</td></tr>
<tr><td colspan="2">▪ 사회보험료 인상</td></tr>
<tr><td colspan="2" rowspan="7">세출조정</td><td colspan="2">▪ 세출 구조의 조정</td></tr>
<tr><td colspan="2">▪ 공공자금의 활용</td></tr>
<tr><td colspan="2">▪ 예산제도 밖에서 운영되는 자금을 제도 내로의 흡수</td></tr>
<tr><td colspan="2">▪ 재정의 효율적 운영과 재원 절약</td></tr>
<tr><td colspan="2">▪ 재정투융자 관련 자금의 자체 조달을 통한 재정의존 감축</td></tr>
<tr><td colspan="2">▪ 민간부문과 지방정부의 기능 확대</td></tr>
<tr><td colspan="2">▪ 세출예산의 동결</td></tr>
<tr><td colspan="2">차입</td><td colspan="2">▪ 국공채 발행</td></tr>
</table>

자료: 최광(2013)을 기초로 재정리

행 지방교부세 구조와 각종 보조금 지원에 대한 전반적인 재검토가 필요하다. 중앙정부와 지방정부, 지방 교육재정, 공공기관을 망라한 전체 공공부문의 재원 배분을 포괄하는 국가 계획을 작성해야 한다.

또한, 진정한 지방자치의 실현을 위해서는 교육자치도 지방자치에 통합되어야 교육자치가 핵심 과제로 되고, 늘어나는 노령인구와 줄어드는 학령인구 간의 불균형과 재원 투입 문제도 해결할 수 있다. 이러한 재정지출 혁신을 위한 제도적인 장치로는 두 가지를 생각해 볼 수 있다. 먼저 1982~84년의 예산동결, 일반회계의 흑자 달성에 비견되는 제2차 재정개혁도 고려해 볼 수 있다. 이 과정에서 학자, 전/현직 공무원 등 전문성과 현장 경험을 갖춘 전문가로 예산검토위원회(가칭)를 설치할 수 있다.

한편, 지출구조조정은 양적인 구조조정과 질적인 지출혁신으로 구분된다. 양적 조정은 지출 규모를 줄이는 것이다. 사업평가 결과 미흡한 사업, 부진사업, 민간에서 충분히 수행 가능한 사업 등이 대상이다. 질적인 지출혁신도 중요하다. 똑같은 재정투입으로 전달체계의 개선, 규제 완화, 금융투자 등 다른 투자수단의 발굴, 재정투입 방식의 변경을 통해 질적으로 더 나은 결과를 얻는다.

다음, 명시적인 재정 준칙의 도입이다. 재정 준칙은 강제성을 부여하기 때문에 재정건전성 유지에 큰 도움이 된다. 미국의 경우 예산 집행법(1990)을 통해 지출 상한선과 PAYGO 제도를 도입한 이후 1992년부터 재정적자가 급속히 개선되었다.

5.4 사회보험을 포함한 복지지출의 개혁

앞서 3.1절에 언급한 대로 사회보장위원회의 재정추계 (2015~2060)

에 따르면 공공사회복지 지출 규모는 2060년 GDP의 25.8%, 2040년대 중반에는 21.4%로 늘어나 2011년 기준 OECD 평균 수준에 이를 전망이다. 사회보장의 구성면에서 사회보험 분야의 비중은 21.6%로 공공사회복지 지출의 84%를 차지하게 된다. 또한 노령, 유족, 근로무능력, 보건, 실업, 주거 등 구 사회적 위험 지출이 전체의 94.1%를 차지하게 되어, 공공사회복지 지출구조의 불균형 해소를 위해 적극적 노동시장 프로그램과 가족 영역에 대한 지출 확대 등 신 사회적 위험에 대응해야 한다. 아울러 생산적 복지, 일하는 복지, 맞춤형복지의 일관된 흐름을 유지하고, 새로운 제도 도입 시 경제와 근로의욕에 미치는 영향도 점검하여 부작용을 최소화하여야 한다.

5.5 개혁 장애요인의 극복

대부분의 사회 구성원과 이해관계 집단은 총론적인 개혁의 명분에 찬성하나 집행단계에 가면 각 주체의 이해 상충으로 한 발짝 움직이기도 쉽지 않은 게 현실적 어려움이다. 재정개혁 성과를 내기 위해서 정부 각 부처의 이해와 수용, 국민과의 소통과 공감, 정치권과 국회의 협조가 절실하며, 국민적인 관심과 동의(national consensus)가 반드시 이루어져야 한다.

6. 정책제언 : 복지와 재정건전성을 유지하기 위한 세 가지 정책제언

6.1 부가가치세 세율 인상

오래전부터 부가세 인상에 관한 연구가 있었지만, 조세저항 때문에 실행에 옮기지 못했다. 최근 서유럽을 중심으로 재정건전성과 복지재원 확충을 위해 부가 세율을 인상하고 있다. 논의의 핵심은 현행 10% 세율을 12%에서 15% 수준으로 인상하자는 주장으로 요약할 수 있다.

먼저 성명재(2011, 2012)는 현재까지 10%의 단일 세율을 유지하는 이유는 물가상승과 세 부담의 역진성이라는 막연한 우려 때문이라고 진단하였다. 세율 인상은 추가 재원의 지출 효과를 고려하면 소득분배에 부정적이지 않은 것으로 분석하였다. 복지 수요 급증에 대응하여 부가가치세율 조정 문제를 중장기적 관점에서 검토할 필요성을 강조하였다.

두 번째 강봉균(2012)은 복지재원 확충을 위한 가장 확실한 방안은 부가가치세율을 10%에서 12%로 인상해야 한다는 의견을 제시하였다.

세 번째 OECD(2012)에서도 한국의 부가가치세율은 OECD 평균인 18%에 미치지 못하는 수준이며, 부가가치세의 세수를 증가시키면서 근로장려세제(EITC)와 같은 효율적인 재정지출을 통한 소득분배의 목적을 달성하는 것이 최선이라는 의견을 제시하였다.

네 번째 최광(2013)은 국민의 동의만 얻으면 부가가치세 세율을 현재의 10%에서 12%로 인상할 수 있다고 주장하였다. 부가가치세의 세율 2%p 인상으로 10조 원, 매입자 납부제도의 도입으로 5~7조 원이 증수되면 연간 15~17조 원씩 추가 조달이 가능하다고 보았다.

다섯 번째 김승래(2014)는 산업연관표의 업종별 기준으로 우리나라의 소득 계층별 면세범위의 조정 및 VAT 세율 인상의 세 부담 규모, 소비지출 대비 비중, GINI 계수 등에 미치는 파급효과를 분석한 결과 고소득층에게 더 많은 VAT 인상의 부담이 누진적으로 귀착되고, 세율 2%p 인상 시 소득분배의 악화 효과는 극히 미미한 것으로 분석하였다.

가장 최근 변양균(2017)은 부가가치세율 5%p 인상 방안을 제시하였다. 부가가치세 세율 인상 시 논란이 되는 소득 역진성 문제는 증가하는 재원을 실업 지원, 서민 주거, 교육, 보육 지원 등에 사용하면 소득재분배 효과를 거둘 수 있다고 주장하였다. 특히 그는 물가가 안정된 현재 시점이 부가가치세율 인상의 적기임을 강조하였다.

부가가치세율 인상에 따른 세수 증대로 재원을 소득재분배 효과가 큰 분야에 집중배분 하면 역진성 문제도 완화할 수 있다. 세계 최고 수준의 전산시스템과 인력 확충으로 세무 행정의 편의성과 효율성이 향상되었다. 우선 부가가치세율을 12%로 인상하는 방안을 강력히 제안한다. 2%p 인상하되 1%p 만큼씩 중앙과 지방이 나누어 복지재원에 충당하는 배분 방식도 검토할 수 있다. 세율을 인상하되 단계적으로 시간을 가지고 추진해야 한다. 세율 인상을 사전 예고하는 형식을 활용하면 투명성도 높이고 국민적 동의도 얻기 쉬울 것이다. 예를 들어, 2060년 15%를 목표로 2021년 12%, 2030년 13%, 2045년 14%와 같은 방식을 고려할 수 있다.

6.2 세출 구조조정

세수 증대와 더불어 세출 조정이 동시에 이루어져야 한다. 오랜 기간 답습하던 예산편성, 집행 방식을 과감히 벗어나야 한다. 대표적인 사례로 농정과 교육 분야를 들 수 있다. 전국의 초중고 교육예산의 대부분은 지방 교육재정 교부금이며 내국세의 20.27%가 지원된다. 학생 수는 해마다 줄어드는데 교부금은 GDP가 증가함에 따라 매년 늘어난다. 한편 쌀 소비는 급격히 감소하는데 쌀 생산은 줄지 않고 재고량은 계속 늘어 재고 비용으로 연간 6,000억 원 이상 소요된다. 쌀이 남아도는데도 쌀 생산 농가에 막대한 보조금을 준다. 또한 여러 부처의 유사 사업도 구조를 재편해야 한다. 대학창업 지원사업인 중기부의 창업선도대학 사업, 교육부의 산학협력 고도화 사업, 미래부의 기술창업 중심대학 사업 등이 대표 사례이다. 철저한 영점기준에 따라 세출 구조를 조정하고 재원을 복지 분야로 전환한다. 실례로 객관적인 세출 조정 위원회(가칭)를 만들어 20년 이상 계속된 모든 재정사업을 재검토하여 지속 여부, 적정규모, 유사 사업간 통폐합 등을 결정해야 한다. 1984년에는 예산동결, 실질적으로는 마이너스 예산을 편성하여 경제 안정화에 크게 도움이 된 경험도 있다. 제2의 재정개혁에 착수할 적기이다.

6.3 국민적 합의의 도출

복지재원을 확보하기 위해서는 세 부담과 지출의 공평성을 확보하고 담세자이면서 수혜자인 국민으로부터 정부의 신뢰를 쌓아야 한다. 행정부는 정책대안을 제시하고 국회가 주도하여 최선의 합의된 결과를 만들 수 있다면 가장 바람직하다. 인내심을 가지고 국가 천년대계를 수립하는 사명감으로 임해야 한다. 정파와 이념을 넘어 과학적 근거와 합리성의 바탕 위에서 텅 빈 마음으로 멀리 보고 차근차근 다가가면 반드시 이루어진다는 신념이 필수적이다.

가장 모범적인 사례로 독일의 경제전문가협의회(German Council of Economic Experts: GCEE)가 있다. 오랜 전통과 권위를 지닌 독일이 자랑하는 이 기구는 '다섯 명의 현자(Funf Wirtsschsweisen) 또는 Wisemen Group'이라 불린다. 우리도 독립 자문기구로 국민이 신뢰하고 존경하는 전문가들이 참여하여 복지재원 조달에 지혜를 모으고 정책을 마련해야 한다. 복지확충과 재정의 건전성을 조화시킬 수 있는 중장기 대책을 수립하기 위하여 독일의 경제전문가협의회와 유사한 독립적인 임시 특별기구(가칭, 복지재정위원회)를 설치할 것을 제안한다. 동 위원회의 실무 조직으로 세출 및 세입 조정 소위원회를 구성하여 세입 증대 및 세출 조정방안과 연차별 추진 일정을 제시하여야 한다. 동 위원회의 운영에 국회가 중심적인 역할을 맡는다면 계획의 실행 가능성을 한층 더 높일 수 있다. 시기는 빠를수록 좋고 정치적 이해관계와는 무관하게 독립적으로 운영되고 국민적 합의를 전제로 한 결과물을 만들어 내어야 한다.

7. 결론

영국 계몽주의 철학자 존 로크(John Locke)는 통치론에서 "국가권력은 국민의 평화와 안전, 공공의 복지 외 다른 목적을 위해 사용되지 않아야 한다"라고 설파하였다. 복지지출은 거시경제 측면에서 단기적으로 부족한 수요를 보완하고, 중장기적으로 생산성 향상을 통하여 성장잠재력을 확충한다. 모든 사회 현상과 역사의 흐름이 개인과 공동체 간의 상호작용의 결과로 본다면 복지지출은 둘 사이를 매개하는 역할을 한다. 복지지출은 개인의 자유와 창의를 억압하지 않으면서 공동체와 공공선을 강화하는 쪽으로 작동하여야 한다.

복지지출과 관련하여 크게 두 가지 트라이앵글이 얘기된다. 첫 번째는 성장과 복지, 고용의 트라이앵글이다. 성장의 과실이 복지와 고용의 증대로 나타나고, 늘어난 복지와 고용이 성장을 견인할 수 있어야 한다. 복지를 설계할 때는 항상 이 트라이앵글을 염두에 두어야 한다. 다음으로 복지지출의 규모와 조세부담, 국가채무의 트라이앵글이다. 복지지출 규모가 늘어나면 조세와 국가채무 부담이 늘어나고, 부담 여력이 커지면 복지지출을 더 많이 할 수 있다. 첫 번째 트라이앵글과 두 번째 트라이앵글의 정상적 기능을 위한 중요한 열쇠는 사회적인 합의이다. 한편으로는 개인의 자유와 창의를 존중하고 다른 한편으로는 공동체와 공공선의 가치를 존중하는 건전한 개인들 간의 사회적인 합의와 타협이 문제를 푸는 열쇠이다. 이 과정에서 참여자 모두가 기득권을 내려놓을 수 있는 열린 자세가 반드시 요구된다.

최근 재정 운용을 둘러싸고 몇 가지 주목할 만한 변화가 일어나고 있다. 먼저, 경제정책 운용의 패러다임 변화가 시도되고 있다. 혁신성장, 공정경제가 키워드로 강조되었다. 아울러 기초연금 확대, 아동수당 도입, 건강보험 확충, 치매국가책임제 등 굵직한 복지정책이 발표되었다. 중앙과 지방의 기능과 조세 구조 개편을 위한 재정 분권도 논의되고 있다. 다행스럽게 2015년부터 2017년까지 3년 연속으로 세수 실적이 세입예산을 초과할 것으로 전망된다.

결론적으로 미리 정해진 정답은 어디에도 없다. 복지지출, 조세부담, 국가채무의 트라이앵글에 슬기로운 해답을 내놓기 위해서는 중장기적인 시각에서 경제사회 구조와 세입, 세출 구조의 변화추이를 냉정하게 점검해보는 작업이 최우선이다. 이를 토대로 가능한 대안에 대한 객관적인 분석을 들고 사회적 합의라는 광장으로 나가야 한다. 기회는 미리 준비한 때에 온다는 역사의 가르침을 되새기며 머지않아 우리에게 다가올 위기와 기회를 슬기롭게 극복하면서 복지국가로 향한 발걸음을 디딜 준비를 해야 할 엄중한 시대적 사명을 인식해야 할 때이다.

* 참고 문헌

- 강봉균(2012), 연구원 행사자료 "[건전 재정 포럼] 제2차 정책토론회 (2012년 10월 31일)" 2013.1.22. 국가경영전략연구원 홈페이지, https://goo.gl/kE1Rfb
- 강장석(2013), 용역보고서 "안정적인 복지재원 조달을 위한 지방재정 조정제도 개선방안 연구" 2013.12.24., 국회예산정책처. https://goo.gl/9Mm1dr
- 고경환, 윤영진, 강병구, 김은경, & 김태은(2012). 복지정책의 지속가능성을 위한 재정정책 -스웨덴, 프랑스, 영국을 중심으로. 연구보고서, 2012(0), 0--1.
- 경향신문(2014), "한국 복지지출, 국내총생산의 9.8%. OECD 국가 평균되려면 30년 걸려", 경향신문 2014.1.28.
- 국회 연구소(2017), "제354회 제5차 기획재정위원회 회의록" 2017.11.14, 국회 연구소. http://log.gov3.org/view.php?confernum=047635
- 국회예산정책처(2016), 분석평가보고서 "2016 조세의 이해와 쟁점" 2016.6.30. 국회예산정책처 홈페이지, https://goo.gl/pyRVhG
- ____, (2016). 분석평가보고서 "2016~2060년 NABO 장기재정전망" 2016.8.12. 국회예산정책처 홈페이지, https://goo.gl/LJkyqZ

권진욱(2016). 기로에선 한국형 복지국가: 재정 운용을 넘어 체계 개편으로. KDF 리포트, 5(0), 1~15.

기획재정부(2006). 정책 게시판 "비전 2030'보고서" 2006.8.30. 기획재정부 홈페이지, https://goo.gl/oDyZeg

- ____, (2013). 대한민국 중장기 정책과제 / 기획재정부 편. 세종: 기획재정부.
- ____, (2015). 보도자료 "기획재정부, 2060년 국가채무비율 40% 이내로 관리" 2015.12.4. 기획재정부 홈페이지, https://goo.gl/sJ8pFd
- ____, (2017). 보도자료 "새 정부 경제 정책 방향" 2016.7.25.

기획재정부 홈페이지, https://goo.gl/xoacqc
• ______, (2017). 보도자료 2018년도 예산(안) 및 2017-2021년 국가재정운용계획" 2017.08.28, 기획재정부 홈페이지, https://goo.gl/EpzbEm
• ______, (2017). 보도자료 "제6차 경제관계장관회의 개최" 2017.9.28. 기획재정부 홈페이지, https://goo.gl/xgxPsQ
• ______, (2017). 보도자료 "2017년 세법 개정안(소득세법, 법인세법) 국회 본회의 의결" 2017.12.6, 기획재정부 홈페이지, https://goo.gl/TuPvvD
• 김성진, 기획예산처, & 기획재정부. (1997). 한국의 재정. 서울: 매경출판.
• 김승래(2014), CGE모형을 이용한 부가가치세율 인상의 귀착 효과 분석. 한국재정학회 학술대회 논문집, 1~27.
• 김재진(2013). Earned Income Tax Credit in Korea: An Introductory Guide. 한국노동연구원 연구정책 세미나, 2013(0), 1~47.
• 남찬섭(2016), 정부의 사회보험 재정 건전화 방안의 논리와 문제점. 월간 복지 동향, (213), 5~13.
• 민주정책연구원(2014). 연구보고서 "한국의 복지재정 확충을 위한 증세 전략 연구:한국형' 조세개혁 방안 모색" 2014.9.17. https://goo.gl/pEFehE
• 박정수(2011), 국가재정의 과제와 합리적 운용 방향. 사회과학연구논총, 26(0), 25~52.
• 박형수, 홍승현, & 한국조세연구원(2011). 고령화 및 인구 감소가 재정에 미치는 영향. 서울: 한국조세연구원.
• 백웅기(2014), 저성장 · 고령화 시대의 재정건전성 강화를 위한 재정정책과 제도의 개선 방향. 예산정책연구, 3(1), 1~34.
• 변양균(2017), 경제철학의 전환. 서울: 바다출판사.
• 성명재(2011), 소득분배 개선을 위한 조세 · 재정정책 방향. 응용경제, 13-2-2, 31~70.

• ______,(2012), 현안 분석 : 부가가치세율 조정의 소득재분배 효과:
복지지출 확대와의 연계 가능성. 재정 포럼, 196(0), 18~33.
• 신화연(2015), 정책 연구 "2015 사회보장 재정추계 연구", 온-나라
정책연구 홈페이지, https://goo.gl/ux7mbM
• ______,(2017), "한국, 2040년엔 복지지출 비중 세계 최고…세금 부담
껑충", 2017.9.6
• 오건호(2015), 복지 증세와 사회복지세. 월간 복지 동향, (197), 14~20.
• 우해봉, 신화연, 박인화, & 김선희(2014). 인구구조 변화와 복지지출
전망: 세종: 한국보건사회연구원.
• 원종욱, 신화연, 윤문구, 김문길, 강지원, & 남궁은하(2011). 사회복지
재정추계 모형 개발 연구. 연구보고서, 2011(0), 0--1.
• 이준서(2014). Red deal : 피 같은 당신의 돈이 새고 있다! 서울:
에스씨지북스.
• 재경회, 예우회, & 한국조세연구원(2011). 한국의 재정 60년. 서울:
매경출판
• •전병목, & 박상원(2011). 복지재원 조달정책에 관한 연구.
한국조세재정연구원 연구보고서, 2011(8), 1~256.
• 중앙선데이(2017), "핀셋 증세 대신 솔직하게 면세자 비율 축소 나서야",
2017.7.30. 542호 6면
• 최 광(2013), 복지재원 조달방안과 재정건전성 논의. 예산정책연구, 2(1),
1~41.
• 최종찬(2017), "[다산 칼럼] 제로베이스에서 재정개혁 할 때다",
한국경제신문 2017. 11. 14 A38면
• 한국개발연구원, 김성태, 박진, 김용하, 김형태, 박정수…조경엽(2014).
재정건전성의 평가 및 정책과제. 세종: 한국개발연구원.
• 한국조세재정연구원(2016), 2016~2060 장기재정 전망. 재정 포럼,
246(0), 45~56.
• ______,(2017). 새 정부 경제 정책 방향 - 경제 패러다임의 전환.

재정포럼, 254(0), 123~159.
• 홍범교(2016), OECD 회원국의 금융소득 과세제도 연구. 세종: 한국조세재정연구원 세법연구센터.
• IMF(2004), "How will Demographic Change Affect the Global Economy?", World Economic Outlook, Chapter III,
• Great Britain. Inter-departmental Committee on Social Insurance and Allied, S(1942). Social insurance and allied services / report by Sir William Beveridge. London: H. M. Stationery off.
• Musgrave, R(1992). Schumpeter's crisis of the tax state: An essay in fiscal sociology. Journal of Evolutionary Economics, 2(2), 89~113.
• OECD(2012), OECD Economic Surveys: Korea 2012.
• Schmidt, T., & Vosen, S(2013). Demographic change and the labour share of income. Journal of the European Society for Population Economics (ESPE), 26(1), 357~378

지방대학의 한숨

김용달*

지방대학의 한숨 소리가 크고 깊어지고 있다. 지방대학은 총장과 교수, 직원 모두가 고교 졸업생을 모셔오기 위해 노심초사하고 있으나 대부분이 정원을 채우지 못하여 미달사태를 보이고 있다. 배후에 산업시설을 어느 정도 갖추고 있는 부산, 대구, 광주 지역 소재 대학들도 혹한기 추위를 피하지 못하고 있으며 그 여파로 대학 총장들이 자의 반 타의 반으로 임기 전 사퇴하기도 한다.

이와 같이 입학생 감소는 해를 거듭할수록 심해지고 있고 학생등록금이 수입 대부분을 차지하고 있는 사립대학에서는 악화된 재정난으로 생존 자체가 위협받고 있는 실정이다. 대학사회에서는 '벚꽃 피는 순서에 따라 문 닫는 대학이 늘어날 것이다'는 위기를 실감하면서도 뾰족한 대응책을 찾지 못해 한숨만을 쉬고 있는 실정이다.

지방에서 대학교수와 교직원들에 대한 사회적 인식은 선망과 존경의 표상으로서 대우받는 지식인이었으나 지금은 측은한 직장인으로서 심지어 기피당하는 사람으로 전락하고 있다. 고등학교 정문 출입구 안내판에 '대학교수, 직원과 잡상인 출입 금지'라는 경고문이 붙는 곳

---

* 전 대통령비서실 노동비서관, 한국산업안전공단 및 한국산업인력공단 이사장, 디지털서울문화예술대학교 총장

이 늘어나고 있다고 한다. 대학 교직원들이 고교 졸업생을 유치하고자 온갖 연고를 동원하여 고교 선생님들을 설득차 방문하기 때문에 수업 방해는 물론 졸업생 진학지도에 방해가 된다는 이유에서 비롯되는 현상이다.

특히 대학이 소재한 지역의 경제 사회적 침몰 현상은 더욱 심각한 수준이다. 필자가 지난 4~5년 전 경상북도 사립대학에서 근무한 적이 있는데 대학 인근 지역에 불교재단이 운영하는 대학을 포함하여 3개 대학을 아우르는 대학촌이 형성되어 있었다. 입학자원이 넘쳐났던 1970~80년대에는 계속 늘어난 입학정원대로 학생들이 몰려들어 대학 기숙사에 수용하지 못한 학생들이 기거할 원룸 빌라, 소형 아파트가 연일 신축되었고 주위에는 식당, 술집, 상가, 모텔이 즐비하게 들어서 밤늦게까지 불야성을 이루는 성업으로 지역 주민 모두가 분주함 속에서도 경제적 여유를 느낄 수 있었다.

그러나 몇 년 전부터 입학생은 줄고 재학 중에도 취업이 유리한 수도권 대학으로 전학하는 학생이 늘어나면서 불 꺼진 방과 문 닫는 상가가 늘어나더니 급기야 전성기 학생 수의 1/10 정도로 줄어들면서 대로변 식당, 상가 몇 곳만 현상 유지가 될 뿐 원룸 대부분은 공실로 변했고 뒷골목 상가와 모텔 출입구는 부서진 채 방치되고 도로변에도 쑥과 잡초가 무성해져 밤에는 사람 모습을 거의 볼 수 없는 곳으로 변해 버렸다.

대학 내부 상황은 더욱 안타깝고 답답한 모습이다. 우선 대학재정 상태를 보면 15년째 등록금이 동결되어 있고 학생 수는 급격하게 감소하다 보니 재정수입은 형편없는 수준으로 줄어들었으나 매년 인상되는 건물 관리운영비와 세금, 코로나 여파로 신설된 안전 관리비, 사이버 교육 강화에 따른 기자재 설치비, '학생 천원 조식' 지원비, 교직원 인건비 인상 등은 상상을 초월한 부담 압박이 되고 있다. 이같이 증가된 지출 항목 때문에 교직원 인건비는 최저임금 수준에 머물러 있거나 수개월 동안 급여를 지급하지 못하는 대학이 생겨나고 있다.

반면 초, 중, 고등학교는 1972년 시행된 교육교부금 제도의 지원으로 사립대학에 비해 어려움이 없어 보인다. 시도교육청이 집행하는 교육교부금은 매년 내국세의 20.79%를 계상하므로 내국세 증가분만큼 증액된 예산으로 여유 있게 사용하면서 남는 자금은 기금에 계속 누적되고 있다.

지난 2022년 17개 교육청 세입예산은 109조 9천억 원이며 결산 후 잔액이 7조 5천억 원으로 누적된 21조 4천억 원은 기금으로 쌓인 반면 초중고 학생 수는 2010년 734만 명에서 2023년 531만 명으로 200만 명 감소되다 보니 여유 있는 예산으로 신입생 입학준비금으로 20~30만 원씩 지급하거나 학생과 교사의 개인 노트북까지 지급했던 사실이 감사원에 지적되기도 했다. 이 같은 교육예산 불균형 상태를 보면 우리나라 초중고생 1인당 공교육비는 OECD 국가 중 2위인 반면 대학생의 경우는 최하위 수준으로 미국과 영국의 1/3수준에 불과하다.

대학에서는 악화된 재정난을 극복하기 위해서 대학 외부의 기부금 확대, 정부와 기업의 연구과제 수주, 외국인 유학생 유치 확대를 위해 사활을 걸고 있으나 지방사립대의 경우 졸업생의 대기업 취업 등 사회진출 부족으로 기부금 모금에 어려움이 많으며 정부 사업 수주도 경험과 능력 부족으로 한계를 보이고 있다.

한편 외국 학생 유치도 수도권 대학에 비교할 수 없을 정도로 적은 인원에 그치고 있다. 유학 희망 외국인들도 사전에 충분한 정보를 기초로 교육환경과 취업이 유리한 수도권 대학으로 몰리고 있으며 지방대학은 기피하거나 지방에 연고 입학한 경우에도 높은 임금의 취업처를 찾게 되면 학교를 포기하고 불법취업자로 변하는 경우가 많아지고 있다. 개발도상국 출신 유학생 중 상당수는 선납이 요구되는 대학등록금과 기숙사비를 마련하기 위해 본인들 입장에서 보면 큰 액수인 1천만 원 정도의 빚을 떠안은 채로 입학하게 되므로 학업보다는 우선 취업하여 목돈을 만들어 가족을 채무의 멍에로부터 해방시키는 것이 시급한 과제라는 안타까운 현실 앞에 놓여있다.

다른 문제는 대학 구성원 간의 갈등과 분열 양상이 심화되고 있다는 점이다. 사립대학은 설립자가 주도하는 학교법인과 교수, 직원들이 모여 주역인 학생을 교육 양성하기 위해 상호 화합할 것이 당연시되고 있음에도 교수들은 교수협의회와 민주노총 또는 한국노총에 가입한 노조로 나뉘고 직원들 역시 양대 노총에 따로 가입하여 상호 비방과 갈등 노출 등으로 대학의 약점을 외부에 스스로 폭로하는 모습을 보이는 사례도 나타나고 있다.

또한 사립대학은 내부 법적 분쟁이 빈발하는 곳이 되고 있다. 최근 대학사회는 졸업생 취업률이 핵심 과제가 되고 있는데 취업이 어려운 학과는 입학생은 물론 수강 신청이 없어 당연히 폐과가 되고 담당 교수는 퇴직하는 수순을 밟게 된다. 그러나 해당 교수는 신분보장을 이유로 교원소청 및 소송을 제기하고 대학 총장은 피고 신분이 되어 한솥밥을 먹던 교수와 법적 공방을 주고받는 과정에서 대학의 치부를 세상에 알리게 된다.

한편 학교법인 또는 대학의 운영과정에서 문제가 발생하면 교육부

내에 설치된 사학분쟁위원회의 결정으로 학교법인 이사진의 직무를 정지시키고 정부가 임명하는 관선이사가 파견되는데 어떤 관선이사는 일부 노동조합의 편향된 주장만을 수용한 정책을 결정하여 대학 정상화가 아닌 내부 갈등만을 조장한 경우도 있었다.

위에서 살펴본 바와 같은 지방대학이 안고 있는 난관을 극복하고 대학설립 목적대로의 역할을 회복하기 위해서는 정부와 지자체 그리고 대학 간의 유기적 협력으로 가능할 것이지만 가장 중요한 첫째 요소는 대학 스스로 혁신방안을 찾고 모든 구성원의 일치된 자립 의지와 열정이 전제되어야 한다. 생존 의지와 희망이 사라진 곳에는 어떠한 외부 지원도 한순간의 물거품에 불과하다.

지금의 추세와 같은 출산율 저하 및 입학자원 감소는 지방대학의 연쇄적인 몰락과 폐교로 이어질 수밖에 없다. 그러나 지역경제의 버팀목이자 지역발전을 위한 지혜의 산실 역할을 수행할 지방대학은 지역소멸 방지와 국가균형발전 차원에서 육성, 지원되어야 할 당위성이 있다고 본다.

우선적으로 요구되는 정책과제는 SKY 대학을 위시한 수도권 대학의 입학정원을 학령인구 감소율 이상으로 계속 줄여나가야 한다. 지방 학생의 과도한 수도권 편·입학으로 인한 지방의 몰락은 물론 수도권의 인구 집중, 주택 문제 심화로 이어지는 악의 고리를 기필코 차단시켜야 할 선결 과제이다.

다음은 대학 간 인수합병이 쉽게 이루어질 수 있도록 지원하고, 경영 능력 부족으로 소생이 어려운 대학은 스스로 폐교할 수 있도록 퇴로를 열어주어야 한다. 현재 사립대학 폐교 시 잔여재산은 국고에 귀속하도록 되어 있는 규정을 개정하여 설립자에게 일부라도 환원받도록 개선되어야 할 것이다. 제도 변경이 없다면 설립자 입장에서는 어렵게 투자한 재산을 고스란히 잃는 것보다는 대학을 계속 운영하려 할 것이기 때문이다.

또한 지방대학 진학을 유인하기 위해서는 공기업 채용 시 지방대 출신 비율이 절반이 넘도록 법제화하고 나아가 국립대학과 수도권 대학에 유리한 대학평가와 재정지원제도를 개선하여 지방대학 사정을 잘 파악하고 있는 지자체가 직접 지원하는 제도화가 조기에 정착되어야 한다. 아울러 초중고에는 재원이 남아도는데도 죽어가는 대학에는 외면하는 교육재정 운영에 대한 합리적인 개선방안이 시급히 마련되어야 할 것이다.

현재의 우리나라 대학 진학률은 세계 최고 수준인 70%이지만 앞으로 OECD 평균인 40% 수준으로 하락한다면 2039년에는 현재 대학의 8할은 사라질 것이란 예측이 나오고 있다. 다가올 암울한 미래를 피해 가는 길은 과감하고 강력한 대응책을 추진하는 방법뿐이다. 해결책을 알면서도 이해관계나 현실적인 작은 문제에 집착하여 머뭇거린다면 다가오는 쓰나미에 일거에 휩쓸려 가는 길뿐이다. 모두의 지혜를 모아 지방대학과 지역사회에 활력을 불어넣음으로써 지방대학의 한숨을 멈추게 하고 환희의 함성이 메아리치길 기대해 본다.

대한민국 과연 소멸될 것인가

문형남*

들어가며

요즘 언론에 보도되는 내용 중에서 등골이 오싹할 정도로 민감한 부분이 무엇이겠는가? 바로 뉴욕타임스가 게재한 칼럼 '한국은 소멸하나'(Is South Korea Disappearing?)이다. '세계에서 가장 빨리 발전한 나라'에서 '가장 빨리 사라질지 모르는 나라'로? 이 칼럼에 게재된 내용은 이미 재작년에 영국 옥스퍼드 대학교 인구문제연구소에서 제기한 바 있었다.

그 발표 내용은 "2030년대에 세계에서 가장 먼저 사라질 나라는 한국이다."였다. 나는 이 기사를 엄청난 쇼크로 받아들였는데, 많은 사람들은 이러한 내용을 거의 우스개로 받아들이는 것 같아서 걱정스럽다. 연구소가 그렇게 판단한 근거는 첫째 우리나라의 저출산이 너무 심각하다는 것, 둘째 우리나라의 민간부채가 너무 많은데 그 증가 속도가 세계 제일이라는 것이다.

사실 한국의 저출산은 그냥 저출산 정도가 아니라 초저출산, 그 정

---

* 전 한국기술교육대학교 총장, 한국산업안전공단 이사장,
최저임금위원회 위원장, 고용노동부 기획관리실장

도와 지속 기간에 있어 전 세계적으로도 유례를 찾기 힘들 정도이다. 2002년 처음으로 초저출산 현상(합계출산율 1.3명 미만)이 시작된 이래 20년 넘게 단 한 번도 1.3을 회복하지 못하고 오히려 추락을 거듭하고 있다. 2023년 3분기 합계출산율이 0.7로 또 한 번 역대 최저치를 기록하고 있다.

저출산에 대응한다며 정부가 2006년부터 지금까지 무려 380조 원을 퍼부었지만, 저출산 추세는 오히려 더 심화되어 나가고 있다. 얼마 전 지금의 저출산 추세가 이대로 지속한다면 흑사병 창궐로 인구가 절반가량 급감했던 지난 14세기 유럽보다 더 빠르게 인구가 감소할 수 있다는 언론 보도도 나왔다.

한때 우리나라에서 애 안 낳는 나라로 예를 들었던 프랑스의 출산율이 1.8명, 2021년 기준 선진국들의 출산율은 ▲미국 1.7명 ▲이탈리아 1.3명 ▲캐나다 1.4명이었다. 한국은 2023년 3분기 합계출산율이 0.7명으로 나타났다. 통계청 국가통계포털(KOSIS)에 따르면, 2023년 누적 출생아(잠정치)는 177,137명으로 2013년 334,601명의 52.9% 수준, 불과 10년 만에 근 절반으로 내려앉았다.

2022년 혼인 건수가 2011년보다 41% 줄었고, 결혼 후 아이를 낳을 필요가 없다는 청년이 53.5%나 된다고 한다. 뿐만 아니라 통계청이 15일 발표한 '한국의 사회 동향 2023'에 따르면, 지난해 조사에서 결혼에 대해 '반드시 해야 한다' 또는 '하는 것이 좋다'고 긍정적으로 응답한 20대 여성 비율은 27.5%였다. 2008년 52.9%에서 14년 만에 거의 절반으로 줄어든 것이다. 30대 여성의 결혼에 대한 긍정적 답변 비율은 같은 기간 51.5%에서 31.8%로 19.7%포인트 줄었다고 하니 앞으로 출산율이 반등되기는 참으로 어려울 것 같다.

초저출산의 원인은?

요즈음 아침 운동 겸 공원에 산책 나가면 젊은 여성마다 개를 데리고 나오는 것이 마치 미니스커트가 유행하던 때를 방불케 하고 있다. 산책 나온 여성들은 서로 자기 개를 자랑하며 대화하는 것을 보면 저출산으로 우리나라가 소멸될 거라는 위기 경보는 마치 다른 나라 애기처럼 생각하게 한다.

"그 개 언제 샀어요? 잘했네요. 얼마나 좋아요, 애를 데리고 이렇게 산책에 나올 수 없잖아요. 개 데리고 나오니 재미도 있고요, 애 안 낳고 개 사다 기르기를 참 잘했지요."

우리나라 초저출산의 원인에 대해서는 교수 등 지식인은 물론 여성 지도자들도 거의 다 일치된 의견이다.

"애 키우는 양육비가 너무 많이 든다, 대학까지 보내는 그 비싼 학자금에다 애 키우려면 얼마나 귀찮은 일이 많은데요…'

물론 애 양육비와 학자금이 엄청나게 높아졌지만, 이렇게 저출산의 문제를 양육비, 돈의 문제로만 지적하고 있다.

초저출산 현상을 젊은 여성들의 탓이라고만 할 수 없다. 그 여성들의 어머니인 중, 장년 여성들이 나서서 딸들에게 애 낳지 말라고 극구 말리고 있다. 안타깝게도 최근 방송 프로그램들을 보면 '결혼은 지옥이고 육아는 고난'이란 부정적 이미지를 키운다. 방송을 포함한 미디어는 아이를 키우며 고생하는 부모들 이야기로 도배되고 인터넷에는 평범한 사람이 따라 할 수 없는 고급스러운 육아 모습이 여과 없이 노출된다. 아니면 힘든 육아 이야기로 가득하다. 방송 등 미디어를 통해 결혼과 출산의 삶을 접하다 보면 결혼이나 출산의 마음이 싹 사라질 정도이다.

이러한 의식변화는 젊은 여성의 '압축적 고학력화'와 관계가 있다고 전문가들은 분석한다. 한국에서 여성이 대학 이상 교육을 받은 비율은 부모 세대와 자녀 세대에서 큰 차이가 난다. 2020년 기준 국내 55~64세 여성이 고등교육을 받은 비율은 18% 수준인데, 25~34세 여성은 77% 정도다. 세계에서 유례가 없을 정도로 딸 세대의 고학력화가 급속히 이뤄진 것이다.

초저출산 현실 해소될 것인가?

엄마 세대에 비해 딸 세대의 압축적 대학진학이 급증하는 등 고학력화가 출산과 관련된 의식구조에 엄청난 괴리를 보이고 있다. '자녀 어렸을 때 엄마가 돌봐야 한다'라는 질문에 미·영보다 반대가 많아졌고, '자녀 꼭 필요 없어', '결혼하지 않는 게 좋다'라는 반응도 많아져 '남녀 육아 분담, 직장 내 젠더 평등' 정착 없이는 출산율 회복은 어려워 보인다.

우리나라 젊은 여성들, 2018년 조사에서 '남자가 돈을 벌고 여자는 가정을 지켜야 한다고 생각하느냐'는 질문에 한국 젊은 여성은 90%를 웃도는 반대 의견을 밝혔다. 남녀평등 지향적이라고 알려진 서구 국가보다도 단연 높다. '자녀가 어렸을 때는 어머니가 자녀를 돌봐야 한다'는 항목에 대해서도 미국과 영국의 젊은 여성은 절반 정도가 '그렇다'고 답한 반면 한국 젊은 여성은 조사 대상 국가 중 가장 높은 반대 의견을 보였다.

우리나라 여성은 젊은 세대를 중심으로 혁명적 변화가 이뤄진 것이라고 볼 수 있다. 최근 더불어민주당의 실세가 '개딸들'이라고 언론에 연일 보도되고 있는 것도 이러한 의식구조변화를 잘 말해주고 있는 것이 아닌가 싶다. 저출산 관련 예산을 많이 투입하더라도 남녀 육아 분담이나 직장 내 젠더 평등적 문화 등이 서둘러 변하지 않으면 이러한 의식구조가 바탕이 된 초저출산의 현실을 반전시키기는 어려울 듯하다. 따라서 이제는 젊은 여성들의 혼인과 출산 관련 의식구조의 변화를 기대하기는 어렵고 국가 소멸의 위기에 처한 현실을 제대로 해결해 나가기는 어렵다.

초저출산 문제 해결을 위한 대책으로는?

이미 우리나라는 20여 년간 엄청난 재정을 투입했지만 초저출산 현상이 오히려 악화된 것을 보면 재정투입만으로는 이 문제 해결은 어려운 것이고, 재정적 정책적 지원에 사회 전체적으로 초저출산이 국가 소멸로 직결된다는 위기의식이 보편화되어야 한다. 초저출산 문제를 가임 젊은 여성들만의 의식변화만으로 해결되기도 어려울 것이다.

우리나라에서는 아이러니하게 들리겠지만 선진국들에서 축적된 데이터를 보면 여러 가지 요소를 종합적으로 고려할 때 배우자와 결혼생활을 하는 것이 미혼보다 행복하다고 통계적으로 나온다. 아이 둘을 키우며 살아보니 그 기쁨과 행복은 아이 한 명만 있을 때의 두 배 이상이라고 확신한다. 키우는 수고로움은 확실히 두 배가 되지 않는다고 한다. 물론 낳기 전에는 몰랐던 사실이고, 20년의 데이터가 축적되고 보니 그렇다는 얘기다. 국가적 위기가 아니라면 굳이 서구라파 국가의 가정과 가족문화를 거론할 마음이 들지 않지만, 부부가 마음먹기에 따라서 아이가 기쁨이고 행복이라고 역설하고 싶다.

저출산 문제는 이제 심각한 경제성장과 사회안정의 문제로 대두되고 있다. 지금 우리 경제는 저성장의 늪에 빠져들고 있다. 이제 1%대, 잘해야 2%대 성장률을 바라보는 건 눈앞의 현실이다. 기업의 매출이 제자리걸음을 하고, 근로자 임금이 안 오르고, 자영업자의 장사가 어려워지니 저성장 기조를 부채질하는 절멸 수준의 저출생은 더 악화할 수 있다. 경제가 위축될수록 결혼과 출산 여건은 더 악화할 것이기 때문이다.

통계청이 2021년 제시한 인구추계에선 생산연령인구가 50% 선 아래로 처음 내려가는 시점을 2056년으로 예상했다. 불과 30년 이후이다. 이제 매년 우리나라 잠재성장률이 자꾸 내려간다는 정말 우려스러운 통계를 우리는 읽어내야 한다. 초저출산은 고령화와 겹치면서 나라를 지탱하기 어려운 상황으로 몰아간다. 젊은이 1명이 노인 2명을 부양하는 사회가 지속 가능하겠는가, 나라가 무너질 수 있는 절체절명의 위기라고도 말하는데도….

벌써 우리나라에 일할 사람이 없다고 난리이다. 요즈음 기업이나 공공기관에서 신입사원을 모집하는데 상당한 애로를 겪고 있다. 신입사원 모집에 응하는 비율이 급격히 낮아지고 있다는 것이다. '아주 높은 급여와 아주 편한 업무' 이외에는 하지 않겠다는 젊은이들이 많다는 것이다. 그러니 호황 산업인 조선업에 인력이 모자라 난리이고 첨단 디지털 분야에서도 젊은이들의 입사 지원율이 아주 낮아서 신입사원을 충원하기에 애로가 많다고 한다. 서비스산업은 더 걱정이 많다고 한다. 이미 식당 같은 서비스산업에는 저개발 국가의 여성들이 크게 자리 잡아가고 있다.

이제 해외에서 인력을 많이 수입해야 한다면서 2024년에는 150만 명을 수입할 것이라고 하고, 서비스업에도 외국인이 없으면 영업이 어렵다고 한다. 이제 자동화 내지 로보트로도 감당하기 어려워지고 있다고 한다. 우리보다 저출산의 문제가 덜 심각한 일본, 출생률은 1.26명으로 우리(0.78명)보다 월등히 높다. 그럼에도 "젊은 층이 미래에 대한 희망을 갖고 결혼해 아이를 낳을 수 있는 사회를 만들지 않는 한 저출산 추세를 반전시키기 어렵다."며 과감한 정책을 발표했다. 이 말은 일본보다 우리가 먼저 했어야 한다.

프랑스의 경우 자녀 수가 많을수록 비례해 소득세율을 낮춰주는 'N분의 N승' 소득세 방식을 갖고 있다. 프랑스가 OECD 최상위권 출생률(1.8명)을 유지하는 비결로 꼽힌다. 우리도 이런 각종 제도를 적극적으로 연구해야 한다. 러시아에서는 출산하지 않는 가정에 세금을 부과해야 한다는 말이 나오고 있다.

출산 축하금이든, 아동 수당 대폭 확대든, 자녀 출산 시 세금 감면이든 특단의 대책이 나와야 한다. 초등학생 의대반 등 상식을 넘어선 사교육 경쟁, 취업난, 주택난, 보육난 등 사회적 기초 환경도 획기적으로 개선해야 한다.

지금 우리는 세계화 시대에 살고 있고, 이미 생산 현장의 인력 부족을 절감해서 주변의 국가들에서 인력을 꽤나 수입해왔다. 그러한 현실에서 안산, 천안, 서울 영등포 등 지역에서는 다문화가정이 소수라는 정도를 넘어 상당한 사회적 세력이 되어왔다. 그리고 그들 다문화가정에서 자란 젊은이들이 우리나라 젊은이들에게 상당한 범죄를 저지르고 있다.

우리나라가 종전과 같은 단일민족, 순혈주의 등의 의식구조는 버려야 하고, 다문화가정을 사시로 바라보는 시각을 바꿔야 한다. 나아가 다문화가정이 마치 저급 인종인 것처럼 바라보고 취급하는 사회적 의식이 빨리 개선되어야 한다.

종전과 같이 생산 현장의 하위직 근로자를 수입한다는 정책으로는 국가 소멸의 위기를 극복하고 국가경제발전을 위한 인력 운용의 차원에서 인력 수입의 정책을 완전히 바꿔나가야 한다.

즉, 이제 생산 현장의 인력만이 아니라 저개발 국가의 우수한 인력을 수입하고 그들이 우리 경제에서 보편적 인력으로 활동할 수 있도록 해주는 정책과 종전의 사회적 문제를 일으키는 다문화가정이라고 할 것이 아니라 우리 사회의 보편적 구성원으로 그들을 수용하고 그들이 국가 구성원으로 활동하면서 우리 민족화되도록 인력 수입은 물론 그들의 사회 적응력을 높이는 각종 정책이 조속히 시행되어야 한다.

지금 기술적으로는 디지털 시대라고 한다. 이제 우수한 디지털 인력을 수입하고 그들에게 우리 사회에서 상당한 수준의 지위에서 활동할 수 있도록 해주는 정책이 마련되어 나가야 한다.

이는 법률적인 관점에서 단순하게 비자 차원의 이민이 아니라 우리나라 경제사회 발전의 구성원으로서 인력을 보충하는 명실상부한 세계화 시대의 인력정책을 마련하고 시행해 나가야 한다. 이를 위해서는 세계에서 가장 우수한 언어인 한글을 일상적으로 사용할 수 있는 인력을 수입하고 그러한 인력이 될 수 있도록 수입 이후에 그들을 교육하고 관리하는 정책이 마련되고 빨리 시행되어야 한다.

재벌정책의 회고와 전망

서동원*

들어가며

필자는 경제부처 공무원으로서 30여 년간의 공직생활 중 그리고 나아가 퇴임 후에도 민간부문에서 일하면서 다루었던 업무 중 우리나라 재벌정책의 수립에 참여하였다는 사실을 가장 보람으로 여기고 있다. 우리 경제정책에 있어 재벌정책이 중요한 부분이라는 점뿐만 아니라 근무 기간 및 개인적인 역할 측면에서 내 공직 인생에서 가장 큰 비중을 차지한다고 생각하기 때문이다. 나로서는 행운이자 보람이었다.

공직생활 중 재벌정책과 처음 인연을 맺는 계기는 경제기획원 정책조정국 총괄사무관으로 근무하던 중 1986년 상반기에 청와대 보고용으로 경제력집중 완화대책을 만들게 된 것이었다. 그 후 1991년 8월 재벌규제의 주무부서(과)인 공정거래위원회 기업관리과장으로 임명되어 본격적으로 재벌에 대한 규제업무를 수행하였다. 그리고 1996년 4월 국장으로 승진하여 첫 보직으로 독점국장으로 임명되어 다시 한 번 재벌정책의 주무부서(국)를 책임지게 되었다. 그 후 IMF 외환위기

* 전 규제개혁위원장, 공정거래위원회 부위원장 및 상임위원,
기획예산처 재정개혁단장 및 국장, 김앤장 법률사무소 고문

당시 해외근무(KEDO) 하다가 돌아와 다시 공정위의 상임위원으로 임명되어 각종 재벌규제 관련 사건을 처리하다가 임기 3년을 마치고 2006년 5월에 퇴직하였다.

그 후 이명박 정부가 들어선 후 2008년 3월 공정거래위원회 부위원장으로 임명됨에 따라 재벌정책의 핵심인 출자총액제한제도의 폐지 등 재벌정책의 전환에 기여하였다. 2009년 8월, 30여 년간의 공직생활을 마친 이후에도 재벌정책과의 인연은 상당 기간 지속되었다. 민간 로펌에서 근무하던 중 박근혜 정부의 출범을 계기로 당시 팽배한 재벌규제 분위기 속에서 2013년 6월, 국민경제자문회의 위원 겸 공정경제분과위원장으로 임명되어 재벌규제를 포함한 공정거래 관련 정책을 대통령에게 자문하는 역할을 수행하였다. 그 후 2014년 7월에는 규제개혁위원장으로 임명되어 2017년 6월까지 3년간 재벌규제를 포함한 각종 정부 규제를 개선하는 업무를 수행하였다. 그리고 현재도 민간 로펌에서 근무하면서 재벌정책과 관련된 사례들을 지속적으로 다루고 있고 이를 토대로 나름대로 재벌규제의 개선을 위해 노력하고 있다.

이하에서는 그동안의 경험을 기억 나는 대로 정리해 본 것이다. 과거에 대한 기억은 종종 오류를 수반하므로 철저한 확인을 거쳐 정확하고 자세한 내용을 담고 싶으나, 현재 시간상 제약이 있고 또한 필자의 경험은 전체 재벌정책의 역사에 있어 극히 일부에 불과하므로 욕심을 버리고 일단 정리해 본 것이다. 앞으로 여건이 되는대로 내용을 보완하고 확인해 나갈 계획을 가지고 있다.

2. 재벌정책 회고

2.1 재벌정책 태동기 : 1980년대 후반(사무관 시절)

처음 재벌정책 업무를 맡게 된 것은 1986년 상반기 경제기획원 정책조정국 조정총괄과의 총괄 사무관 시절이었다. 당시 국장의 지시에 따라 '경제력집중에 관한 종합대책(안)'을 만들었다. 지금까지도 필자가 사본을 간직하고 있는데 경제력집중 현황, 그동안의 조치 및 문제점, 향후 대책의 골격으로 35쪽의 자료를 만들어 당시 청와대 경제수석에게 직접 보고하였다. 그동안 재무구조 개선 등에 중점을 둔 재벌대책의 문제점을 분석하고 시장의 경쟁 촉진과 분배의 공정성 등을 감안하여 공정거래, 수입자유화, 기업공개 촉진, 금융(여신관리, 금산분리 등), 조세(상속세 강화 등) 등 경제정책 전반의 정책 수단을 동원하여 재벌(계열기업군)의 전문화 등을 통하여 경제력 집중완화를 추구한다는 내용의 종합대책이었다.

종합대책의 수립과정에서 당시 경제기획원 내에서는 '다른 나라에는 유례가 없는 재벌이라는 조직이 우리나라에 존재하므로 다른 나라에 없는 규제제도가 불가피하다'는 재벌규제 적극론이 우세한 가운데 외국 사정에 밝은 김흥기 차관 같은 분은 "재벌총수의 지배체제라는 점에서 문제가 있는 것이며 다른 면은 다른 나라와 크게 다를 바 없다"는 언급을 하였던 것으로 기억된다. 당시 재벌규제에 대해 재계의 반론도 많아 어떠한 입장을 취하느냐가 정책 방향의 흐름에 영향을 미칠 수 있는 상황이었다.

개인적으로는 당시 다수설인 '문어발식 확장을 추구하는 우리나라 재벌이 다른 나라에서는 유례를 찾기 어려운 기업조직'이라는 주장을 수긍하기 어려웠다. 그래서 재벌정책업무를 수행하는 내내 그러한 주장에 대하여 기회가 있는 때마다 사실 여부를 확인해보려고 노력했다. 그리고 90년대 중반 기업결합 심사업무를 수행하면서 외국기업의 신고를 받아 심사하는 과정에서 외국기업의 조직에 대해 파악할 기회를 갖게 됨에 따라 어느 정도 내 나름의 판단을 할 수 있게 되었다. 즉 다수의 주장과는 달리 문어발식 경영은 유럽 등 미국을 제외한 대부분의 국가에서 볼 수 있는 현상이며 특히 후진국에서는 종종 볼 수 있는 현상이라는 확신을 갖게 되었다. 아무튼 이러한 종합정책의 추진 결과 1987년 4월부터 공정거래법이 개정되어 대규모기업집단에 대한 출자규제 제도가 도입되는 등 재벌정책의 큰 틀이 마련되었다. 이른바 1987년 체제이다.

2.2 재벌정책 강화기: 1990년대 – IMF 이전 (과장 및 국장 시절)

2.2.1 과장 시절

• 출자총액 제한제도를 엄격히 시행하다

필자가 재벌규제 업무와 불가분의 인연을 맺게 된 것은 1991년 8월 공정거래위원회 기업관리과장을 맡아 대기업집단을 규제하는 실무를 담당한 때부터라고 할 수 있다. 당시 공정거래법 규정에 따라 자산기준 4,000억 원 이상의 기업집단을 지정하고 계열회사 간 상호출자금지, 계열회사의 출자총액 제한 등의 업무를 수행했다.

실제로 당시 기업관리과의 분위기는 우리나라 경제에서 큰 비중을 차지하고 있는 재벌 전체에 대하여 규제하는 업무를 수행한다는 자부심으로 충만해 있었으며 동시에 부담감도 매우 컸었다. 그러한 부담감은 1987년 도입된 출자총액제한제도의 경과 기간 5년이 도래하는

1992년 3월 말이 다가올수록 더욱 심해졌다. 원래 1987년 4월 법시행과 더불어 재벌 계열회사는 순자산(자기자본 - 타 회사 출자액)의 40%를 초과하여 타 회사에 출자하지 못하도록 되어 있다. 그리고 이미 시행일 당시 40% 한도를 초과한 출자액은 5년간 유예기간을 두어 1992년 3월 말까지 해소하도록 경과규정을 두었다. 그래서 필자가 담당하기 시작한 1991년 하반기에는 당시 자산총액 4,000억 원 이상 61개 기업집단에 대하여 사전교육을 시키고 법상 한도인 순자산의 40%를 초과하는 타 회사출자를 보유한 계열기업에 대하여 이를 시한 내에 해소하도록 이행계획을 제출받는 등 적극 독려하였다.

그 결과 1992년 3월 31일 자로 시한이 종료된 결과 61개 기업집단 중 법정관리가 추진 중이던 B 및 H 등 2개 기업집단에서만 법 위반이 발생하였다. 당시 과징금을 법상 최고한도인 10%를 출자한도 초과 금액에 대해 부과하여 약 10억 원 정도씩 과징금을 부과한 것으로 기억한다. 당시 정부 지원에 익숙했던 기업인들은 이러한 처벌에 대해 "정부가 어떻게 기업을 처벌하느냐?"면서 당혹스런 모습이었다.

• 재벌 계열회사의 부당내부거래를 감시하다

1992년 초 당시 경제기획원 장관이었던 최각규 부총리의 지시로 재벌 계열회사들의 부당내부거래에 대한 규제방안을 마련하였다. 최 부총리는 "상공부장관 퇴임 후 민간기업에 근무하면서 실제로 경험을 많이 했다." 하면서 재벌 계열회사 간 상호 지원을 통하여 부당한 경쟁을 하는 것을 공정거래법으로 규제하는 방안을 마련하라는 지시였다.

당시 공정거래위원회 내부에서 논의한 자료를 바탕으로 나는 공정거래법상 불공정거래행위 유형 중 부당한 거래거절과 부당한 차별 취급이 적용될 수 있다고 판단하고 이를 재벌 계열회사 간의 내부거래에 적용할 수 있도록 지침을 만들었다. 이리하여 마침내 1992년 7월, '대규모기업집단의 특수한 불공정거래행위 유형 및 기준'이라는 지침을 확정 공표하고 부당내부거래에 대한 법 집행을 시작하였다. 그러자 골판지협회에서 L그룹의 계열회사(산업)가 중소기업 고유업종인 골판지 사업을 영위하면서 자기 계열회사와의 거래를 독점하다시피하고 있다는 신고가 들어왔다. 지금 보면 명확한 부당내부거래였는데 당시로서는 첫 사례를 잘못 법 적용하여 문제가 될까 봐 몹시 조심하면서 처리하느라 거의 6개월 이상 소요되었다.

아무튼 정권이 바뀐 후 김영삼 정부 초기인 1993년 상반기에 첫 위법 사례에 대한 조치를 함으로써 부당내부거래 규제의 첫발을 내디뎠다. 부당내부거래 규제는 1996년 법 개정 시 자금, 자산거래까지 포함하는 부당 지원행위 규제로 확대되고 나아가 2003년에는 특수관계인에 대한 부당 지원만 별도로 강력하게 규제하는 사익편취 규제제도까지 추가되어 현재는 재벌규제의 가장 비중이 높은 위치를 차지하고 있다.

• 재벌 계열회사의 채무보증을 제한하다

한편 1992년 당시 공정거래위원회가 가장 관심을 가지고 추진했던 시책은 재벌 계열회사 간 채무보증제한을 제한하는 제도의 도입이었다. 당시 정부는 관치금융으로 인하여 여신이 재벌에 편중되어 중소기업들의 성장을 제약한다는 비판에 대응하기 위해 5대 재벌 및 30대 재벌 등에 대한 여신 총량 비율을 관리하고 있었다. 그런데 경제 규모의 확대에도 불구하고 여신의 대기업 편중 현상은 잘 개선되지 않고 재벌기업에 금융자원이 쏠리는 현상이 지속되었다. 이러한 편중여신은 경제력집중을 초래하는 주요 원인으로 인식되었으므로 근본적인 대책이 필요하였다.

그런데 당시 관치금융 체제하에 익숙해진 금융기관들은 대출심사 기능이 취약하여 대부분의 여신이 부동산 담보나 계열회사 보증에 의존하였는바 그러한 계열회사 보증이 재벌에 여신이 편중되는 주요 원인 중의 하나로 지목된 것이다. 아울러 더 심각한 문제는 계열회사의 보증이 자기자본을 몇 배나 초과하여 제공됨에 따라 부실 담보 문제를 내포하고 있다는 것이었다. 실제 당시 은행감독원의 자료에 의하면 30대 재벌의 금융기관 여신에 대한 채무보증은 평균으로 자기자본의 343%에 달하는 것으로 나타나고 있었다. 쉽게 말하면 담보가치의 3.4배의 보증을 제공했다는 이야기가 된다.

이러한 부실 담보는 은행의 채권 회수 가능성을 낮추는 것뿐만 아니라 계열회사가 부실화되는 경우 보증책임을 통하여 다른 계열회사에 부담이 전가되어 재벌 전체의 부실화를 초래하는 문제를 초래하게 되어 국민경제의 리스크를 증가시킨다. 이러한 배경하에 매우 비밀리에 공정거래법 개정을 통해 재벌계열회사의 여신에 대한 채무보증을 자기자본의 200%까지로 제한하는 법을 추진하였다.

정부 내 입법 논의과정에서 계열회사에 제공할 수 있는 채무보증을 완전히 금지할 것인지 아니면 또는 과도적 조치로 자기자본의 100%까지로 제한할 것인지 등의 방안이 논의되었다. 처음에는 5년 내 100% 이내로 축소하는 안이 거론되었다. 그러나 당시 자기자본의 300%를 훨씬 초과하는 채무보증을 단기간에 감축하는 것이 기업과 금융시장에 너무 부담이 될 수 있으므로 일단 3년 내에 200% 이내로 감축하고 그 후 추가로 100%까지 감축하는 방안을 추진하기로 하였다. 입법안이 발표된 후 재계의 반발이 매우 심하여 최종 순간까지 국회를 통과할지 불투명하였다. 1992년 정기국회에 법 개정안이 상정되었으나 진전이 잘 안 되어 당시 대선을 앞둔 김영삼 대통령 후보를 당시 KDI의 이규억 박사가 상도동 사저에서 만나 직접 승인을 받았다고 알려져 있다.

• 누락된 계열회사를 찾아내다

또 하나의 추억으로는 1992년 중반부터 1993년 초까지 재벌기업 전체를 대상으로 미편입계열회사에 대한 조사를 실시한 것이다. 1992년 3월 말 출자총액제한제도의 경과 기간이 도과하면서 본격 집행되기 시작한 출자총액제한제도가 실효성을 발휘하자 재벌들의 공정거래법에 대한 인식이 달라지기 시작했다. 그런데 기업관리과의 실무자들이 업계에서 떠도는 소문이라면서 공정위가 매년 지정 발표하는 재벌의 계열회사와는 별도로 재벌들이 보유하고 있는 소위 미편입계열회사 혹은 위장계열회사가 상당수 있을 것이라는 이야기를 전해주었다.

당시 공정위가 지정한 계열회사는 모두 은행감독원에서 여신관리대상으로 선정되어 규제하고 있는 재벌의 계열회사와 거의 동일하였다. 그러면 은행감독원의 여신관리에 loophole이 있단 말인가? 당시로서는 다소 의외였으나 금융기관의 한계일 수 있다고 생각했다. 마침 평소 접수된 민원 등으로 계열회사 여부가 검토된 사례가 몇 건 있어 차제에 전면 조사를 시행하기로 하였다. 당시 재벌 전체에 대하여 누락 된 계열회사를 자신 신고하도록 하고 업계에도 재벌의 계열회사가 누락 된 경우에는 신고하도록 보도자료를 통해 홍보하였다. 당시에는 큰일이라고 생각하지 않고 단순한 조사로 생각하고 시행했는데 시간이 갈수록 자진신고 및 제3자 신고 등이 계속 들어와 직권으로 인지한 회사들과 합하여 검토대상이 거의 모든 재벌에 걸쳐 약 300개 회사가 넘어 다소 당황스러웠던 것으로 기억한다.

이 과정에서 특기할 것은 자진 신고한 미편입계열회사(위장계열회사)를 계열 편입하면서 주주구성, 임원구성 및 채무보증, 거래관계 등을 파악한 결과 계열회사의 판단기준에 큰 참고가 될 계열회사 판단기준을 마련하고 나머지 제3자 신고기업이나 직권인지 기업에 대해서도 적용해 보았다. 그리고 이러한 기준은 추후 2차 미편입계열회사 조사를 거쳐 보완되어 1997년의 시행령에 반영되었다.

2.2.2 국장시절(1996.4-97.8)

• 재벌 계열회사의 채무보증을 없애다

1996년 4월, 나는 공정거래위원회 독점국장으로 임명되었다. 당시 공정위 업무의 최대관심사는 1992년 말에 도입된 채무보증제한제도의 채무보증한도를 더 축소하는 문제였다. 도입 당시 재계의 극심한 반대로 계열회사 채무보증을 1993년 4월부터 당시 자기자본의 343%에서 200%까지 일단 감축한 후 3년 후에는 100% 이하로 추가로 감축하는 문제를 논의하기로 타협하였기 때문이다. 이러한 추가적인 채무보증 축소방안을 공정위가 검토하자 재계는 언론 등을 통하여 다각도로 반대 의견을 표명하였다.

이런 와중에서 1996.5 대통령에게 채무보증 한도를 축소하는 방안을 포함한 업무보고를 하기 직전에 관련 내용이 언론에 특종으로 보도되어 곤혹스러운 사태를 맞기도 하였다. 이러한 상황을 타개하기 위하여 고심 끝에 공정위는 당초보다 더 원칙론적 입장을 견지하여 계열회사 채무보증을 전부 금지하는 방안을 발표하였다. 논거로는 부실 계열회사의 구조조정을 위해서는 채무보증을 전면 금지하는 것이 필요하다. 그리고 우리가 아는 한 선진국에서는 계열회사에 대해서 보증을 제공하는 일이 없다는 것이었다. 이는 본 작업에 참여한 은행감독원 측 인사들의 원칙론적인 입장이기도 하였다. 이러한 방안은 재계의 극심한 반대는 말할 것도 없이 재정경제원 등 당시 정부 내에서도 기업의 현실을 고려해야 한다면서 반대가 적지 않았다. 그래서 타협안으로 자기자본의 100%까지 채무보증을 감축하도록 1996년 말 법 개정에 반영하였다. 그러나 이때 강화된 채무보증제한제도는 도입 후 1년도 안 되어 초래된 IMF 외환위기를 겪으면서 IMF 외환위기 극복방안의 하나로서 공정위가 당초 제시한 방안대로 계열회사 채무보증을 전면 금지하는 조치로 마무리되었다. 당초 공정위가 마련한 개정안이 다소 과격했을지언정 우리 경제 상황에 올바른 정책이었음이 확인된 셈이다.

• **계열회사 및 대주주에 대한 자금 및 자산의 지원을 감시하다**

1996년의 공정거래법 개정안에는 계열회사에 대한 채무보증을 제한하는 조치를 강화함과 아울러 92년 하반기부터 지침으로 시행되어 온 부당내부거래 감시제도를 법적으로 강화하는 내용이 포함되어 있었다. 재벌 계열회사들이 상품이나 용역을 부당하게 계열회사와 거래하는 것 이외에 자금, 자산 및 인력을 지원하는 것도 추가되었다. 이는 당시 대주주에 대한 가지급금 등 특수관계인과 부당한 조건으로 자금 등을 거래하는 것을 방지해야 한다는 필요성이 제기되어 법 개정을 통하여 불공정거래행위 유형 중 부당지원행위 조항을 신설하였다. 이 조항 역시 재계에서 매우 강하게 반대했던 사항이었다. 이 조항은 도입 직후 발생한 IMF 외환위기 시 부실 계열기업에 대한 계열회사의 지원행위를 규제하는데 큰 역할을 담당하였으며 그 이후에는 상속세 회피 등 편법 상속을 위한 계열회사 간 내부거래를 규제하는 역할을 수행하면서 재벌규제의 가장 큰 비중을 차지하고 있다.

• **2차로 누락된 계열회사를 조사하여 계열회사의 기준을 보완하다**

1996년 4월 독점국장으로 취임한 직후 울산에서 현대자동차에 납품하는 자동차 부품업체의 파업이 사회적 이슈가 되었다. 아폴로산업으로 기억되는 친족회사인데 노사분쟁이 일어나면서 노조 측이 현대자동차의 위장계열회사라고 주장하고 공정위에 신고하였다. 당시 현대자동차 정세영 회장의 인척이 대주주인 회사로서 재벌총수인 정주영 현대그룹 회장은 지분을 하나도 보유하고 있지 않은 회사였다. 당연히 친족이 대주주인 회사이므로 계열회사로 편입해야 한다는 시각과 총수인 정주영이 경영을 지배한다고 볼 수 없으므로 계열회사가 아니라는 시각이 대립되었다. 필자는 이러한 회사가 더 많을 수도 있다는 생각이 들어 전반적으로 다시 위장계열회사를 조사하게 되었다.

이미 1992~3년도에 1차 조사를 시행해서 수백 개의 신고 및 인지된 회사를 대상으로 미편입계열회사 여부를 판단한 바가 있어 처음에는 별로 검토대상이 많지 않을 것으로 예상하였다. 그런데 막상 제3자 신고 및 인지를 통해 검토대상이 된 회사는 점점 늘어나 나중에는 200개 이상의 회사를 검토했던 것으로 기억한다.

실제로 자진 신고한 회사 등을 분석한 결과 지분 관계가 없거나 미약하더라도 재벌로부터 제공받은 채무보증이 상당하거나 재벌계열회사와의 임원 교류가 있는 것으로 나타났다. 그동안의 경험을 토대로 판단할 때 비계열회사와는 이러한 거래관계가 사실상 없다. 다만 상품거래의존도가 높은 경우는 애매한 경우라고 할 수 있다. 수직계열화된 기업의 경우는 계열회사가 아니라도 100% 거래의존을 할 수 있기 때문이다. 따라서 오로지 거래의존도가 높다는 이유만으로 계열회사라고 볼 수는 없으나 주주구성 등 다른 요소를 고려하여 판단하였다. 이러한 계열회사 편입 시 판단기준을 1997년 시행령 개정 시 반영하여 현재의 계열회사 판단기준을 확립하였다.

• 재벌문제 해결을 위한 시각 전환: 지배구조의 선진화와 경영의 투명성 제고

이렇게 채무보증, 부당내부거래, 위장계열회사 등 재벌 문제로 씨름하는 1996~7년은 아마도 우리나라 재벌정책이 가장 강력하게 시행되면서 논란이 많았던 시기가 아니었던가 생각된다. 극렬한 재계의 반발을 몸으로 겪으면서 개인적으로는 재벌에 대한 이러한 사전규제 방식이 한계점에 도달했다고 생각했다. 그 와중에서 국내외 학자들이 재벌 문제를 다룬다면서 나를 찾아와 토론하기도 하였다.

한번은 어떤 언론인이 미국 대학원 박사과정에서 재벌에 대해 논문을 작성하고 있는 후배가 있는데 매우 참신한 아이디어를 가지고 있으니 만나서 이야기를 들어봐 달라는 것이었다. 그래서 그 학생을 만났는데 그는 나에게 한국의 재벌들이 제한된 자본을 가지고 계열회사에 대한 출자를 통해 다수의 계열회사를 다양한 업종에 진출시켜 이

윤 극대화를 추구하고 있으며 이를 성공적으로 수행하고 있으므로 우리 기업인들이 미국이나 일본 등 선진국 경영자에 비해 더 경영을 잘하고 있다는 사례를 논문으로 작성해 보고 싶다고 말했다. 우리가 통상적으로 문제라고 인식하고 있는 것을 그는 매우 효율적인 경영이라고 보고 있는 것이었다.

그래서 곰곰이 생각하면서 그에게 물었다. "왜 미국 경영자들은 출자를 통해 계열회사를 확장하지 않는가?" 하고. 그는 잠시 생각하더니 미국에서는 그런 식으로 출자를 통해 계열회사를 설립하면 소수주주의 견제를 받아 경영을 마음대로 하지 못하므로 100% 출자를 하는 경우가 아니면 출자를 통해 계열회사를 경영하지 않는다는 것이었다. 그래서 자연스럽게 논의는 소수 주주의 권리 보장 등 지배구조에 관한 논의로 넘어갔다. 그 학생은 박사학위를 받은 후 현재 서울대학교 교수로 근무하고 있다.

그러한 토론과정을 통해 다시 확인한 것은 재벌 문제는 결국 지배구조 문제로 해결해야 한다는 것이었다. 1986년 재벌종합대책 수립 당시 김흥기 차관이 이야기한 대로 '총수의 문제'로 귀결되는 것이었다. 그리고 그러한 총수에 대한 견제는 경영의 투명성이 전제되어야 하므로 기업지배구조의 선진화와 경영의 투명성 제고가 재벌 문제를 해결하는데 핵심 과제라는 결론에 도달하게 되었다.

마침 1990년대 전반기에 전 세계적으로 기업지배구조 개선에 대한 논의가 활발하게 전개되고 우리나라에서도 기업지배구조 개선논의가 진행 중이었다. 나는 이러한 방향이 재벌 문제 해결에 중심이 되어야 한다고 생각하고 세미나를 포함한 정부 정책과제에 재벌정책의 과제로서 기업지배구조개선 및 경영의 투명성 제고를 적극 제기하여 포함시켰다. 바로 IMF 직전의 일이었다. 필자는 IMF 외환위기 직전 정부(재경원)가 발표한 21세기를 위한 21개 과제 중 재벌정책으로서 기업지배구조의 선진화와 경영 투명성 제고를 포함시켰다. 처음으로 지배구조개선이 재벌정책의 핵심 과제가 된 것이다. 당시에는 다소 생소하게 여기는 분위기였다. 그리고 얼마 후 IMF 위기를 맞았다.

2.3 재벌정책의 전환기: IMF 이후－2007년(상임위원 시절)

- **재벌개혁방안으로 기업지배구조의 개선과 경영의 투명성 제고 추진**
- **5+3 정책과 재벌정책의 전환**

김대중 정부(1998.2~2003.2)가 출범하고 외환위기를 타개하기 위하여 IMF와 협상한 결과 재벌정책은 획기적으로 전환되었다. 이 시기의 재벌정책을 흔히 5+3이라고 한다. 먼저 5정책은 ①기업경영의 투명성제고 ②상호채무보증의 해소 ③재무구조개선 ④핵심역량 집중 ⑤지배주주 및 경영진 책임 강화 등이다. 3가지 원칙은 ①제2금융권의 지배구조 개선 ②순환출자 및 부당내부거래 차단 ③변칙 상속 및 증여 방지 등이다. 이 와중에 기존의 출자총액제한제도는 일시적으로 폐지되었다가 다시 완화된 내용으로 부활되기도 하였다. 이 시기는 필자가 해외근무(KEDO)하고 귀국해서는 기획예산처에서 정부재정개혁단장 등으로 재벌정책과는 다른 업무를 맡고 있었다. 다만 필자가 외환위기 전 구상했던 새로운 재벌정책이 IMF 외환위기라는 국난을 계기로 IMF 측의 요구 등을 통해 신속하게 구현되었다. 실로 천운이라고 생각했었다.

- **기업집단 소유지배구조 개선 등을 통한 시장개혁조치 구체화**

노무현 정부(2003.2~2008.2)에 들어와 필자는 공정위 상임위원으로 복귀하였다. 당시 강철규 위원장은 재벌개혁을 강력히 추진하기 위하여 시장개혁 3개년 계획의 로드맵을 수립 추진하였다. 주요 내용은 ①기업집단 소유지배구조개선을 위한 정보공개 확대 및 지주회사 제도의 합리적 개선 ②개별기업 차원에서의 기업경영의 투명성 및 책임성을 제고하기 위하여 기업 내외부 견제시스템 보완, 지배주주의 책임 강화 및 산업자본의 금융지배에 따른 폐해 차단 ③시장경쟁을 촉진하기 위한 경쟁 제한적 규제 완화, 카르텔 차단, 사소 활성화, 소비자 주권의 확립 등이었다. 이러한 방향으로 성과를 거두면 정부의 직접 규율방식을 전면 재검토하겠다고 밝혀 출자규제 등 각종 재벌규제를 완화 내지는 폐지할 수 있다는 방향도 시사하였다. 내가 과거 구상했던 방향과 맥락을 같이하는 것이어서 나도 적극 찬성하였다.

노무현 정권 후반에 가서 재벌정책에 또 하나의 의미 있는 전환이 있었다. 기업들의 반대 의견을 받아들여 재벌규제의 핵심인 출자총액제한제도를 대폭 완화한 것이었다. 시작개혁조치의 성과를 반영한 측면도 있었다. 재벌정책이 실제로 전환되고 있는 것이었다.

2.4. 재벌정책의 조정기: 2008년 이후 (부위원장, 규제개혁위원장)

• MB 정부에서의 친기업정책과 재벌규제 완화

2008.3 이명박 정부가 출범하자 대기업정책에 대한 분위기는 완전히 달라졌다. 공정위 업무보고에서 출자총액제한제도를 완전히 폐지하겠다는 내용을 포함시켰다. 그랬더니 대통령은 출자총액제한제도는 이미 폐지된 것이나 다름없으니 그걸 가지고 생색내지 말라면서 상호출자 등 대기업 규제를 폐지하라는 취지로 나를 지목하여 지시했

던 일도 있다.

나로서는 기존의 대기업 규제는 우리나라의 갈라파고스적인 독특한 규제이므로 선진국 수준에 도달한 우리나라의 경제환경을 감안할 때 빨리 폐지되어야 한다고 생각하고 있었으나 갑자기 대통령의 지시를 받고서는 잠시 벙벙할 지경이었다. 그래서 차제에 그동안 생각했던 기업지배구조 개선과 경영의 투명성 제고 방안을 적극 추진할 기회라고 생각하고 "보완대책을 마련해서 규제폐지 방안과 함께 보고드리겠다."고 답변하였다. 그 후 그 지시는 내부적으로도 반대가 많아 없는 것으로 되었다고 전해 들었다. 그래서 출자총액제한제도를 폐지하는 공정거래법 개정안이 국회에 상정되었는데 결국 2009년 2월 국회에서 재벌규제제도의 핵심이던 출자총액제한제도는 폐지되어 역사의 뒤안길로 사라졌다.

• 경제민주화와 규제 완화

CEO 출신 대통령이 집권한 이명박 정부 때는 기업 프랜들리한 정책이 큰 흐름이었다. 이에 따라 기업활동의 자유를 제약하는 각종 규제의 완화가 이루어졌다. 그러나 2008~9년 부동산 모기지 회사의 파산 등으로 초래된 미국의 금융위기 후 각종 금융시스템의 모순이 드러남에 따라 2011년부터 'Occupy the Wall Street' 운동이 일어나 대기업에 대한 적대적인 정서가 전 세계적으로 팽배하게 되었다. 그리고 그 영향으로 우리나라도 경제민주화의 요구가 비등하게 되었으며 그 핵심은 재벌규제의 강화였다.

2012년 12월의 대선을 앞두고 재벌규제 강화를 주요 내용으로 하는 경제민주화 추진방안이 정치권에서 최우선 과제로 부각되었다. 당시 경제민주화 이슈는 여권에서는 김종인 박사가 주도하던 경제민주화 추진단에서 맡아 공약을 만들었는데 필자도 적극 참여하여 순환출자제도의 도입, 사익편취의 규제 등 추가적인 새로운 규제방안을 마련하였다. 아울러 기업지배구조의 선진화를 위한 방안으로서 집중투표제, 다중대표소송 등의 도입을 의무화한 상법 개정안도 포함되었다. 우여곡절 끝에 마련된 경제민주화 공약을 토대로 대선에서 여당이 승리한 후 이러한 경제민주화 시책은 상법 개정안은 제외하고 순환출자 규제 등 상당 부분 입법화되었다.

필자는 2013년 정권 출범 후 대통령의 경제정책을 자문하는 헌법적 기구인 국민경제자문회의의 공정경제분과위원장을 맡아 공정거래정책 특히 재벌정책과 규제개혁 등에 대해 자문하는 역할을 맡았다. 그리고 2014년 7월에는 규제개혁위원장을 맡아 각종 법령의 입법 시 규제심사와 기존 규제 중 불합리한 내용의 개선 등을 추진하였다.

• 재벌총수 감시를 위한 선진시스템의 수립에 따른 기존 개별 규제의 퇴장 요구 확산

문재인 정부 기간(2017.5~2022.5) 중에는 재벌정책과 관련하여 공정거래법에 새로이 도입된 순환출자의 해소, 사익편취의 금지를 위한 법 집행을 강화하면서, 미루어졌던 상법개정이 이루어져서 다중대표소송의 도입 등 기업지배구조의 선진화를 위한 제도적 기반을 거의 완성하였다. 이제는 재벌총수의 독단적인 경영에 대해 상당히 제동을 걸 수 있는 제도적 장치가 선진국 수준으로 마련되었다고 생각되었다.

최근 수년간 재벌 문제의 관련 법 영역인 상법 및 공정거래법의 전문가들이 참여하는 세미나 또는 학회 등에서도 이제는 기존의 공정거래법상 재벌규제제도의 필요성 및 실효성 등에 대해 비판적인 의견이 많아졌다. 필자는 특히 회사법을 전공하는 상법 학자나 자유주의적인 성향의 경쟁법 학자들과는 재벌규제의 개혁에 대해 상당 수준의 공감대를 확인할 수 있었다.

3. 앞으로의 전망

• 선진국형의 대주주 및 경영자에 대한 감시 및 견제시스템을 정착시켜 재벌 문제를 해결하는 방식으로 전환

내가 80년대 중반부터 재벌정책 업무를 수행하면서 얻은 결론은 재벌 문제는 우리나라 고도 성장정책의 부산물이며 후진적인 지배구조 등 사회시스템이 복합적으로 작용한 후진국 경제의 현상이다. 따라서 그 후 약 40년이 지나 선진 일류국가 수준에 돌입한 우리 경제적 사회적 상황에서는 1980년대 중반 개발도상국 시절에 도입했던 후진적인 재벌규제방식은 폐지하는 것이 마땅하다. 그리고 사익편취 등 상존하는 재벌 문제는 선진국형의 기업지배구조 개선과 부패 척결 및 엄격한 관련 법 집행 및 사회적 감시 등 선진화된 사회시스템을 통해 해결할 수 있다고 생각한다.

규제개혁의 관점에서 보면 지난 정부에서 공정 3법의 도입으로 재벌총수에 의한 독단적인 경영방식에 대한 견제 장치가 획기적으로 강화되었다. 재벌 문제의 해결방안이 근본적으로 마련된 것이다. 그렇다면 폐해 방지를 위한 대증요법적 성격의 기존 규제는 타당성을 심사하여 불가피한 경우를 제외하고는 철폐하는 것이 타당하다. 그렇지 않으면 피규제자인 재벌에 대한 과중한 규제 부담이 가중되는 것을 수수방관 방치하는 것이다. 이는 규제개혁에서는 상식처럼 되어 있는 one in, one out 원칙에도 어긋난다.

그동안의 경험에 비추어 볼 때 재벌 문제는 정치적 이데올로기적인 성격이 내포되어 있어서 합리적인 토론보다는 감성적인 주장이 지배하는 경우가 많다. 그리고 재벌규제의 필요성에 대해 사회 일각에서는 아직도 우리나라 특유의 다양한 규제가 필요하다고 생각하는 사람도 적지 않은 것 같다. 그래서 정치권에서도 필요성을 공감하는 인사들도 적지 않지만 쉽게 추진하지 못하는 것 같다. 그렇지만 우리는 현재 우리 경제의 가장 핵심적인 원동력을 발휘하고 있는 재벌에 대해 쓸데없는 불합리한 규제를 하고 있다는 사실을 부정할 수 없다. 우리나라 경제에서 차지하는 비중이 높을수록 이에 대한 규제는 합리적이고 타당해야 한다. 시대에 훨씬 뒤떨어진 불합리한 규제를 유지하면서 우리 경제의 밝은 미래를 기대하는 것은 현명한 일이 아닐 것이다.

그리고 사회적 합의가 필요한 법 개정이 추진되기 이전이라도 행정부 차원에서 가능한 사안이 적지 않다. 대기업집단 관련 제도를 보다 합리적으로 운영하는 방안을 찾아야 할 것이다. 규제 관료의 편협한 시각이 아닌 국가 운영시스템의 발전이라는 큰 틀 속에서 제도를 운영하는 폭넓은 시각으로 재벌규제의 운영방식에 대해 성찰과 쇄신이 필요하다.

우리나라의 대법원, 과연 존재 이유가 있는가

이상열*

서언

위 제목의 글은 필자가 2012년 6월경 법률신문에 게재를 요청했다가 퇴짜를 당하고 대한변협신문에 2012년 7월 23일 자로 게재되었던 글이다. 행시 15회 동기회에서 기념문집을 발간한다는 소식을 듣고 무척이나 반가운 마음에 위와 같이 게재되었던 글을 일부 수정하여 올린다.

행시 15회 동기회를 생각하면, 그때까지 학교생활만 하다가 대학 4학년 때 대전시 괴정동 중앙공무원교육원에 입소하여 숙식을 함께 하며 지냈던 그 시절이 필자에게는 잊을 수 없는 추억으로 남는다. 지금 생각해 보면 아무것도 모르고 천방지축으로 뛰놀다 보니 동기회 선배님과 동료들에게 무례했던 적도 많았을 텐데 너그럽게 감싸주신 동기회원분들께 감사를 드린다.

중앙공무원 교육을 마치고 공군 장교로 4년 5개월 복무하고 뒤늦게

---

* 전 국회의원, 목포 YMCA 이사장, 변호사

노동청에 발령을 받아 근무하던 중 국가보위비상대책위원회가 발족하여 근로기준국장님을 모시고 중앙청 옆 국보위(國保衛)에 불려가 부동자세로 회의에 여러 차례 배석하면서 진로를 고민하게 되었고, 1985년 3월 목포에서 변호사사무소를 개업하면서 행시 15회 동기분들과는 접하는 기회가 뜸해졌지만, 행시 15회 동기라는 자긍심이 한시도 떠난 적이 없다.

목포에서 변호사로 활동하면서 '내가 아니면 누가 이 나라를 바로잡겠는가?'라는 과대망상증에 사로잡혀 20여 년간 정치판에 뛰어들어 열정을 불사르기도 하였다. 그러나 정치 현실은 냉혹했다. 어느 것 하나 내 뜻대로 고칠 수 없다는 현실을 자각하고 2008년 변호사 업계로 돌아와 현업에서 일하고 있다.

우리나라의 대법원, 과연 존재 이유가 있는가?

우리나라의 재판은 원칙적으로 3심제가 헌법에서 보장되고 있다. 즉, 1심 판결에 불복하는 당사자는 항소(抗訴)하여 항소심 법원의 판단을 다시 받아볼 수 있고, 2심 판결에 불복하는 자는 상고(上告)하여 최고법원인 대법원의 판단을 받아볼 수 있는 권리가 우리 국민에게 헌법상으로는 보장되고 있으나, 우리의 현실은 어떠한가?

실제로는 대법원의 판단을 받아볼 수 없도록 운영되고 있는 것이 우리의 현실이다. 2023년 1월부터 6월까지 대법원은 민사(民事) 본안사건(本案事件) 6,257건을 처리했는데 이 중 4,442건(71%)을 심리불속행(審理不續行) 기각 판결(棄却判決)했다. 민사 본안사건의 심리불속행 기각률은 2022년 69.3%, 2021년에는 72.7%를 기록해 대체로 비슷한 수준으로 유지되고 있다. 77.3%를 기각한 2017년에 비하면 조금 줄었다.

2023년 상반기 행정(行政) 본안사건은 1천959건 중 1천473건(75.2%)이, 가사(家事) 본안사건은 343건 중 295건(86%)이 심리불속행(審理不續行) 기각되었다. 이러한 잘못된 대법원의 판결 태도를 바라보면서도, 벙어리 냉가슴 앓듯 허탈한 배만을 쓸어 내려야 하는 것이 우리 국민들의 현주소이다. 우리 국민 중 2심 판결에 불복하여 대법원의 판단을 받아보고 싶어 대법원에 상고해 보신 분은 대부분 쉽게 체험하게 된다.

대법원의 판결문을 받아보면, 민사사건의 경우 한 줄로 심리불속행 사유에 해당하여 상고를 기각한다, 또한 형사사건의 경우 두어 줄로 법리를 오해한 위법이 있다고 할 수 없어 상고를 기각한다는 취지로 되어 있다. 대법원에 상고하게 되면 누구나 일정한 기간 내에 '2심 판결의 어떤 점에 대하여 불만이다, 2심 판결에 불복하는 사유가 무엇이니 대법원의 판단을 받아보고 싶은 부분이 어느 점이다.'라는 취지의 상고이유서(上告理由書)를 2페이지 이상에서 수십 페이지에 이르도록 구구절절 기록하여 대법원에 제출하도록 하고 있으며, 제출하고 있다.

그런데 수개월이 지난 후 돌아온 대법원의 판결문을 보면 판단을 벙어리 냉가슴 앓듯 상고이유에 대해서는 한마디의 언급도 없이 달랑 두어 줄로 '심리불속행 사유에 해당되어 상고를 기각한다'라고 되어 있을 뿐이다. 너무나도 황당하고 납득하기 어려운 일 아닌가? 그렇게 애타게 대법원의 판단을 받아보고 싶어 상고를 제기한 상고이유에 대해서는 가타부타 일언반구(一言半句)도 없이 심리불속행에 해당된다는 한두 줄의 판결문을 받아보고 허탈감 내지는 분노를 느끼지 아니할 국민이 과연 몇이나 되겠는가. 상황이 이렇다 보니 대법원 판단을 받아보기 위해서는 대법관 출신의 변호사의 이름이라도 빌려야 한다는 말이 시중에서는 공공연히 회자(膾炙)되고 있다. 그런데 전직 대법관 출신의 변호사 이름을 빌리기 위해서는 수천만 원 내지 수억 원이 요구된다니, 일반 국민 입장에서는 꿈이라도 꿀 수 있겠는가.

이러한 와중에도 대법원은 가끔 어떤 연유에서 비롯된 것인지는 모르겠지만, 특이한 논리 예를 들어 '성인지 감수성'이라는 용어를 만들어 피해자가 성적 수치심을 느꼈다만 성추행범이 된다고 성추행범으로 처벌하고 있다. 형사처벌을 하기 위해서는 엄격한 증명이 요구되고 있는 것이 형사법상 당연한 논리인데도, 사회상규나 예견가능성과는 거리가 동떨어진 피해자의 심리적 상태 내지 피해자의 감정에 따라 형사처벌의 결과가 달라진다면 이를 누가 법치주의라 할 수 있겠는가.

'합리적 의심을 배제할 정도의 입증'이 되어야만 형사처벌을 할 수 있다는 것이 우리나라 형사소송법의 기본원칙이고 판례의 확립된 태도인데도, 피해자의 감정 즉 피해자가 성적 수치심을 느꼈다면 객관적 사정이나 범행의 정도 및 태양, 사회상규와는 무관하게 성추행범으로 형사처벌을 할 수 있다는 논리가 어떻게 가능하단 말인가. 그러나 상당 기간이 흘렀는데도 대법원에서는 위 논리 즉 '성인지 감수성' 이라는 용어에 집착하여 형사법의 기본원칙을 훼손하면서도 바꿀 줄을 모르고 있으니 참으로 답답한 일이다.

얼마 전 신문보도에 의하면, 모 대법관은 대장동 개발사업 관련 발언이 심리대상에 포함됐던 이재명 전 경기도지사 대법원전원합의체

판결에 참여해 무죄 쪽에 섰는데 퇴임 뒤 대장동 사업 시행사 화천대유에서 거액의 고문료를 받고 일한 사실이 드러나 논란이 되기도 했다.

물론 현행 '상고심절차에 관한 특례법' 제4조 제1항에서 대법원이 심리불속행 기각판결을 할 수 있도록 규정하고 있고, 같은 법 제5조 제1항은 심리불속행 기각판결을 할 경우에는 아무런 이유를 적지 않아도 되도록 규정하고 있다. 바로 이 두 조항 때문에 대법원에 올라간 사건의 70%가 제대로 된 심리도 받지 못하고 심리불속행이라는 사유로 배척되고 있다. 즉 3건 중 2건은 심리불속행에 해당되어 기각한다는 한 줄의 판결문을 받게 된다.

당사자의 입장에서는 억울함을 밝히기 위하여 상고하였는데, 정작 대법원은 당사자가 억울해하는 점에 대해서는 일언반구도 없이 한 줄로 끝내버리고 있다. 위 특례법은 남상고(濫上告)를 방지하고 법령해석의 통일이라는 대법원의 기능에 역량을 집중해야 한다는 취지에서 제정되었지만, 대법원은 위 특례법을 방패 삼아 제정 취지와는 달리 국민의 재판받을 권리를 박탈하고 있다.

비록 헌법재판소에서 위 특례법의 위헌여부(違憲與否)에 관하여 위헌이 아니라면서 합헌론(合憲論)으로 내세우는 근거인 '법령해석의 통일을 기하는 데에 역량을 모으기 위하여'라는 주장은 허구라고 볼 수밖에 없다. 대법원에 올라간 사건의 70%가 제대로 심리를 받지 못하고 심리불속행이라는 한 줄로 상고사건을 덮어버리는 것을 어떻게 위와 같은 합헌론이라는 그럴듯한 한마디의 말로 합리화할 수 있겠는가?

대법원의 주된 존재 이유가 무엇인가?

2심 판결에 불복하여 상고심의 판단을 받기를 원하는 국민에게 최종적인 판단을 내려주기 위하여 존재하는 것 아닌가? 그런데 상고심의 판단을 받기를 원하는 국민에게 판단을 방기(放棄)하는 대법원이라면 과연 국민들이 세금을 내면서 대법원을 존치시킬 필요가 있는 것인지 의문을 갖지 않을 수 없다.

대법원은 국민 앞에 존재 이유를 분명히 해야 한다. 예산이 부족해서, 인력이 부족해서 등등의 구태의연한 변명으로 더 이상 국민을 기만할 수 없다. 과연 대법원의 1년 예산이 얼마인데 예산 부족 타령을 언제까지 할 것인가? 국민이 자신의 기본임무를 방기하는 대법원의 존재를 위해서 그렇게 많은 혈세를 낭비할 필요가 있겠는가 하는 말이다.

단체교섭체제에 대한 소고(小考)

이 선*

글머리에

우리나라는 기업별로 노사가 단체교섭을 하여 임금과 근로조건을 결정하지만 서유럽에서는 기업의 상급 수준에서 산업 또는 직업별로 노사가 교섭하여 임금과 근로조건을 결정하는 것이 상례이다. 1987년 이후 우리나라는 단체교섭제도가 확산되는 산업민주화가 진전되어 왔지만, 기업별로 이루어지는 분권적인 단체교섭체제에 따른 문제점도 또한 커져 오기도 하였다. 무엇보다도 우리나라의 분권적 단체교섭체제는 노동시장에서의 이중구조를 확대시키는 중요한 원인이 되었다. 노동조합이 강력한 대기업과 공공부문이 임금인상을 주도하여 근로자 간의 임금격차를 확대시킨 것이다. 또한 기업에게 임금수준이 상대적으로 낮은 비정규직 노동자를 채용하고 비용이 적게 드는 아웃소싱을 늘리는 유인을 제공함으로써 2차 노동시장을 키워온 원인이 되었다. 산업 민주화가 진전이 되면서 이중구조는 확대되는 어처구니없는 일이 일어난 것이다.

---

* 하와이대학 경제학 박사, 전 노사정위원회 상임위원, 한국 노동교육원 원장, 한국기술교육대 교수

흔히 임금인상을 선도하는 대기업 노조의 조직 이기주의를 지탄하기도 한다. 그러나 기업별 노동조합은 조직원들이 기대하는 임금인상 위주의 경제적 조합주의에서 벗어나기는 어렵다. 기업별 조직에 권한이 집중된 노동운동이 사회적 수준에서의 요구를 수용하기는 어려웠다는 것은 지금까지의 우리나라의 경험에서도 명확히 나타난다. 지난 문재인 정부 초기에 민주노총은 집행부가 강력하게 추진하였음에도 불구하고 경제사회노동위원회(경사노위)의 참여를 실현시키지는 못하였다. 결국 집행부의 퇴진으로 이어졌다. 노동조합의 행태가 조직의 구조적 취약성을 극복하지 못하였던 대표적인 예일 것이다.

우리나라의 분권적인 단체교섭체제는 노동조합이 원해서 이루어진 것은 아니다. 전통적으로 노동운동의 이념은 기업별 분권적 틀에서 벗어나는 것이다. 과거 권위주의 시대에는 정부와 사용자 측이 기업별 체제를 정책적으로 이끌어 오기도 하였다. 산업이나 직업별로 조직된 노동조합이 영향력을 키워서 정치적 세력으로 자리 잡을 것을 우려하였기 때문이다.

단체교섭의 분권적 체제에서 오는 문제점을 극복하여야 한다는 것은 무엇보다도 중요한 국가적 과제이다. 그러나 노동조합의 조직이나 단체교섭의 구조는 인위적으로 쉽게 바꿀 수 있는 과제가 아니다. 이는 또한 노동조합에만 맡겨 놓아서 해결될 수 있는 문제도 아니다.

필자는 여기서 기업별로 분산되어 이루어지는 우리나라의 단체교섭체제의 취약성을 완화하여 나가는 길을 살펴보고자 한다. 기업별 단체교섭의 사회적 정합성을 늘려가자는 것이다. 이는 2000년대 들어 OECD(Employment Outlook)가 제시하여 온 단체교섭을 조율하는 메커니즘을 확충하여 나가자는 주장과 상응하는 주장이기도 하다.

먼저 단체교섭의 구조와 단체교섭을 조율하는 메커니즘을 묶는 단체교섭체제의 개념을 정리하고 이를 토대로 우리나라가 지향하여야 할 시사점을 찾아본다. 다음으로 단체교섭을 조율하는 사회적 대화가 이루어지는 수준별로, 경제사회노동위원회의 운영을 중심으로 하여 국민경제 수준에서의 과제를 살펴보고 이어서 산업 수준에서의 과제에 대하여 논의하고자 한다.

단체교섭체제: 유형과 효율성

단체교섭이 기업의 상급 수준에서 통합적으로 이루어지는 것이 바람직할 것인가? 아니면 기업별로 분산되어 이루어지는 것이 바람직할 것인가? 각계의 관점에 따라 첨예하게 대립되어온 쟁점이었다.

1970년대에 조합주의 이론은 정부가 산업사회의 주체인 노사와의 사회적 합의를 토대로 정책을 추진하는 조합주의 체제가 경제사회의 발전을 성공적으로 이끌 수 있는 우월한 체제라고 주장하였다. 그러나 1980년대 이후 노동시장의 유연화를 주장하는 신자유주의가 득세하게 되며, 고전적 의미에서의 조합주의는 퇴조하게 된다. 당시 신자유주의의 기조를 선도하여 온 대표적인 국제기구가 OECD였다. OECD는 1994년 'Jobs Strategy'에서 일자리를 늘리기 위한 핵심적 과제로서 임금 유연화(wage flexibility)와 아울러 단체교섭의 분권화(decentralization)를 내세운 바 있다.

2000년대 들어 신자유주의의 헤게모니가 약화되면서 OECD는 단체교섭 구조의 분권화를 권고하던 기존의 입장에서 벗어난다. 또한 단체교섭이 이루어지는 수준, 즉 단체교섭의 구조에 의존하여 경제적 효율성을 평가하는 분석의 틀도 바꾸게 된다. 단체교섭의 구조와 함께 단체교섭을 조율하는 메커니즘을 합쳐 단체교섭체제로 규정하고, 단체교섭체제의 효율성을 논의하는 방식으로 접근방식을 재정립하였다는 것이다. 2018년 OECD(Employment Outlook)는 단체교섭의 구조와 단체교섭을 조율하는 강도로서 조율도(degree of coordination)를 묶어서 본 각국의 단체교섭체제를 다음과 같이 다섯 가지의 유형으로 구분하고 있다.

- 첫째 유형은 단체교섭은 중앙집중화되어 있으나 조율도는 낮은 나라: 프랑스, 이태리, 스페인, 스위스
- 둘째 유형은 단체교섭이 중앙집중화되어 있으며 조율도도 높은 나라: 벨기에, 핀란드
- 세 번째 유형은 조직된 분권화(organized decentralization)로 조율된 단체교섭이 이루어지는 나라: 독일, 네덜란드, 스웨덴, 덴마크, 노르웨이
- 넷째 유형은 단체교섭은 분권적이지만, 조율도는 높은 나라: 오스트레일리아, 일본, 그리스, 아일랜드
- 다섯 번째 유형은 단체교섭이 분권적이고 조율도도 낮은 완전한 분권적 체제의 나라: 한국, 미국, 영국, 캐나다, 체코와 폴란드 등의 동유럽 나라, 터키, 칠레

세 번째 유형을 대표하는 독일과 같은 나라는 분권화를 통해서 임금과 근로조건을 결정하는 폭을 늘려왔다. 그러나 강력한 산별체제를 토대로 조직된 분권화를 추진함으로써 단체교섭의 조율도는 높은 나라이다.

네 번째 유형은 기업별 교섭을 주축으로 하고 있지만, 이를 조율하는 메커니즘이 발전되어 있는 나라들이다. 단체교섭을 조율하는 메커니즘은 나라에 따라 다양하다. 일본은 노동조합의 초기업적 임금투쟁으로서 춘투와 사회적 수준에서 구축하여 온 노사 또는 노사정의 각급 협의제를 토대로 해서 실효성 있는 조율 메커니즘을 구축하여 왔다. 일본은 우리나라와 같이 기업별 단체교섭이 주축이지만 근로자 사이의 임금격차가 크지 않다. 단체교섭이 이러한 조율 메커니즘을 통해서 조율되기 때문이다. 오스트레일리아는 중재제도(Modern Awards)를 통해서 초기업적으로 임금을 조정하는 독특한 조율 메커니즘을 운영하고 있다. 산업별로 숙련 수준에 따라 최저임금을 결정하는 것이므로 오스트레일리아의 재정제도는 서유럽의 산업별 단체교섭제도과 상응하는 제도라고 할 수 있다.

우리나라가 속해 있는 마지막 유형인 완전한 분권적 체제에는, 선진국에서는 자유시장경제의 나라인 미국과 영국이 포함되어 있다. 미국과 영국을 제외하면 사회적 대화가 활성화되어 있지 못한 동유럽이나 개발도상국 나라들이 여기에 포함되고 있다.

OECD(2018)는 이처럼 단체교섭의 구조와 이를 조율하는 메커니즘으로 규정되는 각국의 단체교섭체제가 노동시장과 생산성에 미친 효과를 분석하고 있다. 단순히 단체교섭의 구조만으로 경제적 효율성을 평가하는 과거의 전통적 방식에서 벗어난 것이다. 단체교섭의 구조와 아울러 나라마다 다양하게 운영되어온 단체교섭을 조율하는 메커니즘에 따라 경제적 효율성은 달라진다는 주장이다.

분석한 결과를 보면 우리나라와 같이 단체교섭이 분권적이고 조율 메커니즘이 미흡한 다섯 번째 유형의 나라 나라에서 근로자 간의 임금격차가 가장 큰 것으로 나타난다. 주목되는 것은 우리나라와 같이 분권적으로 임금교섭이 이루어지는 나라에서도 조율하는 메커니즘이 정비된 네 번째 유형에 속하는 나라는 임금격차가 크지 않고 노동시장에서의 성과가 우수한 것으로 나타난다. 우리나라에 대단히 유용한 시사점을 제시하고 있는 것이다.

단체교섭의 구조를 인위적으로 바꾸기는 어렵지만, 사회적 대화는 노사정이 정책적으로 노력하면 활성화할 수 있다. 정책적으로 기업별 교섭을 조율하는 메커니즘을 구축하기 위한 초기업적 사회적 대화를 이끌어가는 것이 관건이라는 것을 시사한다.

단체교섭은 분산되어 이루어지고 있지만 조율 메커니즘이 정비되어 노동시장에서의 성과에서 앞서는 네 번째 유형에 속하고 있는 나라들의 조율 메커니즘은 특히 우리나라에게 귀감이 될 것이다. 앞서 본 일본의 각종 협의제도와 오스트레일리아의 재정제도 등이 대표적인 예이다. 네 번째 유형에 속한 아일랜드는 우리나라 경사노위와 같은 국민경제 수준에서의 사회적 대화기구가 각급 사회적 대화를 조율하여 온 나라이다. 국민경제 수준에서의 사회적 대화의 실효성이 그만큼 컸다는 것을 보여주는 것이기도 하다.

OECD에 의하면 정비된 조율 메커니즘은 단체교섭이 통합적으로 이루어진 나라에서도 노동시장에서의 성과를 높이는 요인이 된다. 독일이나 스웨덴과 같은 세 번째 유형에 속하는 중북부 유럽의 나라들은 각급 수준에서의 사회적 대화가 일상적으로 이루어지고 있는 나라들이다.

조합주의 실험과 과제

1980년대 이후 신자유주의가 득세하게 되며 고전적 의미에서의 조합주의는 퇴조하였지만, 정책을 결정하는 조합주의 방식이 완전히 자취를 감춘 것은 아니다. 1980년대 이후에도 네덜란드나 아일랜드를 위시하여 적지 않은 나라가 사회적 합의를 토대로 경제적 위기를 극복하였으며 연례적으로 정책협의를 지속시켜왔다. 이탈리아와 같이 노사단체의 조직화가 취약해서 조합주의의 구조가 견고하게 구축되어 있지 못하다고 평가되어온 나라에서도 사회적 합의에 의하여 경쟁력 조합주의(competitive corporatism)를 시현하기도 하였다.

1998년 우리나라가 IMF 경제위기에 대응하여 이룩하였던 사회적 합의도 노동조합의 일정한 양보와 정책적 교환을 토대로 하여 경제적인 어려움을 극복한다는 데에 목적을 둔 경쟁력 조합주의의 좋은 예일 것이다. 조합주의의 구조가 대단히 취약한 우리나라에서 경쟁력 조합주의가 이루어졌다는 것은 획기적인 성과라고 볼 수도 있다.

1998년의 사회적 합의는 국민경제 수준에서의 노사정위원회(경사노위)의 설립으로 이어진다. 우리나라가 프랑스를 위시하여 라틴계 나라와 네덜란드, 아일랜드 등에서 모범을 제공하여 온 국민경제 수준에서의 상설기구로서 사회적 대화기구를 설치한 나라가 되었다는 것이다. 국민경제 수준에서의 상설기구인 사회적 대화기구는 정부의 자문기구로서 노사의 정책 참여를 이끄는 창구가 되는 기구이다. 특히 사회적 대화에 익숙하지 않은 우리나라에서는 이처럼 정책적으로 사회적 대화를 이끌고 지원하는 조직이 기여할 수 있는 여지가 크다. 사회적 대화채널을 운영하면서 축적될 수 있는 사회적 대화의 경험도 또한 귀중한 정책적 자산이 될 수 있을 것이다.

우리나라의 경사노위는 사회적 협의기구로서 단체교섭을 조율하는 역할을 하는 기구이기도 하다. 앞서 본 대로 기업별 교섭이 주축인 우리나라는 단체교섭을 조율하여야 할 정책적 필요성이 크다. 그러나 OECD(2018)에서도 나타난 것처럼 경사노위를 운영하고 있음에도 불구하고 우리나라는 여전히 단체교섭을 조율하는 메커니즘이 취약한 완전한 분권적인 체제의 나라인 것으로 나타난다. 경사노위의 운영이 우리나라 노사관계의 취약한 기업별 틀을 극복하는 데에나 노사의 경제적 조합주의의 문화를 극복하는 데에 기여한 바는 미미하였다는 것이다.

아일랜드의 예에서 보듯이 국민경제 수준에서의 사회적 대화는 중추적인 조율 메커니즘의 하나가 될 수 있다. 국민경제 수준에서의 사회적 대화기구인 경사노위가 국가적으로 기여할 수 있는 여지는 크다고 할 수 있다. 노사정위원회의 위상을 높여가는 것이 바람직할 것이다.

경사노위는 노사가 주체가 되고 정부가 지원하는 방식으로 운영되어야 한다. 중장기적으로는 정부가 지원하는 노사가 주인인 기구로서 재구축되어야 한다고 본다. 프랑스를 비롯한 서유럽 나라에서의 사회적 대화채널은 노사와 전문가 위원으로 구성되는 것이 일반적이다. 노사가 주인인 기구로 구축된다면 현재 경사노위에서의 가장 큰 문제점인 노동조합의 참여라는 문제는 나타날 이유가 없을 것이다.

행정 편의적으로 조직을 관리하거나 정치적 성과에만 치중하는 정부의 잘못된 대응이 때때로 경사노위의 역할을 왜곡시키는 원인이 되기도 하였다. 경사노위는 서유럽 선진국의 경험에서 보는 것처럼 경제사회적 현안 쟁점을 대화로 정리하는 기구가 아니다. 현안 쟁점에 대한 조율은 정책 부문별로 정책담당 부서의 책임 아래 추진하여야 한다. 경사노위는 사회적 대화를 토대로 정부의 정책 결정을 지원하기 위한 독립된 협의기구이다.

서유럽에서는 쟁점 정책에 대한 사회적 대화는 해당 정책을 관장하는 부처의 소관부서에서 이루어지는 것이 상례이다. 경사노위는 사회적 대화를 지원하는 기구이지 사회적 대화를 대신하여 실시하는 기구는 아니라는 것이다. 사회적 파트너가 정책추진에 참여하는 사회적 대화의 창구를 다각적으로 늘려나가야 한다.

산업(업종) 수준과 지역 수준에서의 조율 메커니즘

우리나라는 여전히 기업별 체제에서 벗어나고 있지는 못하지만, 산업(업종)별 노사관계가 주목할 만큼 진전되기도 하였다. 수년 전 금속산업은 산업별 중앙교섭에서 '산업전환협약'을 체결하여, 디지털화와 탄소 중립화에 따른 산업전환을 노사가 함께 계획하고 추진하기로 합의한 바 있다. 또한 산업별 교섭을 선도하여 온 금융산업은 오랜 진통 끝에 근로자 간의 임금격차를 완화한다는 정의를 담은 임금인상과 휴게시간 보장 등을 내용으로 하는 산업협약을 체결하였다. 산별화를 정책적으로 추진하여 온 보건의료산업에서는 정부와 이른바 '노정교섭'을 통해서 공공의료 확충과 의료인력 확충 등의 '사회적 의제'에 대한 합의를 이룬 바 있다. (『한국노동연구원의 월간노동리뷰』 2022년 1월호)

디지털 기술발전과 환경문제에 대응하기 위한 산업구조의 변화에 더하여 미국과 중국의 지정학적 헤게모니 쟁탈전이 갈수록 치열하여 지며 글로벌 공급구조도 크게 변화되고 있다. 변화의 충격은 산업별로 다양하게 나타난다. 산업별로 노사가 사회적 대화를 토대로 산업별 실정에 맞추어 변화에 대응하는 길을 찾아야 한다. 이는 변화에 효율적으로 대처할 수 있는 길이 될 것이며 아울러 노사갈등에 따른 비용을 줄이는 길이기도 하다. 이미 우리나라도 새롭게 부상하는 산업부문인 IT산업이나 플랫폼 산업부문 등이 산업별 사회적 대화를 선도하는 부문으로 부상되기도 하였다. 산업전환이 확산되고 가속화하고 있으므로 산업별 사회적 대화도 또한 지속적으로 늘어날 것으로 예상된다.

정책적으로도 산업별 사회적 대화를 다각적으로 늘려가야 한다. 산업별 단체교섭제도를 도입하는 방안을 검토할 수도 있을 것이다. 과거 서유럽 여러 나라에서 산업별 교섭제도가 도입될 수 있었던 것은 무엇보다도 노사가 산업별 교섭이 유익하다고 인식하였기 때문이다. 노동운동은 산업별 교섭을 통해서 노동자들의 세력을 결집할 수 있다고 보았다.

한편 사용자 측에서는 산업별 교섭이 기업별 임금과 근로 기준의 평준화로 공정한 경쟁 질서를 구축하는 데에 기여한다고 보았다. 프랑스의 경우 법적으로 의무화된 산업별 교섭에 사용자 측이 호의적인 것은 산업별 교섭이 경영 사정이 좋지 않은 기업도 수용할 수 있도록 최저기준을 설정하기 때문이다. 우리나라도 전략적으로 접근하면 산업별 교섭을 도입할 수 있는 여지가 없는 것은 아니다. 산업별 최저임금을 결정하는 중재를 수반하는 교섭제도의 도입이 좋은 예가 될 수 있다. 전국수준의 최저임금제를 유지하면서 산업별 최저임금제도를 도입한다면 일부 산업이 저임금 지대화 될 수 있다는 일부의 우려는 불식될 것이다. 최저임금을 결정하기 위한 산업별 대화는 대화의 주체인 노사의 조직화에도 기여할 수 있을 것이다.

산업별 사회적 대화를 활성화하는 유력한 방안이 산업(업종)별 협의의 제도화이다. 유럽연합의 산업별 협의제도가 귀감이 된다. 유럽연합은 사회적 대화를 확충하고 효율적으로 추진하기 위해서 1999년부터 산업별로 노사로 구성된 산업별 사회적 대화위원회(sectoral social dialogue committees: SSDCs)라는 산업별 대화채널을 구축하기 시작하였다. SSDCs는 유럽연합의 정책협의의 대상이 되는 거버넌스의 일원이다. 산업별 프로그램에 의해서 자율적인 대화를 추진하고 이에 참여하고 합의한 각국의 노사단체들을 규율하는 규범을 창출할 수 있다. 유럽연합에서 행정적·기술적 지원을 받고 프로젝트를 추진하기 위한 재정적 지원을 받는 정책협의기구이지만, 사회적 파트너로만 구성되어 있으며 사회적 파트너에 의해서 자율적으로 운영되는 독립적인 기구이다.

산업(업종)별 사회적 대화를 이끈다는 것은 지난 정부와 마찬가지로 현재의 정부에서도 추진하고 있는 정책과제이다. 그러나 단편적으로 업종별 협의회를 운영하는 것으로 산업별 협의를 제도화하기는 어려울 것이다. 유럽연합의 SSDCs와 같이 정부의 거버넌스를 구성하는 일원으로 도입하여야 한다고 본다. 산업별 최저임금제도의 도입이나 직업훈련기금의 도입 등과 연계하여 제도화하는 방안을 검토할 수도 있다.

인력개발기금제도를 운영하고 있는 우리나라도 유럽 여러 나라와 마찬가지로 노사가 참여하여 운영하는 직업훈련기금(sectoral training funds; STCs)을 설치하여 관리하는 것이 바람직하다고 본다. STCs는 산업계의 참여로 산학연계를 높여 나간다는 숙련개발정책에 부응한 기구이지만, 또한 산업계의 노사가 숙련개발을 위하여 협력하는 사회적 파트너십을 시현하는 기구이기도 하다. 숙련개발을 위한 STCs가 노사정의 사회적 파트너십을 구축하기 위한 전략적 과제가 될 수도 있다는 것이다.

지역 수준에서의 사회적 대화를 확충하는 것도 조율 메커니즘을 늘려나가기 위한 과제의 하나이다. 우리나라는 지역별 사회적 대화가 단편적으로 시도되기도 하였지만 크게 진전되지는 못하고 있다. 중장기적으로는 노동 관련 정책의 지방분권화가 이루어져야 결실을 키울 수 있는 정책이기도 하다. 공공고용서비스의 지방분권화가 대표적인 예일 것이다. 이는 고용문제에 대처하기 위하여 고용정책과 복지정책을 연계하는 활성화정책(activation policy)과 아울러 추진하여야 할 과제이기도 하다.

맺음말

독일의 20세기 초부터 노사 사회적 합의를 토대로 독일이 자랑하는 산업별 체제를 구축하여 왔다. 일본은 1980년대 이후 경영계가 주도하여 분권화되었지만 사회적 조율의 수준은 높은 일본 특유의 기업별 체제를 만들어 왔다.

필자는 우리나라도 분권적 체제에서 오는 여러 가지 취약성을 극복할 수 있는 우리나라에 적합한 단체교섭체제를 구축하여야 한다고 본다. 각급 사회적 대화를 확충하여 분권적 단체교섭을 조율할 수 있는 메커니즘을 구축하여야 한다는 것이다. 노사관계 주체인 정부, 사용자와 노동조합의 전향적인 접근을 기대해 본다.

제43대 국무총리 취임사

– 2015년 2월 17일

이완구(故) *

존경하는 국민 여러분, 그리고 전국의 공직자 여러분, 저는 오늘 제43대 국무총리로 취임하면서 개인적인 영광과 기쁨에 앞서 국가와 국민에 대한 무거운 책임감을 느낍니다. 먼저 저에게 소임을 맡겨주신 대통령님과 임명 동의를 해주신 국회의원님들, 그리고 성원해주신 국민 여러분께 깊은 감사의 말씀을 드립니다.

이번 국회 청문회를 거치며 저의 공직생활 40년을 냉철히 되돌아보고, 국무총리직에 대한 기대와 국민을 위해 제가 해야 할 일이 얼마나 막중한지 다시 생각하게 되었습니다. 앞으로 저는 국민의 뜻을 받들며 국민과 함께 일해 나가는 국무총리가 되도록 하겠습니다.

전국의 공직자 여러분, 저는 국무총리로서 무엇보다 먼저 경제 살리기에 온몸을 바치겠습니다. 지금 우리의 경제 상황이 매우 엄중합니다. 세계 경제의 장기적인 침체로 인해 중소기업인, 소상공인, 농어

---

* 전 국무총리, 국회의원, 충남도지사

민을 비롯한 많은 국민들이 생업의 현장에서 큰 어려움을 겪고 있습니다. 저는 '경제혁신 3개년계획'을 성공적으로 추진하여 가시적인 성과를 거둘 수 있도록 하는 데 정부의 모든 역량을 최우선 집중해 나갈 것입니다. 공공, 노동, 금융, 교육 등 4대 개혁과 규제개혁을 더욱 강력히 추진하여 경제성장 동력을 확충하고 국가경쟁력을 강화하겠습니다. 박근혜 정부 3년 차인 올해가 우리 경제의 도약을 이루는 결정적 시기라고 생각하며 경제 활성화로 국민의 어려움을 풀어나가겠습니다.

다음으로 저는 소통과 통합에 앞장서겠습니다. 대화와 타협, 협력과 상생의 문화는 우리의 민주주의를 성숙시키는 가장 중요한 가치이며 통합된 사회를 이룩하는 원동력입니다. 이를 위해 무엇보다 필요한 것이 바로 '소통'입니다. 저는 '국민을 이기는 장사(壯士)는 없다'고 믿으며 국민의 마음, 국민의 입장에서 국민과의 소통에 열정적인 노력을 기울이겠습니다. 민의를 대변하는 국회와도 소통을 강화하겠습니다. 여당과의 당정 협의를 강화하여 정책 입안 단계에서부터 적극적으로 조율해 나가겠습니다. 특히 야당과의 소통에 결코 소홀함이 없는 정부가 될 수 있도록 하겠습니다. 저는 여당의 원내대표로 일할 때 야당을 중요한 파트너로 생각하며 소통해온 경험을 살려 야당을 이기려 하지 않는 정부가 되도록 노력하겠습니다.

또한 정부 내의 원활한 소통도 매우 중요합니다. 모든 부처가 칸막이를 없애고 한 팀이 되어야 합니다. 저는 이를 토대로 내각을 통할하는 총리로서 부처 간 정책을 적극 조정하고 조율해 나가겠습니다. 아울러 사회 각 분야의 화합과 통합을 이루는 데도 총리의 더 큰 역할이 필요하다고 생각합니다. 이 과정에서 어느 한 편에 치우치지 않는 균형을 유지하고 국민의 삶의 현장을 찾아 기쁨과 슬픔을 함께하겠습니다.

이와 함께 저는 변화와 혁신을 통해 국가개혁의 굳건한 토대를 구축해 나가겠습니다. 이를 위해서는 공직사회부터 달라져야 합니다. 저는 공직자 여러분에게 무한한 신뢰를 가지고 있습니다. 저는 우리 공직자들이 그동안 국가발전을 선도해왔고, 많은 위기를 극복하는 견인차가 되었다는 점을 잘 알고 있습니다. 여러분의 경험과 능력, 사명감이 앞으로의 우리 국가 미래를 개척하는 동력이 될 것이라는 점도 믿어 의심치 않습니다. 저는 공직자 여러분이 긍지와 열정을 갖고 국민과 국가를 위해 일할 수 있는 여건을 적극적으로 만들어 나가겠습니다. 그러나 국민의 요구는 보다 엄격하고 무겁습니다. 우리 공직사회의 일부 흐트러진 분위기를 일신하고, 새롭게 태어날 것을 요구하고 있습니다.

공직개혁의 시작은 공직기강의 확립이라고 생각하며, 신상필벌의 원칙을 철저히 지키겠습니다. 개인의 사사로운 이익을 위해 기강을 무너뜨리는 일은 결코 용납할 수 없으며, 특히 장·차관과 기관장 여러분의 솔선수범이 필요합니다. 저는 공직기강 확립을 위해 국무총리에게 주어진 모든 권한을 행사할 것입니다.

존경하는 국민 여러분, 그리고 공직자 여러분, 그동안 우리는 수많은 역경 속에서도 세계사에 유례가 없는 성공의 역사를 써왔습니다. 이 자리가 저의 공직의 마지막 자리라는 각오로 헌법과 법률에 규정된 국무총리로서의 권한과 책임을 다하는 데 저의 신명을 다 바칠 것입니다. 모든 공직자 여러분의 헌신적인 노력을 당부드리며 국민 여러분의 사랑과 성원을 부탁드리겠습니다. 감사합니다.

이 시대의 평범한 아버지입니다

아들 이병현/ 이병인*

저희 어머니 댁에는 안방 벽에 아버지 영정사진이 하나 걸려 있습니다. 어머니 댁을 갈 때마다 사진 속 인자한 아버지 모습을 보면서 여느 때처럼 문안 인사를 드리곤 합니다.

저만의 착각인지는 모르겠지만 사진은 똑같은데 그날그날 아버지 표정이 달라 보이는 게 신기합니다. 사진 속 아버지께서는 그날 제 기분에 따라서 저에게 큰 격려를 해주시기도 하고 마음이 울적할 때는 잔잔한 위로를 주시기도 합니다. 제 첫째 딸 수형이가 사진 앞에서 재롱을 부릴 때는 아버지가 함박웃음을 크게 짓고 계신 것 같다가도 손녀와 함께 보내지 못하는 게 못내 아쉬우신지 아버지 눈가가 촉촉해 보이기도 합니다. 아버지가 저희 곁을 떠난 지 1년이 지났는데도 아버지 모습이 여전히 선하고 많이 그립습니다.

이 책을 위해 글을 써주시는 많은 분께서 기억하시는 '이완구'의 모습이 있을 것입니다. 저에게 '이완구'는 정치인이기에 앞서 가족을 위해 헌신하시고 자식을 바른길로 인도하고자 힘쓰셨던 이 시대의 평범한 아버지입니다. 강한 성격의 아버지를 두었기에 자식으로서 충족해야 하는 기준 및 겪어야 하는 고충이 있었지만 돌이켜보면 그것마저

---

* 故 이완구 국무총리 자제

아버지만의 방식으로 자식을 끔찍하게 사랑하셨다는 것을 제가 수형이를 키우면서 비로소 느끼게 됩니다.

아버지께서 저희 형제에게 한결같이 강조하셨던 말씀이 있습니다.

첫째는 형제간의 사랑입니다. 어릴 때부터 귀에 못이 박히도록 콩 한 쪽을 나눠 먹는 형제 이야기를 해주시고 했는데, 형제가 서로에게 욕심을 부리지 말고 부족하거나 아쉬운 부분은 서로가 채워주는 형제가 돼주기를 무엇보다도 원하셨습니다.

둘째는 약속의 중요성입니다. 작은 잇속을 챙기기보다는 조금 손해를 보더라도 사람과의 약속과 신뢰를 무겁게 여기는 아둔한 사람이 되기를 원하셨습니다.

셋째는 느림의 미학입니다. 첫째가 되기 위해서 누군가를 밟고 올라가거나 누군가에게 상처를 주지 말고, 항상 큰 숨을 고르고 천천히 걸어가는 것이 결국 앞서가는 것이라고 말씀하시곤 했습니다. 아버지께서 살아계셨을 때는 잔소리라고 생각했던 말씀들이 이제는 저희 형제의 마음에는 큰 유산이자 평생의 숙제로 남아 있습니다. 오늘도 아버지 영정사진을 보면서 상기 말씀들을 되뇌어 보고 아버지와의 행복했던 시간을 회상해봅니다.

| 편집후기 |

• 15회 동기들의 주옥같은 작품 하나하나 다듬다 보니 동고동락했던 흘러간 50년 전 그 시절이 눈앞에 보이는 듯하다. 절제된 공직생활로 뭐 좀 좋은 일 해보려고 선택한 것이 지금 와서 돌아보니 되레 허망한 일이었다. 그때 욕심을 버리고 뭐 좀 잘할 걸 후회해 봐도 소용이 없다. 그래도 동기들 손수 지은 시 한 수 산문 한 편 담은 문집을 편집하고 나니 남는 건 과욕불급(過慾不及)이라는 사자성어. 자연에서 왔다 자연으로 돌아가는 인생임을 새삼 깨닫는다. –김한진

• 모두가 풍운아이고 시대의 선각자여야 했던 시절. 그 시대의 무거운 짐 지고 세월의 무게를 온몸으로 지탱하길 50년. 글 속 지금의 삶, 그때 못잖은 치열과 정열이 보인다. 말이 편집위원이지 보태거나 빼거나 덧대지 않았다. 천년을 버틴 비석처럼 백년을 지킨 물속 심연처럼 깊게 무겁게 다가온다. 빈말에 능란하거나 분수에 얽매이지 않은 무게와 자유로움이 보인다. 이제야 산을 산같이 바라보고 물을 물같이 느껴보는 삶. 연륜만큼 점철되고 쌓이고 녹아 번민도 사치고 감동도 부끄러움 타는 삶. 그 속 한줄기 빗물이 되어 동기들의 푸르청청한 생명 이야기는 계속 이어질 것이다. 이 기쁜 기회 마주하게 한 동기들과 편집장께 감사할 뿐…. –안희원

• 47명의 동기가 공직에 발을 들여놓은 지 반백 년. 대부분 은퇴했지만 아직 현역으로 활동하는 동기도 있다. 유명을 달리하거나 해외 또는 지방에 거주하는 동기를 제외하고 30여 명은 오찬이나 운동, SNS를 통해 소통하고 지낸다. 작년 가을, 공직 입문 50주년을 맞아 의미 있는 문집을 발간해 보자고 논의한 후 강권하다시피 하여 올해 3월까지 25인으로부터 다양한 글을 받았다. 원고가 수록된 동기들은 국립중앙도서관이나 국회도서관에서 저자명으로 검색하면 《길 끝에서 돌아보다》의 공저자로 자신의 이름이 등장할 것이다. 저자가 된 것을 미리 축하드린다. –황현탁

길 끝에서 돌아보다

제15회 행정고등고시 50주년 기념문집